JN019994

竹人形殺人事件

新装版

内田康夫

Yasuo Uchida

C★NOVELS

目次

竹人形殺人事件

プロローグ

下井デスクは当惑げな顔をしていた。言葉は柔らかいが、それはこの男の煮えきらない性格からきているのであって、内心の不満はかなりのものにちがいない。

「きみねえ、こういう原稿書かれると、まずいんだよなあ」

テーブルの上にあるペラ十二枚の原稿用紙を、人差指の先でトントンと叩きながら言った。

「なぜでしょうか？」

片岡明子は下井に呼ばれた瞬間から、こういうことになることを予感して、一歩もひかない気持ちだ。

「なぜってねえ、分かるでしょうが、わが社の立場上、こういうことを書いていいものかどうかぐらいは」

「でも、それは私が大観音堂に対して感じた、ありのままです。ルポはありのままを書けって教えてくれたのは、デスクじゃありませんか」

「そりゃさ、そりゃそうだけどさ。この場合はね、相手が悪い。相手を見て書かなきゃいかんこともあるやろが」

「そうでしょうか。それじゃまるで、福井中央日報は金力によわい提灯持ち新聞ていうことになりませんか」

「おい、あまり大きな声を出すなよ」

下井は気弱そうに周囲の耳を気にした。

先の「越前大仏」の建立に次いで――いや、むしろ越前大仏をも上回る〝昭和の大勧進〟と豪語した越前大観音堂は、あと一カ月で完成する。十月十五日の落慶法要とそれにつづいての一般公開に向けて、大観音堂とそれに関係するグループの広報活動は最高潮に達しようとしていた。

各種マスメディアをフルに利用した宣伝は、質量ともに大企業なみの展開を見せて、これがはたして宗教活動といえるのだろうか？　という素朴な疑問を投げかけているほどである。

福井中央日報は越前大観音堂の広報活動には全面的に協力する態勢をとっている。越前大仏の際には競合関係にある福井毎朝新聞が全マスメディアのイニシアチブを取って、福井中央日報の割り込む隙がなかった。今度もまた福井毎朝新聞の攻勢がきつかったが、さすがに「大仏」のあとに「観音」もというわけにはいかない。

というわけで、とにもかくにも、福井中央日報は越前大観音堂に関する膨大な広告出稿のかなりの部分を獲得できた。慢性的な赤字経営体質に四苦八苦している社にとっては、これはいわば、天与の慈雨のようなものだ。何しろ、全ページ見開き広告がすでに三度も掲載されたのだから、文字どおり神様仏様、大観音堂様といったところだ。

オープンが近づけば、当然、プレステージ広告が始まる。広告ではない、いわゆるパブリシティ（記事広報）としてルポルタージュ風の記事を載せるのは、広告出稿に付随した条件のようなものだ。広告主のお先棒をかつぎ、提灯を持つことも、マスメディアのサービスというより、当然の義務として課せられる。

その記事を明子が書くように命じられた。この春入社した彼女にとって、取材から原稿書きまでを任された、はじめての仕事らしい仕事といっていい。

その結果がこのていたらくである。

「こういうふうにしか書けなかったのですから、仕方ありませんよ。デスクだって、自分で取材したら、こうなると思いますけど」

「なるはず、ないだろう」

下井は悲鳴のように言って、両手で原稿をバンと叩いた。

大観音堂に各方面から不協和音
——宗教の本質を問われる構造物——

片岡明子が書いた原稿はこういう見出しで始まっている。

十月十五日に落慶予定の越前大観音堂は、計画段階から地元亀津(かめつ)町にとって、将来の観光客誘致の目玉として期待されていた。金銅製としては日本最大の観音像と、それがすっぽり納まる大観音堂、これまた日本最大の五重塔——といった具合に、すべてが先の越前大仏をしのぐスケールの大建造物揃いである。総工費約三百億円といわれ、奈良の大仏殿以来の国家的造営事業ともてはやされるだけの値打はある。

しかし、この越前大観音堂に対して、肝心の地元から、その存在意義を疑問視する声が聞かれるようになったという。ことに、観音堂の拝観料がなんと三千円であると発表されたことによって、それまで潜在していた疑問や不満が一挙に噴き出したといってよさそうだ。

永平寺に象徴されるように、歴史的にいっても、福井県は宗教心の強い地域特性を持つ土地柄である。勝山市当局や住民が越前大仏の建設計画に諸手を挙げて賛成したのも、そういう土地柄が背景にあったことを抜きにしては考えられない。今回の越前大観音堂の場合も同様で、建設の趣旨が単なる観光用施設としてではなく、敬虔な宗教心から出ているものと理解したからにほかならない。事実、発起人である和村誠氏が書いた趣意書には、「生まれ故郷である亀津町に恩返しすることと、日本の平和を願う気持ちから、私利私欲にとらわれず、純粋に観音様への祈りを捧げる場として……」と、その目的とするところが営利ではないことを強調しているのである。

ところが、完成が近づき、広大な駐車場や観音堂へつづく道の両側に連なる土産物店が全容を現すにつれて、越前大観音堂が宗教とは関係のない、営利目的の見世物的巨大建造物にすぎないことがはっきりしてきた。駐車場料金も千五百円という、この地方ではこれまで考えられなかったような法外なものだし、土産物店の権利を得るためのテナント料もかなりの高額といわれる。

一方、地元亀津町の活性化につながる――という派生効果のほうは、期待どおりにはいかない可能性が強くなってきた。福井県最北端の亀津町は米作中心の農業主体で、それ以外にはこれといった産業に恵まれない町だ。それだけに町商工会の越前大観音堂に寄せる期待も大きかった。しかし、観光客の入り込みはたしかに増えるにちがいないが、それらはすべて町の商店街を素通りして大観音堂の駐車場に乗り込んでしまい、帰路も同様になるだろうという。

そうなると、かつては推進派だった住民のあいだからも、がぜん、越前大観音堂そのものの意味を問い直そうとする声が上がってくる。とくに寺の名を、和村氏の名前の「誠」を取って「誠音寺（せいおんじ）」としたことが、まさに観音堂の私物性を強調するものであるとして反発を招いた。

とまあ、こんな調子で、要するに越前大観音堂を批判する論調一色でまとめてある。その記事の出る隣のページには、観音堂の落慶予告の広告が掲載されるのだから、下井でなくても慌てるはずだ。

「でも、これはすべて現地で取材した事実に基づいているのですから」

明子は頑強に主張した。

「分かったよ、その事実もきみの正義も認めよう。しかし、正義だけではメシは喰えないこともまた事実だからね。残念ながら、この原稿はボツにさせてもらう」

下井は原稿を摑（つか）むと、グッと突き出した。

反射的に受け取って、とたんに明子は涙があふれるのを止めようがなかった。

原稿で顔を隠すようにして、自分の席に戻った。周囲の同僚から注がれる視線は、同情よりも面白半分という感じがした。

文章が下手だからとか、取材努力が足りないとかいうのがボツの理由であるなら、諦めもするし、納得もできる。しかし、正しい取材をやり正確に表現できた記事に対して、会社の政策上具合が悪いとか、スポンサーを刺激するからだめだとかいうのでは、承服できっこない。

入社式のときに社長が何と言ったか。

「諸君は社会正義の騎士たらんことを期せ」

笑わせるんじゃないわよ――と思う。

もっとも、明子は入社してそう日を経ないうちに失望を味わうことになった。

五月頃、社会部の記者が、代議士の汚職を嗅ぎ当ててきたことがある。

「大変なネタを摑んできたぞ」

平石（ひらいし）というベテラン記者が、興奮した声を発しながら飛び込んできて、他の部からも手すきの人間が駆り立てられ、大掛りな暴露キャンペーンを展開する様相を呈した。

ところが、それだけ大騒ぎしたにもかかわらず、記事は申し訳程度のものしか出なかったのである。

「あれはどうなったんですか？」

明子は先輩記者連中の何人かに、同じ質問をした。

「さあな、どうなったものやら」

自嘲的にとぼける者がほとんどで、結局、うやむやのうちに幕を引いたという印象しか残っていない。

大本の平石記者には直接質問する機会はなかった。はっきりした事情は知らないが、長いこと顔を見なかったから、たぶん、しばらく会社を休んでいたのだろう。

そのうちに、平石とときどき会社の中ですれちがうようになった。ずいぶん荒れているという感じで恐ろしかったが、ある日、思いきってその事件のことを訊いてみた。

　平石はまじまじと明子の顔を見つめて、ニヤリと笑うと、「へえー……」と言った。

「ウチの社にも、まだあの話をしたがる人間がいたのかねえ」

　思わず顔を背けたくなるような、アルコールの臭いがした。

「だけどよ、おまえさん、忘れたほうがいいな。いつまでもつまらないことにかかずらっていると、嫁に行けなくなるぞ」

　不精髭の生えた顔を、こすり寄せるように近づけて言った。

　明子は逃げようと思ったが、平石の充血した目から大粒の涙がこぼれ落ちるのを見て、足がすくんだ。

（女をばかにしないでください――）

　よっぽどそう怒鳴りつけてやりたかったのだが、なぜか声が出なかった。恐ろしいのとは少し違う、何か遣り切れないものを感じた。

（ああ、このひとも辛いんだわ――）と思った。

　まもなく平石は会社を辞めて、どこかの探偵社のようなところに勤めたと聞いた。あげくのはて、福井市の飲み屋街でヤクザと喧嘩して怪我をしたとかいう噂も聞いたが、ほんとうかどうか、明子はもう、確かめる気にもなれなかった。

　それから三カ月ほど経って、中央の新聞がその政治家の汚職を報じた。特ダネだったそうだ。その記事が出た日、社内はまるでお通夜のように湿っぽい雰囲気に包まれてしまったのを憶えている。

それ以来、明子は憧れて入ったジャーナリズムの世界が、政治の世界同様に必ずしも透明とばかりはいえないことを悟った。

越前大観音堂の取材を命じられて、はじめはデスクの指示どおり、新しい観光名所の紹介記事でも書くつもりだったのに、住民の噂や憤激に接しているうちに、途中からこれはおかしい——と思いはじめた。そう思いだすと、もう止まらなくなった。

もともと、明子自身が、あの越前大観音堂のばか騒ぎに疑問を抱いていたこともあった。観光客誘致のためにイベントを開催したり、レジャー施設を作ったりするのはいい。しかし、それが本来的には宗教的なものである建造物だとなると、ちょっとおかしいのじゃないか——という気になる。

明子は宗教に関心も知識も持っていないけれど、宗教を人寄せの道具に使うのは、どう考えてもおかしい。

宗教というものは、人の心の本質にかかわる、それこそ神聖にして犯すべからざるものだという認識はあった。うまく説明はできないけれど、それを踏みにじるような企て(くわだ)ではなかったのか——と思えてきた。

取材を進めれば進めるほど、越前大観音堂がいかに天を恐れぬ営利主義の権化(ごんげ)そのものであるかが分かってきた。通天閣や東京タワーと同じ発想が、建設計画の原点にあることはまちがいなかった。

明子は怒りを原稿用紙にぶつける気持ちで書いた。こんなに激しいものが、自分の内面に隠されていたことに、自分でも呆れる(あき)ほどであった。

だが、その結末はかくも無残なものになった。入社半年にして、明子は挫折感をいやというほど味わうことになったのである。

第一章　浅見家の醜聞

1

その日の午後、浅見陽一郎(あさみよういちろう)は憂鬱な気分であった。原因は瀬木山(せぎやま)代議士からの電話である。

「今晩、『えちぜん』にお越しいただきたいのだが」

挨拶を交わし終えるとすぐ、のっけから押しつけがましい言い方をした。

「何か、ご用でしょうか？」

陽一郎は用心ぶかく、相手との距離を充分にとって、言った。

「ははは、これは警察の方らしくないことを言われる」

瀬木山は笑った。

「用事があるからお声をかけたわけで」

「はあ、それはおっしゃるとおりですが。私のほうにも若干、残務がございますので、それに優先するようなご用件かと……」

「なるほど、それもそうですな。それでは、あらためて、日常的な公務よりも優先すると申し上げましょうかな」

「承知しました、そういう重大なご用向きでしたら、お伺いいたしましょう」

「恐縮だが、そうしていただきたい」

瀬木山は言って、「午後七時」と時間を指定すると、電話を切った。

警察幹部と政治家との付き合いは、微妙な問題を内包している。それは危険性といってもいいかもしれない。政治家が自ら警察に接近するというのは、よほどの事情がある場合と思って差し支えない。しかも、その事情というのは、大抵は揉(も)み消(け)し工作といった、犯罪性を帯びたものに決まっている。

したがって、警察官僚はそういう状況に陥らないよう、たえず慎重に対応しなければならない。

浅見陽一郎もふつうなら、この種の誘いは断っていただろう。警察庁刑事局長の地位は、犯罪捜査の実務において、刑事機構全体にゴーストップのサインを出し得る立場であるといっても過言ではないのだ。その彼に接触を求めてくるとなると、「犯罪」の内容もかなり大型である可能性があった。

だが、瀬木山は現在、衆議院法務委員会のメンバーである。そういうことからいえば、警察幹部を呼び出して、情報を収集することも、あるいは職務上必要な行為なのかもしれない。少なくとも大義名分はあるわけで、むげな断りは言えない。

退庁時刻を遅らせて、陽一郎は送迎車を新橋駅で降り、新橋から赤坂まで地下鉄を利用した。黒塗りの官庁の車が赤坂に入ってゆくのは、報道関係者の餌食になりやすい。料亭で警察幹部が政治家と会食するという図は、それだけで、何やら秘密めいて見えるのである。

『えちぜん』の前にはそれらしい人間はいなか

った。それでも刑事局長は、いちど入口の前を通り過ぎてから、数歩引返して、冠木門(かぶきもん)をくぐった。

玄関で出迎えた女将(おかみ)は、こちらが名乗る前に万事心得顔でスリッパを揃えた。お辞儀をしながら、「先生はお待ちでございます」と言った。

廊下をいくつか曲がって、もっとも奥まった部屋に通された。

「やあ、無理を言って申し訳なかったですなあ」

瀬木山は部屋の入口まで出て、陽一郎の腕を摑むようにして席まで案内してくれた。

紫檀(したん)のテーブルを床の間に直角になるように置いて、上座をあけて向かいあいに坐った。瀬木山がわざとらしく、そういう配慮までしていることに、陽一郎はむしろ警戒の念を強めた。

「腹、空いているでしょう。すぐめしにしましょうや」

瀬木山は仲居に命じて料理を運ばせた。店の名が示すとおり、『えちぜん』は福井県出身の人間が経営する店である。越前沖で獲(と)れる海の物や、京風の豆腐料理が自慢なのだそうだ。

地酒も出たが、さすがに陽一郎は酒は固辞した。料理のほうも箸をつける程度にして、用件を訊いた。

「まあ、そう急がんでもええやないですか」

瀬木山は、刑事局長が飲まない以上、自分に酔いが回るのを待ってから話すつもりらしく、速いピッチで杯を干した。あとあと何か問題が生じた場合、あれは酒の上の失言でした——とでも弁解する気だ。

「ちょっと会わせたい人がおりましてな」

瀬木山は手を叩いて仲居を呼び、「お連れしてくれ」と言った。

まもなく、仲居に先導されて老人が現れた。七十代なかばかという印象の、小柄だが、精悍(せいかん)な顔つきの男だった。会ったことはないが、陽一郎はその男の素姓(すじょう)を知っていた。

老人は黙って下座に坐った。

「ご紹介します、こちら和村誠さんいうて、中部観光交通の会長さん……」

「存じております」

陽一郎は正座して、きちんと挨拶した。和村の出現はある程度、予測していないこともなかった。

「そうでっか、ご存じやったか。さすが刑事局長さんやな」

瀬木山は嬉しがって、「こちら、浅見刑事局長さん」と紹介した。

「お噂はかねがね、うかがっております」

和村は陽一郎より深く頭を下げた。

「用件というのは、こちらの和村さんのご依頼でしてな」

瀬木山は言った。

「どうしても浅見局長さんに会わせてくれいうてな。わたしも地元の有力者に頼まれては、断るわけにはいかんもんで……まあそういうわけですので、ひとつよろしゅうお話を聞いてください」

言うだけ言うと、瀬木山は「ほなら和村はん、あとは……」と立って、部屋を出て行ってしまった。

「局長はんはご承知や思いますがな」

和村はせっかちな性分なのか、まるで追い立てられているような喋り方をする。

「いま、私らのところは困った問題が持ち上がっておりまして……そのこともご承知でっしゃろな?」

「大観音堂ならびにその周辺施設の用地取得に関する不正問題の件ならば存じております」

陽一郎は平板な口調で、事務的に言った。

「やっぱりそうでしたか。警察のトップにまでいっているとなると、いまさらウヤムヤにはでけんことかもしれまへんなあ……」

和村は長嘆息を洩らした。

陽一郎は沈黙していた。相手にとって、沈黙はもっとも冷淡な対応であることを承知の上だ。

「正直言うて、まったく不正な事実がなかったとは言いまへん。多少はでんな、多少は、金も使うております。そやけど、そういう金は何もその、買収やとか、賄賂やとか、そういうたいそうなもんとは違いまんがな。ま、言うたら、潤滑油いうか、額もですな、少ないしですな……」

「失礼ですが、ご用件を率直におっしゃっていただけませんか。多少、残務がありますので」

「はあ、ですからな、その、何も警察が出てみえることはないということを申し上げとるわけでですな。いまさら、この時期になってから、四年も前の問題を引っ張り出さんでもええのやないかと……」

「お言葉ですが」

刑事局長は手を上げて和村を制した。

「現地のことはわれわれの関与すべき問題ではありません。所轄および福井県警が捜査を進めていることについては、もちろん報告を受けておりますが、それはあくまでも現地での裁量によって行なっておるものであって、私のほうでコントロールできるような性格のものではありません。何かそういうことでのお話でしたら、残念ながらご期待にはそえませんので、あしからず」

一気に言って、陽一郎は席を立った。

「待っとくれやす」

和村は手を伸ばして刑事局長のズボンを摑んだ。

「それならそれでもよろしゅうおます。しゃあけど、そないにそっけなく去(い)んでしまわれたら、身もふたもあらしまへんがな。その話はその話として、まあ、もうちょっと付き合うてくれてもええのとちがいますか。瀬木山先生かて、また戻ってみえるはずやし」

「はあ……」

陽一郎は仕方なく坐った。

「局長はんのように、東大を優等で卒業しやはったようなエリートはんには、わてらのやっとるような姑息(こそく)なことは、あほらしゅうて見ておれんいうもんでっしゃろな」

和村は瀬木山の酒に口をつけて、ニヤニヤ笑いながら言った。

「いや、立派な事業かと思っています」

「おおけに……しかし、内心では軽蔑しておられると思います。いや、文句を言うつもりやおまへんで。わしかて、この歳(とし)になって、過ぎ越し方を顧(かえり)みれば、なんや寂しゅうなってきますさかいにな。なんぼ金儲(かねもう)けしたかて、なんぼでかい屋敷を建てたかて、そんなもん、虚(むな)しいものでっせ。死んでしもうたらおしまいやさかいにな。税務署を喜ばすばっかしや。そんなもん、とっくから気ィついておったのやけど、商売人の悲しさいうか、止まらしまへんのや。金儲けの話があれば、目の色が変わるのやさかい、恐ろしいもんですわなあ」

陽一郎は和村の話を遮るように、手を二つ鳴らした。

仲居が顔を覗かせた。

「瀬木山先生をお呼びして」

陽一郎は言った。

「あんたは鉄のように冷たいお人やなあ」

和村は自嘲するように笑った。

瀬木山が戻ってきた。

「話はすみましたか？」

「いや、話にならしまへんのや。局長はんは冷たいお人らしゅうおまんな。お父上とはえろう違いまっさ」

「父をご存じなのですか？」

反射的に、陽一郎は訊いた。

「そらまあ、お父上にはいろいろとな」

和村は「いろいろ」のところに、妙なアクセントをつけて、意味ありげに言った。

「そら、もちろんお父上かて立派なお役人はんでした。しかし、人間のでんな、幅いうのか、ゆとりがでんな、あんたはんとは違いましたでェ」

言ってから、「そや」と思い出したように仲居を呼んだ。

「女将に例のものを持ってくるように言うてんか」

仲居が去ってからしばらくして、最前、玄関で会った女将がやってきた。両手で大事そうに、桐の箱を抱えている。敷居のむこうに坐って、桐箱をそっと座敷に置いた。

「開けてみせんかい」

和村は笑いを含んだ声で言った。

「そうかて、ご令息はんの前では照れくそうてかないまへんがな」

女将は口を押さえて、ホホと笑った。

「何言うてるのや、照れくさいいう歳やないやろ」

たしかに和村の言うとおりだった。女将は七十歳はとうに過ぎたにちがいない。それでもなお照れを見せながら、女将は桐箱の中のものを取り出した。

柔らかい和紙の覆いを除くと、人形が現れた。

「竹人形……ですか」

陽一郎は呟(つぶや)いた。

「はい、さようでございます」

女将は慎ましやかに言った。

「越前竹人形でございます」

「それも、ただの越前竹人形と違いまっせ」

和村が調子づいた口調で言った。

「その竹人形は、浅見局長はんのお父上から、女将にプレゼントされたもんですがな。もっとも、そん頃はこげなばあさんとは違うて、花もはじらう芸妓(げいぎ)はんやったけどな」

「かなわんわあ、そないにてんご言わんといておくれやす」

女将は乙女のような仕草を見せて、和村をぶつ真似(まね)をした。

2

「われながら、妙なところに弱点があるものだと、つくづく思ったね」

　陽一郎は弟の顔を見ないようにして、言った。

明らかに、そういう自分を恥じているのを感じて、浅見は奇異の念にうたれた。

「父親のことを言われると、自分の思考までがコントロールできなくなってしまうらしいのだ」

「はあ、分かるような気がします」

　浅見は頷（うなず）いた。兄が書斎に弟を呼んで、こういう話をするのはめずらしい。たぶんはじめてのことではないだろうか。

「テキは私のそういう弱点を見抜いていて、それで父親の話題を持ち出したフシがある。それが分かっていながら、まんまとしてやられたような気がしてね」

「まさか兄さん、連中の言うなりになったのではないでしょう？」

「まさかな」

　陽一郎は苦笑した。

「さすがにそこまで木偶（でく）にはならなかったがね。しかし、動揺しなかったといえば嘘になる。父親のかつての愛人――かもしれない女性に、懇願でもされたら、私だって鉄の心を持っているわけではないのだからね」

　陽一郎は和村が「鉄のような」と評したのを思い出しながら言った。

「その越前竹人形ですが」

　と浅見は兄に訊いた。

「親父さんが彼女に贈ったというのは、ほんとうのことなんですか？」

「分からんね、しかし否定する材料がなければ、そう思うしかないだろう」

「それはむしろ逆ではないでしょうか。事実だという証拠がないのですから」

「まあね、理性だとか、職業的な考え方からすればそのとおりだが、しかし、感情ってやつは厄介なものだ。なかなかそう単純に割り切ってしまうわけにいかない」

「捜査はかなり進捗(しんちょく)しているのですか?」

「うん、報告によれば、逮捕は時間の問題だそうだ」

「逮捕というと、どのあたりのところまでいくのでしょうか?　和村氏までいくのですか?」

「とてもとても、そこまではいかないだろう。検察の判断にもよりけりだが、地元の農業委員と、せいぜい仲介の不動産業者。それに、場合によっては町議会議員までいくかもしれないがね」

「贈賄(ぞうわい)側は手つかずですか」

「いや、もちろんバランスが取れる程度のところまではいくさ。実務にタッチした連中の何人かがリストアップされているはずだ」

「その程度なら、なにも和村氏が乗り出してくることはないじゃないですか」

「事実はそうであっても、和村氏にしてみれば、何パーセントの確率にもせよ、逮捕の危険性があるのは不安でたまらないだろう。むろん、当事者の中には和村氏の身内もいる。それに、落慶法要を前にスキャンダルでマスコミに騒がれるのはかなわないという気持ちも強いだろうしね」

「それで、要するに、和村氏は兄さんに何をしてくれと言っているのですか?」

「つまるところは、手心を加えてもらいたいということだ。すでに現場段階では手の打ちようがないと判断したらしい。和村氏は前例からいって、福井県警を舐めていた気配がある。ところが、この春に異動があって、いまの県警本部長は坂崎といって、私と同期に警察に入った男だが、これが名うての融通のきかない人間だ。もはや、地元での工作は遅きに失したと観念して、トドのつまり、最後の手段として、警察のトップに働きかけようというのだろう」

「それで、兄さんはどうするつもりですか」

「べつにどうもしないさ。ただ……」

陽一郎は奥の部屋の気配を窺った。

「ただ、母さんがね、妙な……」

女——と言いかけて、慌てて途中で言い変えた。

「妙な竹人形の存在なんかを知ると、どういうふうに思うか……」

母親のことを心配しているようなことを言っているけれど、兄の本音は、むしろ自分の気持ちのほうが問題なのではないか——と、浅見は思った。

陽一郎にとって、父親というのは神にも似た存在感があるのだろう。浅見兄弟の父親は、大蔵省の局長までいって、次官目前に惜しくも早世した。エリート中のエリート官僚だったのである。

陽一郎は父親に憧れ、ほぼ同じコースを歩んでいる。「官僚ならば大蔵か内務」というのが、明治以来の浅見家の家訓のようなものである。父親も陽一郎も、その家訓を守って、まさに父子鷹であった。

弟の光彦は鷹がトンビを生んだのである。十三歳の時に死んだ父親は、彼にとっては神さまや雲の上の人どころか、親子でありながら、ほとんど自分とは無縁の存在のような記憶しか残っていなかった。それだけにかえって、父親のことを客観的に見られるということはあるのかもしれない。

父親にかりに愛人がいたとしても、むしろ人間的に親しみを覚えこそすれ、不潔に思うとか、軽蔑するとかいう気持ちにはサラサラなれない。

しかし陽一郎にしてみれば、そうはいかないだろう。父親は彼にとっては神聖な偶像なのである。その父親に母以外の女性がいたとあっては、文字どおり「落ちた偶像」を地でゆくようなものだ。弟の前では精一杯、冷静さを装っているけれど、本音をいえば、かなり取り乱している。これしきのことで、弟を書斎に呼び込むというあたりに、その狼狽(ろうばい)ぶりが現れているといってよかった。

「姑息なことをするものですね」

浅見は兄のために義憤を感じて、吐き出すような言い方をした。

「そんな、骨董品みたいな竹人形を持ち出して……いや、その話そのものも、それに、『えちぜん』とかいう店の女将なるものも、まるで骨董品みたいなものじゃないですか。もし、承知の上で和村の片棒を担(かつ)いだのだとしたら、許せませんよね」

「彼女にそういう悪意があったかどうかは分からないよ」

陽一郎は気弱そうに微笑した。

(やれやれ――)と浅見は呆れる想いだ。陽一郎は自分でも言っているように、父親コンプレックスの塊なのかもしれない。

「それで、僕に何かできることがあるのですか?」

「うん、そのことなのだが……」

陽一郎は顔をしかめて、言った。

「その女将が、竹人形を持ってこの家に来るというのだ」

「何ですって?」

浅見は呆れた。

「おいおい、大きな声を出すなよ」

「しかし、どういう意味なんですか、それは?」

「くだらん話だ。奥様に人形をお返ししたいと言っている」

「ばかな。明らかに単なるいやがらせじゃないですか」

「だろうね。しかし断るわけにもいかない」

「どうしてですか? 断ればいいじゃないですか」

「断っても来るだろう。まさか職権をもって阻止することはできまい」

「………」

浅見は母親のところに、かつての父親の愛人が訪ねてくる状況を想像して、背筋が寒くなった。そんなことにでもなったら、あの誇り高い雪江未亡人は卒倒もしかねない。

「それは一種の脅迫ですね」

「私もそう思う」

陽一郎は眉根にしわを寄せて、頼り甲斐のある弟をじっと見つめた。日本中の刑事の頂点に君臨する男が、たかが料亭の女将のいやがらせに困惑して、浅見家の出来損ない――と噂される次男坊に、打開策を講じるよう、縋っているのだ。

「分かりました、僕に任せておいてください、なんとか喰い止めてみましょう。こういうつまらないことで、兄さんは神経を使うことはありませんよ」

　浅見は大見得を切って、胸を叩いてみせたが、その時はべつに自信があるわけではなかった。

　翌日、浅見は早速『えちぜん』を訪ねている。

「はあ、おたくはんも、アー様のお坊ちゃまどすか。お兄様とは、ずいぶんお歳が離れておすのやなあ」

　女将は大仰に驚いて見せた。

「そしたら、私がアー様からおひまをいただいたあとのお子様どすやろか」

　しきりに「アー様」を連発するのが、猛烈に耳障(みみざわ)りだ。

「父とお付き合いしていたのは、いつ頃のことですか？」

　女将は当惑ぎみに眉をひそめた。

「もうずいぶん古い、カビの生えたようなお話どっせ」

「ええ、古い話でも結構です。父のそういういい話を、ぜひお聞かせください」

「そんな、ええ話やなんて……」

　女将は言葉を濁らせながら、記憶をまとめようとするように、視線を宙にさ迷わせた。

　浅見はそういう彼女の様子をじっと見つめた。女将が真実を言っているのかどうか、読み取るつもりだ。

「はじめてお目にかかったのんは、あれはまだ、太平洋戦争が終わって間のないころどしたから、昭和二十二、三年頃とちがいますやろか。それから、おひまをいただいたのは、たしか朝鮮動乱の特需があった頃や思いますさかい、昭和二十六、七年頃やったと思います」

浅見にとっては気の遠くなるような古い話だ。しかし、女将の言うことの真偽はともかくとして、父親が昭和二十六、七年当時、大阪の国税局長をしていたことを、浅見は確認してあった。

「父とは最後にどこでお会いになったのでしょうか？」

「京都でした。たしか、アー様が大阪の国税局長をしてはった頃や思いますけど」

辻褄（つじつま）は合っている。

「越前竹人形というのを拝見できませんか」

「はあ、よろしゅうおす。ちょっと待っとっておくれやす」

女将はすぐに竹人形を運んできた。

浅見はテーブルの上に人形を置いて、いろいろな角度から、ためつすがめつして眺めた。美しい竹人形であった。

浅見は竹の専門的な知識はない。何という種類の竹なのか、根元あたりの節のつまった部分を使っている。腰から下の微妙な線は、その竹自身がもつ柔らかい曲線をそのまま生かして、和服の優美さを表現している。

節が巧（たく）まずして横縞の模様を描き、さらに竹の表面には繊細な浮き彫りで牡丹（ぼたん）の花模様をちらしてある。しどけなく垂らし結びにした帯は、よく見ると竹の皮であった。

襟元は少しずつ細めの竹を、幾重にも重ねて埋め込んで、斜めにザックリと削（そ）ぐようにして造形したものらしい。

左右から愛しい人を抱くように、丸みを見せて突き出された元禄袖は、胴の脇で接着されているにはちがいないが、そこのところがどういうふうになっているものか、外側からは見えないように、豊かな髪の毛で覆っている。

顔と髪の毛は一体の彫刻である。素材はむろん竹だ。どこの部分をどのように使えばこうなるのか、まるで木彫のようにふっくらとした厚みがある。

そして目、鼻、口。袖口からこぼれるような愛らしい手。硬い竹をこれほどまで巧みに彫る伎倆はなみのものではあるまい。

浅見はあらゆる雑念を払って、ただ竹人形の美しさに酔い痴れる想いだった。

桐箱の銘をみると「嘉助作」とある。

「この作者は、まだ存命しているのでしょうか?」

「は?……」

女将はチラッと銘に視線を送った。彼女の表情を、一瞬、とまどいの色が走ったような気がした。

「さあなあ……どないでっしゃろか……」

小首をかしげるようにして、人形を手前に引き寄せると、桐箱の中に仕舞った。

3

新橋にある「S」という出版社の『旅と歴史』編集部を覗いて、藤田の顔を見つけたとたん、先方から声をかけてきた。

「浅見ちゃん、ちょうどいいところに来てくれた。あんた、ひまでしょう」

いきなり「ひまでしょう」とはご挨拶だが、浅見のほうも渡りに船の感がしないわけではなかったのである。

「何ですか？」

「悪いんだけどさ、あんた福井まで行ってくれないかな」

　これにはさすがの浅見も、二度驚いた。しかし、そういう気配はおくびにも出さない。

「福井ですか……遠いなあ」

「何言ってんのよ。ソアラならひとっ飛びでしょう。このあいだは長崎まで行ったそうじゃないの。大嫌いな飛行機に乗ってさ。それに較べりゃ、福井はちゃんと地上を走って行けるのよ」

「分かりましたよ。で、福井は何ですか？」

「あまり大した話じゃないんだけどさ、武生（たけふ）の菊人形を取材してもらいたいんだ」

「武生」と聞いて、浅見は反射的に、『越前竹人形』の冒頭の文章を思い浮かべた。

　あらためていうまでもなく、『越前竹人形』は水上勉（みずかみつとむ）の小説のタイトルである。昭和三十八年に発表されたこの小説は、発表直後から絶賛を浴び、水上勉の代表作といわれている。

　その『越前竹人形』の書出し部分に、いきなり「武生」の名が出てくる。


越前（福井県）武生市から南条（なんじょう）山地に向って、日野川の支流をのぼりつめた山奥に、竹神（たけがみ）という小さな部落があった。渓谷に落ちこんだ谷間の両側に点々とならんだ、わずかに戸数十七戸の辺鄙（へんぴ）な寒村だったが、日本海へ断崖になってきりたっている南条山脈の山ふところに、まるで忘れられたようにあったこの部落が、近在の人びとの口の端にのぼったのは、竹の名所だったからである。

（水上勉『越前竹人形』中公文庫より）

「そうですね、行ってもいいですけど……」

浅見は煮え切らない返事をした。

「そう、行ってくれる、そりゃありがたい。たまたま誰も手すきの人がいなくて、弱っていたんだ」

藤田は言わずもがなのことを言った。

「じつを言うと、福井は私の故郷なのよ」

「知ってますよ」

だから訪ねて来たのだ——と言いそうになった。

「そうだっけ、話したっけ」

「親父さんに反発して、飛び出したって、いつか話してくれましたよ」

「そうそう、その親父から頼まれてね、ウチの雑誌で武生の菊人形を紹介してくれっていうのよ」

何でも正直に喋る男だ。

「義理で引き受けたけど、あまり面白味のない題材だと思うもんで、ついつい編集会議に出しそびれているうちに、会期が迫ってきちまったというわけ。オープンしてからじゃ、あまりにも芸がなさすぎるから、せめて菊人形づくりの舞台裏に焦点を合わせたものなんかどうかと思ってね……どうだろう」

「菊人形ですか……」

浅見は気のなさそうな顔をした。

「あまり乗らないネタだと思うけど、その代り、親父の顔で芦原（あわら）温泉に一泊してもらうからさ、なんとかお願いしますよ」

藤田はさすがに、最後のほうでは恐縮した顔になっていた。

浅見は内心、ニヤリと北叟笑んだ。芦原温泉というのも、小説『越前竹人形』のゆかりの土地であった。人形師のもとに嫁いでくる、玉枝という女主人公が、芦原の遊郭にいた女なのである。

「それはいいんですけど、福井といえば、菊人形じゃなくて、越前竹人形かと思いましたがねえ」

浅見は言った。

「ああ、竹人形ね。それもあるけど、武生の菊人形は天下一品よ」

藤田の説明によると、武生の菊人形は秋の北陸路の最大の呼び物なのだそうだ。

「たけふ菊人形」が始まったのは昭和二十七年。武生はもともと、良質な菊の産地であっただけに、人形づくりの技法さえ修得してしまえば、「日本一の菊人形」と豪語できるほどのものが生まれたとしても、不思議はないということらしい。

福井ときて「人形」とくれば、すぐに竹人形かと思うのは、よそ者の考えなのであって、福井県人に聞くと、文句なしに「菊人形」のほうに軍配を上げるという。

「越前竹人形は、あれは話にすぎんもんな」

藤田は、そういう言い方であっさり片づけてしまった。

「話にすぎないとは？……」

浅見は問い返した。

「ん？　まあ竹人形のことなんかどうでもいいじゃないの。とにかく、いまは菊人形」

藤田は本題のほうに話を戻したいと言わんばかりに、早口で言った。しかし、浅見にはなんだか、藤田がそんなふうに話題を逸らせるのは、面倒くさいというより、竹人形についてはあまり多くを語りたくないためのように思えた。

いずれにせよ、浅見にとって、菊人形でも何でも、福井への取材旅行のクチがあるというのは、願ってもないことであった。

「どうなの、行ってくれるんでしょう。もしだめなら、ほか探さなきゃなんないし」

「行きます、もちろん行きますよ」

浅見は、藤田の気が変わらないうちにと、もう一度はっきり宣言した。

もっとも、藤田は浅見がなぜ簡単にOKしたか、真相には気がつかず単純に喜んでいる。ときに悪ぶって見せたりするけれど、元来気のいい男なのである。

菊人形展の会期は十月五日から十一月十五日までであった。

「浅見ちゃんには、その前に行ってもらって、展示する人形づくりの舞台裏を取材してもらいたいのよね」

藤田はすぐに伝票を切って、旅費を渡してくれた。

浅見は封筒に入った旅費をおし戴いた。

「ところで、浅見ちゃん、今日は何なの？」

藤田はようやく気がついて、訊いた。

「え？　ああ、いや、もういいんです」

浅見はニヤニヤ笑ってしまった。本来の目的は福井県出身の藤田に越前竹人形のことを聞くことだったのだ。もちろん、それまでは兄が出してくれる実費だけで調査旅行に行くつもりだったのだから、慢性的に破産状態のつづいている浅見にとっては、まさに恐ろしいほどの幸運であった。

その幸運がついているうちに――と、浅見は『旅と歴史』を出ると、その足でソアラ・リミテッドを駆って西へ向かった。その夜は名古屋のビジネスホテルで泊まり、翌朝、名神高速道から北陸自動車道で琵琶湖東岸を抜け、福井県に入った。

秋晴れの気分のいい日であった。

福井県は旧国名でいうと「若狭（わかさ）」と「越前」とによって成り立っている。

東へ向かう北陸本線が敦賀（つるが）を出るとまもなく、日本第二のトンネル「北陸トンネル」にはいる。トンネルの上は鉢伏山（はちぶせ）という、標高七六二メートルの山を主峰とする山塊である。この鉢伏山塊を境に、東が越前、西が若狭だと思えば、ほぼまちがいない。

地図で見ると、福井県は北陸トンネルのあたりで極端にくびれているのがよく分かる。どうしてこの二つの国が一つの県になったのか、成立のいきさつが知りたくなる。

まだしも、若狭は滋賀（しが）県と一緒になったほうが自然だし、たとえば小浜（おばま）市付近からの距離は福井市へ行くより大津市へ行くほうがはるかに近いように思える。

気候風土も対照的で、越前側は内陸深く広がった稲作主体の土地柄で、ことに大野市から九頭龍（くずりゅう）湖にかけては、名うての豪雪地帯である。それに対して、若狭は複雑に入り組んだリアス式海岸に面した、いわば海辺の暮らしそのものといった土地柄である。

武生には午前十時に着いた。菊人形展の会場事務所には、かなり前から藤田の父親が待機していて、浅見を迎えてくれた。

「有名なジャーナリストにわざわざ来てもらって、わしも鼻が高いです」

手放しの喜びようだ。浅見は苦笑した。また藤田がオーバーな触れ込みをやらかしたらしい。

事務所には、奈良岡（ならおか）という、藤田の父親と中学時代が一緒だった老人もいた。藤田の父親の紹介によると、奈良岡は福井県ではずば抜けて古い家柄で、祖父の代までは山林王といわれたほどの素封家（そほうか）だったそうだ。戦後の混乱期にかなりの山林を手放す羽目になったとはいえ、仕立てのいいスーツ姿や、ゆったりした物腰からは、どことなく家柄のよさや大人（たいじん）の風格がにじみ出てくる。

「いまでも奈良岡さんは、県内はもちろん、近県ではちょっと知られたうるさ型でしてな。この菊人形もそうだが、福井県で何か催し物やら開発事業をやるいう際は、このじいさんにお伺いを立てんと、さっぱり話が進みませんのや」

「何をあほなことを……」

奈良岡老人はそっくり返るようにして笑った。歳のわりには腰も曲がっていない。すっかりゴルフ焼けをして、顔の色艶もよく、藤田の父親よりは、かなり若く見える。

「わしはうるさいことはない。ただ、福井県が好きなだけや。浅見さんはご存じないかしれんが、福井は戦災でやられ、ようやく復興したかと思うたら、今度は大震災でやられ、えらい難儀をしたところです。しかし、そのどちらの際も、不死鳥のごとくに蘇（よみがえ）った。よう頑張る県民性いうことですな。大きな産業もない地方なもんで、一人一人が一所懸命、働かにゃならん。もっとも、近頃ではその頑張るのがいささか災いして、やや勇み足があったり、乱開発ぎみに急ぎすぎたりするきらいがある。それが心配ですがな」

奈良岡はすっかり白くなった眉毛を、八の字に寄せた。

老人の言う「勇み足」とか「乱開発」とは、例の繊維工業にまつわる汚職のことや、越前大仏のことを指しているのかもしれない――と浅見は思った。

「こんどまた、亀津町に大観音堂というのができるそうですが」

浅見は言外に「どう思いますか？」という意味を込めてぶつけてみた。

「ああ、あれですか……」

奈良岡はいっそう眉をひそめ、ゆっくりと首を横に振った。それっきり何も言わなかったが、大観音堂に批判的であることは明らかだ。

「そしたら、菊人形のほうをご案内しましょうかな」

藤田の父親は、話題が不穏なものになるのを警戒するように、浅見を促した。

菊人形の飾り付けは、最後の追い込みにかかっていた。広い会場にところ狭しとばかり、文字どおり華やいだ菊人形がずらりと並んでいる。古典的な歌舞伎十八番、王朝絵巻、おとぎ話の主人公などが主流で、それにテレビ番組の登場人物や、マンガ、人気タレントなど、趣向を凝らした顔触れが揃っている。

展示はほぼ完了して、あとわずかばかり残った人形を作る作業を見せてもらった。

作業は四人の職人たちによって進められていた。そのうちの一人は、地べたに坐り込んで、長く割いた竹で竹籠のような本体を編み上げている。ほかの者は形が整った「籠」のてっぺんにそれぞれの人形の頭を付け、体の部分に菊の花を刺してゆく。水を含ませた綿で根を包みながら菊を飾る作業も大変そうだが、それにも増して、本体を形づくる作業のほうが、どうやら技術的には難しいらしい。見るからに気難しそうな男が、こっちに背を向けて、一心不乱に仕事をしている。

「どうです浅見さん、なかなか見事なものでしょう」

藤田の父親は自慢げに言い、職人たちには「こちら、東京の雑誌社から取材に見えた人や」などと話しかけている。職人は仕事に没頭して、誰もまったく振り向こうとせず、「ああ」とか「そうかね」と煩そうに答える。折角、藤田の父親が気を使っているのに――と、浅見は見ていて、なんだか気の毒になった。

「菊人形も立派ですが、福井県といえば越前竹人形が有名なのじゃありませんか？」

職人たちに聞こえないように話題を変えたが、藤田の父親は「ああ、竹人形ですか……」と、あまり気乗りのしない口調だ。

「まあ、あれは土産品にはよろしいな」

なんとなく軽く見た言い方が、『旅と歴史』の息子とそっくりなのに、浅見はますます興味を惹かれた。

「小説によると、素晴らしいものだそうですが」

「あれはまあ、あくまでも小説ですからな……それより浅見さん、そろそろ宿のほうへ行って、温泉にでも入って、一杯やりませんか」

時計を見ると、まだ十一時を回ったばかりだ。

「まだ早いですね。もし構わなければ、あの小説に出てくる『竹神』という村を訪ねてみたいのですが」

浅見は言った。

「あははは、あれは浅見さん、小説の中の想像の土地ですがな。現実にそういうところはありませんで」

「ええ、それは知っています。しかし、それはそれとして、ほぼそこがモデルじゃないかなと思う場所を調べてあるんです」

小説の「竹神」という集落は架空のものだが、「日野川の支流をのぼりつめた（水上勉著『越前竹人形』より）」となっている「日野川」は武生市を流れる川の名前である。

日野川は越前の最南端、南条郡今庄町の山間に水源を発し、武生、鯖江、福井を通って、その先で九頭龍川に合流する。

もちろん日野川に「支流」はいくつもあるわけで、そのひとつを特定すること自体、想像の域を出ないわけだが、「日本海へ断崖になってきりたっている南条山脈の山ふところに（『越前竹人形』より）」とあるからには、現在の南条郡今庄町しか考えられない。

「日本海へ断崖になってきりたって」いるのは、前述の「鉢伏山塊」の先端がそれにあてはまる。鉢伏山塊の「山ふところ」は今庄町である。

南条郡には今庄町、南条町、河野村の三町村があるけれど、面積のおよそ三分の二は今庄町によって占められている。

ということはつまり、今庄町がほとんど山地であることを意味する。今庄町の南側、岐阜県と滋賀県に境を接するあたりはすべて山また山である。

そして三県の境界が合する三国ヶ岳の頂上近くに、映画にもなった「夜叉ケ池」があり、そこが日野川の水源になっている。いかにも『越前竹人形』にふさわしい環境であり背景ということができそうだ。

藤田の父親はあまり感心しない様子だが、「そうですか、行かれますか」と諦めたように首を振った。

「そしたら、宿のほうで落ち合いますか」

「はあ、そうさせていただきます」

浅見がお辞儀をして行きかける背中に、藤田の父親は大きな声で「芦原の湯田ホテルいう旅館ですので、間違わんと来てください」と念を押した。

旅行案内によると、芦原の湯田ホテルは最高級の宿だそうだ。庭園がみごとで料理が上等と書いてあった。

「はい、夕方までにはちゃんと行きます」

浅見は期待感をこめて言い、頭を下げた。

第二章　名人の末裔

1

武生から北陸自動車道に乗って、今庄のインターまではほんのわずかな距離である。

今庄インターを出て、国道三六五号線を走る。この道はかつては「北国街道」として、京都から越の国へ通じる重要な幹線であった。今庄町から少し行くと国境の栃ノ木峠を越え、滋賀県に入る。街道筋には木之本、余呉、今浜など、『太閤記』でおなじみの地名がふんだんに出てくるところだ。

その昔、敗走する朝倉勢を追って、織田信長の大軍が通ったのも、柴田勝家が賤ケ岳の合戦で秀吉に敗れて北の庄（福井）へ向かったのも、すべてこの街道である。

北陸自動車道ができてからは、この幹線も交通量が減ったのだろうか、行き交う車は少なく、沿道にはのんびりした気分が漂う。

道端で孫らしい幼児と遊んでいる老人を見つけて、浅見は車を降りて声をかけた。

「この辺に越前竹人形を作っている人はいませんか？」

「ああ竹人形なあ、たしかおった思うが、ここでは分からへんで。もっと山のほうへ行ってから聞いたがええ」

今庄町は広いのである。集落と集落とのあいだの距離も遠く、おたがいの行き来もあまりないらしい。

国道と分かれると、道は狭くなった。左右は規模の小さい田圃(たんぼ)ばかりだ。

浅見は走りながら、たえず左右に気を配り、どこかに竹林はないかと探した。小説『越前竹人形』によれば、「竹神」という集落のまわりには良質の竹が密生していて、種類も豊富だということになっている。

> マダケ、ハチク、モウソウダケ、メダケ、ハコネダケ、イヨダケなどの繁茂した幾区劃もの藪(やぶ)が、約百メートルほどの距離をおいて、家々をとりまいていて、どの家も藪の中にひっそりと隠れてみえた。
>
> （『越前竹人形』より）

竹林はあるにはあるけれど、小説に描かれているほど大きな藪はない。家々が隠れるほどのものがあるようにも思えなかった。やはりあれは空想の世界なのだな——と、浅見はあらためて思った。

道は狭いながらも、ずっと舗装されていて走りよい。集落はポツリポツリとあるのだが、浅見は惰性のように通り過ぎて、やがて登り坂にかかった。

坂の上はダムサイトになっていた。「広野(ひろの)ダム」という表示がある。大きな観光案内の看板があって、夜叉ケ池へのハイキングコースなどが描かれていた。

浅見はダムの管理事務所に寄ってみた。若い男が一人、壁のパネル類とにらめっこをしている。男に訊くと、ここから先には人家はないのだそうだ。

「竹人形を作っている人はいませんか？」

「ああ、それやったら、たぶん野地さんのところとちがうかな」

ダムから二番目の集落に、それらしい人物がいるという。

「道路からちょっと引っ込んだところやし、分かりにくいかもしれんな」

近くへ行って訊いてくれと言った。

二番目の集落は全部で十数軒の家が、田畑の中にとびとびに建っている。そのいちばん奥のはずれの、杉林に囲まれた平屋が野地家であった。

軒の低い家だ。浅見は頭を前に倒すようにして、ついでに「ごめんください」と挨拶を言いながら建物の中に入った。

暗い陰気くさい家だ。土間の壁には、ところ狭しとばかりに、いろいろな種類の竹が立て掛けてあった。良質な竹は輸入物も多いのだろうか。梱包を解かれた竹には、ローマ字で印刷されたラベルのついたものもあった。いずれにしても竹細工を作っていることは間違いない。

家のどこからか微かな物音は聞こえるが、返事はなかった。浅見はもういちど、大きな声で「ごめんください」と言った。

物音がやんでまもなく、いきなり、ヌッという感じで、目の前に男が現れた。歳のころは四十前後だろうか。かなり小柄だがガッチリした体軀だ。

異相であった。能面に小癋見という醜男の顔がある。それにそっくりといえば、感じが出ているだろう。額と頬骨がむやみに出っ張っていて、そのあいだに、異常に引っ込んだ眼が埋まっている。

「野地さんですか？」

浅見は訊いたが、男は無言で、奥まった眼がじっとこっちを睨み据えている。もしかすると耳が不自由なのかもしれない。浅見は名刺を渡しながら、訊いてみた。

「竹人形を作っていますか？」

男は頷きかけて、ぎごちなく首を横にひねった。肯定とも否定とも取れる仕草だ。ともあれ、耳は聞こえているようだ。

「見せていただけませんか」

黙ったまま、今度ははっきり首を横に振った。それからクルリと背を向けると、板戸の陰に消えてしまった。取りつく島もなかった。

浅見は仕方なく野地家を出た。どうするか思案をしながら、車を走らせた。今庄町でももっと賑やかな集落を通過する時、左手に町役場の建物が見えた。役場の商工課に訊けば、野地のことも、竹人形のことも分かるだろうと思った。

今庄町役場は立派な建物だった。しかし、建物の中はガランとして、活気に乏しい。この町も御多分に洩れず、過疎なのかもしれない。

受付の女性に「竹人形のことでお話を聞きたいのですが」と言うと、教育委員会の社会教育課がいいでしょうと教えてくれた。

おりよく、教育課には課長を兼務している教育長が在席していた。教育長は六十歳近い頭を丸めた男で、名刺をもらってみると、近くの寺の住職が本職なのだそうだ。

「ほう、東京からみえたんかね」

教育長は浅見の肩書のない名刺を眺めながら、感心したように言った。

「じつは、水上勉の小説『越前竹人形』のモデルになった土地が、この付近ではないかと思ったもので、おじゃましたのです」

「ああ、そうでしたか……竹人形のことでねえ……」

驚いたことに、教育長もまた、藤田や藤田の親父さんと共通する、何ともいえない、曖昧な表情を浮かべた。

「それはまあ御苦労さんなことやが、あれは小説ですからなあ。この今庄町がモデルいうわけでもないのですよ」

「しかし、冒頭の情景描写なんかを読めば、地理的な条件としては、やはりこの付近以外には考えられないのではありませんか？」

「そやけど、ご覧になってお分かりのとおり、ここにはああいう竹藪はないのでして。そこからして、違うておるでしょう」

「それはたしかに、そのとおりかもしれませんん」

浅見はあっさり「モデル説」は撤回することにした。そのことにこだわっていると、話がややこしくなりそうな気がしたのだ。

「ところで、野地さんという人が竹人形を作っているというので、さっきお宅に伺って、人形を見せてくれるようにお願いしたのです。ところがどういうわけか、断られてしまいました」

「ああ、そうでしたか。そりゃあお気の毒になあ。あの人は変わり者やからな。昔、わたしは教師をしておった時期があるので、子供の頃のことをよう知っとるのだが、学校にもろくに行かんような子でした。正直いうと、町の者も、あまり付き合わんのです」

「やはりそうですか、たしかにちょっと変わった人だと思いました。しかし、竹人形を作って商売はしているのでしょう?」

「ああ、作ってはおったが、竹人形のほうはだいぶ前からやめてしまったようですな。いまは籠やとか、花活けやとか、土産用の工芸品を作っているようだが。それも、気が向かんと、さっぱり仕事せんような人やから、暮らしは楽ではないのとちがいますか」

「お身内の方――ご家族はいらっしゃるのですか?」

「いや、天涯孤独でしてな。父親はあの男が生まれる前に戦争で死んでしもうたし、母親も早死したし、ずっと祖父(じい)さんの手で育てられておったのですが、その祖父さんも十歳かそこらの時に死んだのとちがうかな。それからこっち、ずうっと独り暮らしです。ひところ、仕事仲間みたいな男が一人と、もう一人手伝いの若い衆みたいなのが一緒に住んでおりましたが、いまは二人とも今庄を出て、たしかあれは、武生かどこかに住んではるんやなかったかな」

「武生ですか……そうすると、その人たちは現在は武生で竹人形を作っているのでしょうか?」

「たぶんそうやないか、思いますがな。私らもよう知らんのですわ。いつのまに出て行かはったのかもですな。なにせ野地さんにしろ仲間の人にしろ、職人気質(かたぎ)いうのか、みんなが変わった人たちやったもんで」

どうやら教育長は、野地や彼の仲間たちに好意を抱いてはいないらしい。

「野地さんの竹人形というのはどういうものなのですか？　そういう職人気質の人なら、きっといいものを作っていそうに思えるのですが」

「さあなあ、わたしらは鑑識眼はないもんで、さっぱり分からんですが、見たかぎりでは大してええものとは思えませんがなあ……そや、二つ三つ、ここにも置いてあるのとちがうかな」

教育長は後ろの戸棚を探して、段ボール箱を引っ張り出した。

「いっとき、商工会のほうで、これを今庄町の名産品として奨励するとかいう話がありましてな。まあ、それには過疎対策いう目論見もあったわけですが。しかし、さっき言うたように、野地さん自体が人形を作らんようになってしもうたもんで、結局、その計画は流れてしまったのですが」

言いながら、教育長はテーブルの上に三体の人形を並べた。

「これがそうですか……」

浅見はひと目見て、正直に落胆した声を出した。

たしかに教育長の言ったとおり、「大してええものとは思えない」のであった。『えちぜん』の女将に見せてもらったものと較べてはもちろんだが、小説で読んだ「越前竹人形」のイメージと比較しても、いま目の前にある竹人形とでは、雲泥の差、月とスッポン、天と地の開きがあった。

要するに安っぽいのである。

遊女らしい女の像は、太さのちがう竹を五センチほどの長さに切ったものを三つ、少しずつ角度を変えて接着剤でつなげ、末端のもっとも太い竹の裾を斜めに切って、着物の裾の感じを出している。左右の袖は太い竹を長さ三センチほどに輪切りにしたものを、縦に六分割したものを使っている。

竹そのものの素材性を生かそうとして、それなりに工夫はしているのだろうけれど、総体的にいかにも稚拙な印象だ。

致命的なのは頭部であった。顔は紙粘土を固めたようなものでノッペラボウ。髪の毛はたしかに竹の皮を使ってはいるけれど、ただクルッと丸めただけのような細工で丸髷(まるまげ)を形づくっている。

はっきりいって「子供だまし」だ。『えちぜん』で見た人形とはまるで異質のものだし、水上勉の『越前竹人形』に描かれた、妖艶にして優美な竹人形のイメージはどこにもない。これならばまだしも、東北のこけし人形のほうがはるかに純朴で、土のにおいがする。

(これはちがう――)

直感的に浅見は感じた。竹人形といってもピンからキリまである、といってしまえばそれまでだが、少なくとも、これは水上勉が描いた竹人形とはまったく別の次元の産物なのだ――と思った。

福井県を旅して、土産品に越前竹人形を買い求める人は少なくないだろう。その人たちの多くは水上勉の『越前竹人形』を読んで、人形たちのふるさとである越前に想いを馳(は)せ、人形との出会いに胸ときめかせていたにちがいない。

そうして、旅の記念にと竹人形を買う。竹人形を手にする。

その瞬間の失望が、浅見には手に取るように分かる。

「これがそうですか……」

浅見はその旅びとたちの想いを代弁するように、もういちど言って、そこはかとない憐れみをおぼえながら、竹人形をテーブルの上に戻した。

「がっかりされたのとちがいますか」

教育長は申し訳なさそうに言った。

「はあ、正直なところ、すこし……しかし、ほんとうの越前竹人形はこんなものではないはずです。じつは僕はいちど、この目ですばらしい竹人形を見ているのです」

「ほう、そうでしたか。いや、私は見たことはないが、みごとな人形があるいう噂は聞いたことがあります」

教育長は腕組みをした。

「しかしあれですな、どこの店に行ってみても、土産物の竹人形は似たり寄ったりとちがいますかなあ。ただ、野地さんも、以前はもっとええものを作っていたように思うのだが……もしかすると、これは土産物用の安物として作ったものかもしれません。本当の実力いうか、その気になれば、もっとええ作品を作るはずや思います」

「というと、土産用の一般品と、本気をこめて作ったものとでは違うということなのですか?」

「そらそうでしょうなあ。なにしろ、とことん打ち込んで作るとなると、一つ作るのにも何日もかかって、商売にならんのとちがいますかな」

　これは浅見にとっては新知識であった。教育長の言うとおりだとすると、越前竹人形というのは、二種類あるということになるのだろうか？——。

「正直いうて、われわれには詳しいことはよう分からへんのです」

　教育長は最後にはサジを投げるように、そう言った。教育長がそう言うくらいなのだから、それがどうやら、地元で確かめられる結論かもしれない——と浅見は思った。

「ところで、教育長さんは越前竹人形の名人で、嘉助という人をご存じないですか？」

「嘉助？　それやったら、野地さんの祖父さんの名前とちがいますか」

「えっ？　野地さんのお祖父さん……」

　浅見は驚いた。

「じゃあ、野地さんのお祖父さんも竹人形師だったのですか？」

「いや、竹人形師といえるかどうかは知らんが、竹細工を作ってはったですからな。もしかすると、竹人形も作ってはったかもしれんです」

「お祖父さんはいつ頃亡くなったとおっしゃいましたっけ？」

「あれは野地さんが十歳かそこらの時やから、昭和三十年頃やったと思いますよ」

『えちぜん』の女将が浅見の父親から「おひま」と一緒に竹人形をもらったのは、昭和二十六、七年頃だとか言っていた。時期的には符合しないでもない。

（そうか、嘉助という人物は実在していたのか——）

浅見はいささか意気消沈した。

浅見があの竹人形の「嘉助」の署名を指差した瞬間、女将の眼が微妙に揺れた。それは彼女の内心の動揺そのものを現していると、浅見は思った。

(もしかすると、竹人形のことも含めて、父と女将との「醜聞」は、連中の仕組んだ偽りの話ではないのか——)

それがその時、浅見が抱いた疑惑である。しかし、嘉助が実在の人物であり、時期的にも符合するとなると、疑惑の拠りどころはないことになる。

(しかも——)と浅見は思った。

「嘉助」という名前は、水上勉の小説の主人公・喜助とよく似た名前だ。ことによると、作者は嘉助をモデルにしたとも、考えられないことはない。

ただし、わずかに疑問の残る点もあった。それは、もしあの竹人形を作ったのが野地の祖父の嘉助だったとすれば、それほどの名人を地元の人間——それも教育長を勤めるような人が知らないというのがおかしいということだ。

(嘉助はほかにもいたのかもしれない——)

浅見は気をとりなおして訊いた。

「ところで、今庄町以外で、越前竹人形を作っている土地はどこか、ご存じではありませんか」

「さあなあ……さっき言った武生へ移った人が作っとるかしれんが……」

「その人の名前は分かりませんか?」

「待ってください、たぶん分かる思いますがね」

教育長は内線を使ってどこかに電話して、野地家を去った二人の名前と住所を聞いてくれた。

江島徳三
本瀬秀昭

これがその二人の名前であった。

「そのほかにも大勢いると思いますよ。福井の土産物店なら、どこへ行っても越前竹人形を売っとるでしょうからな。もし詳しいことを聞くんやったら、新聞社かどこかへ行ったらええのとちがいますやろか。だいぶ前やったけど、福井中央日報の記者いう人が、野地さんのところに来とったいう話を聞いたことがあります」

「それは竹人形の取材だったのですか?」

「さあ、そこまでは分かりまへんがね」

その時、女性が教育長に会議の時刻のきたことを告げにきた。それを汐に、浅見は教育長に礼を言って役場をあとにした。

2

福井市には三時ごろに入った。

浅見が福井を訪れるのは、これが二度目のことである。一度目は何年か前の事件で、岐阜県の白鳥町から油坂峠を越え、九頭龍ダムのほとりを通って来た。(『白鳥殺人事件』光文社刊参照)

あれはまだ雪の残る春先のことだった。そういう季節的な要因を割り引いても、その時の印象より、いまの福井のほうが、はるかに活況を呈しているように見える。明らかに福井は、積極的な都市計画や新しい産業の興隆を目指して、動いているのである。

奈良岡老人が言っていたことだが、福井は昭和二十年の戦災でやられ、復興途上の昭和二十三年六月、こんどは福井大地震で死者三千五百余、負傷者一万五千余の壊滅的な打撃を受けた。ことに福井市の市街地は戦災で九五パーセント、震災で八〇パーセントの被害を出している。

しかし、福井はそのつど、「不死鳥福井」と称されるほどの驚異的な復元力を見せて立ち直った。

長いこと福井県の地場産業として栄えていた繊維業界の不振や、鯖江のメガネフレームの輸出不振など、福井の産業を取り巻く環境はきわめて悲観的であるといわれながら、こんなふうに活気が感じられるというのは、いったいどういうことだろう――と、浅見には不思議に思えた。

いま問題になっている越前大観音堂の建設なども、企業の経営者とはいえ、一個人の計画した事業だというのは、浅見のようにマイナー志向の人間でなくても、想像を絶するものがある。そういう、とてつもないことをやってのけるエネルギーが、福井の人間にはあるということなのだろうか。

その反面、福井人は保守的だという評判もよく聞く。『旅と歴史』の藤田も、その土地柄を嫌って父親に反逆し、故郷を棄てたのだそうだ。

そして、福井県には選挙違反や汚職が多いというイメージも拭えない。繊維不況を背景に起きた、撚糸工業連合会をめぐる汚職事件で、現役の代議士が二人も連座して政界を去ったのは、記憶に新しい。

そういうことを考えあわせると、現在目に見えている活況は、さまざまな思惑や画策が絡み合って構築された虚構なのかな――という気にもなってくる。

福井インターを過ぎるまでは、そのまま素通りして芦原まで行く予定だったが、北陸自動車道の上から、左手に福井の市街地を見ながら、そんなことを考えているうちに、浅見はふと気持ちが変わって、福井北のインターを出ることにした。

今庄町の教育長が「詳しいことを知りたければ、新聞社へ行って聞くといい」と言っていたのを思い出したのだ。

教育長が言っていた地元紙の『福井中央日報』は、インターから市街地へゆく道路脇にあった。四階建の社屋は、鉄筋コンクリートなのかモルタルなのか、はっきりしないような安手の壁で、なんとなくうら寂れたたたずまいだ。

「越前竹人形について聞きたいことがあるのですが」

受付で言うと、それなら文化部がいいでしょうと、二階のフロアに案内してくれた。階段を上がってドアを開けると、ワンフロア全体が間仕切のないオフィスになっている。雑然とした感じだが、反面、よくいえば活気に満ちているともいえた。

大きなフロアにデスクがいっぱい並んでいて、どこからどこまでが文化部なのか、ちょっと見分けがつかない。どの机の上にも書類やら資料やらが山積みされていて、その山越しに大声で喋りまくる者が多いから、むやみに騒々しい。

浅見がドアのところで待っていると、受付の女性は、その混乱の中から若い女性を連れて戻ってきた。

「文化部の者ですが、何か?」

若い女性はポキポキした口調で言った。化粧っ気のない顔だが、大きな眼が時折キラリと光るのが、理知的ですがすがしい。

浅見は名刺を出して名乗った。

「東京からみえたのですか」

女性も名刺を出した。「片岡明子」とあった。肩までの髪を煩そうにかきあげる癖がある。キャリアウーマンと呼ぶにはずいぶん若すぎるけれど、話し方や仕草が男っぽくて、しっかり者という印象を与えた。

「越前竹人形のことでちょっとお聞きしたいことがあるのですが」

「はあ、竹人形のこと……」

当惑げな表情が浮かんだ。

「竹人形のどういうことでしょうか? 私はあまり詳しくないのですけど」

「ひとつは、竹人形を作っている土地や人のことですね。それから、もうひとつは、竹人形はいつ頃、誰が作り始めたのか——といったことを知りたいのです」

「あら、竹人形って、昔からあったものじゃないんですか?」

片岡明子は面くらったように言った。

「ええ、昔っていえば昔でしょう。しかしどのくらい昔なのかが問題なのです」

浅見は微苦笑を浮かべて、言った。

「たぶん、あなたが生まれる前であることはたしかだと思いますけどね」

「そんなこと決まってますよ。第一、私が生まれたのはそんな昔じゃありませんもの」

明子はむきになって、少し口を尖らせた。

「失礼、言い直します。僕が生まれる前の大昔です」

「そんな……」

明子は笑った。はじめて浅見に気持ちを開いた笑顔であった。

「そんなの、比較にならないほどの昔でしょう。だって、竹人形って大正の頃にはちゃんとあったのですもの。たしか、水上勉の『越前竹人形』は大正時代が舞台になっていませんでした？」

「ええ、小説ではそうですが、実際にはどうだったのかということです。じつは、ここに伺う前に、竹人形を見てきたのですが、あの小説に書かれているようなものとは、ぜんぜん別の物なのです。それで、もしかすると、現在のような竹人形は、小説に書かれているものとは違うのではないかという気がしてならないのですよ」

「あら、そうなんですか？」

明子にとっても、それははじめての知識だったようだ。

「そうですよねえ、あれは小説ですものねえ。だけど、それじゃいつ頃からなのかしらねえ。大正時代にあったということは、つまりそれ以前からあったということなのだから、江戸時代でしょうか？　それとも明治時代になってからでしょうか？」

明子は腕組みをして考え込んでから、ふと思いついたように顔を上げた。

「ちょっと聞いてきますから、あそこで待っていてください」

浅見にフロアの隅にある粗末な応接セットを指差しておいて、軽やかに身を翻した。

ソファーに坐っていると、デスクのあいだを動き回る明子の姿が、まるで花園に舞う蝶のように見えた。方向を変えたり、話す相手に頷いてみせるときなど、髪の毛がパッと躍って、いかにも「青春」という感じがする。

しかし、片岡明子がそうやって何人かに聞いてみたところ、結局、彼女同様、越前竹人形のことはほとんど知らないという者ばかりだ。

「驚きました、誰も知らないんですよね。福井県の人間——それも新聞社の文化部の者が、郷土の誇るべき名産品のいわれを知らないなんて、いったい、こんなことがあっていいのかしら？」

明子は息をはずませて戻ってくると、呆れた顔をして、告げた。

浅見は苦笑した。彼女自身、福井県人ではないか——と思った。

「ところで、片岡さん自身は竹人形のことをどう思いますか？」

浅見は訊いてみた。

「どうっていいますと？」

「つまりその、なんていうか、福井県のお土産としてですね、自慢できるものであるとか、それほどのことはないとか……です」

「はあ……」

明子はいよいよ当惑している。

「そんなこと、いままで一度だって考えたことないし、それに、気がついたんですけど、もしかすると、私は越前竹人形を手に取って見たことがないかもしれないんですよね」

「ほんとですか？」

浅見は驚いた。そんなことがあるとは、考えてもいなかった。

「ほんと、自分でも意外なんですけど、たしかに竹人形に触った記憶がないんですよね。ほら、灯台もと暗しっていうでしょう。あれですよきっと」

明子はおかしみをこらえて、目尻にしわを作った。

「そうですか、そんなもんですかねえ……いや、そういえば、僕だって、浅草の雷おこしを食べた記憶がないし、栄太楼飴だって食べたかどうだか……そうそう、東京タワーにも登ったことがないですよ。案外、地元の名物なんて、そういう扱いを受けているものかもしれませんね」

「ええ……でも、竹人形の歴史なんか、誰でも知っていると思っていたんですよねえ」

明子は信じられない気持ちだ。

「しかも、地元新聞の文化部の人間ですら知らないなんて……」

「そう、それはたしかに、奇妙な事実といえなくもありませんね」

浅見も正直に言った。

「ただ、いま聞いたところによると、一人だけ、社会部の記者が越前竹人形のことを調べていたことはあったらしいんですよ」

明子は名誉挽回のため——といわんばかりに強調した。

「でもその人、いまはもう会社を辞めちゃったんですよね」

（ああ——）と浅見は思い当たった。今庄町の教育長が言っていた新聞記者というのは、たぶんその人物のことだろう。

「そうですか、それは残念ですねえ……しかし、それはともかく、新聞社でも分からないとなると、どこへ行って聞けばいいのでしょうかねえ?」

「そうですねえ……県の観光課とか、それとも、そうだわ、いっそ、竹人形を作っている人のところに行って聞いたらいちばんよく分かるんじゃありませんか?」

「それはねえ、たしかに人形師に聞けばいいのかもしれないけれど、はたしてその人たちが本当のことを教えてくれるかどうか、ちょっと疑問なのです」

「どうしてですか?」

「それはですね……」

浅見は逡巡した。

「こういうことを言うと、福井県の地元の人は気を悪くするかもしれないですね」

「何がですか? どうして気を悪くするのですか?」

不思議そうに見開いた眼が、浅見に真っ直ぐ向けられた。

「じつは、越前竹人形というのは、つくられたものじゃないかな——と、そんな気がしてならないのですよ」

「は?……」

明子にはピンとこない。

「つくられたって……それは、たしかに竹人形はつくられたものだと思いますけど?」

「あ、そういう意味ではなく、僕の言っている意味はですね、『越前竹人形』と称しているものは、じつは水上勉の小説以後につくられたものじゃないかということなのです。それ以前には越前竹人形などというものは存在しなかったということです」

「えっ？……」

　明子は絶句した。浅見を見つめる目の中に、たちまち不信の色が広がった。

「ほら、あなただって気分を害するでしょう？　やはり地元の人がそんなことを言われたら、気を悪くするに決まってますよね。だから僕はさっき、そう言ったのです」

「それは……でも、なぜ浅見さんはそういうふうに思われたのですか？」

　明子はかろうじて自制して、言った。

「そうですね、一種の勘みたいなもの——と言ったら、また気を悪くされますかね。僕自身、そんなに知識があるわけではないし、生意気なことは言えないのですが、何人かの人に会って、話を聞いているうちに、ふとそう思ったのです。あなたの言われるとおり、人形師の人に直接訊けばはっきりするとは思うのですが、たぶんその人たちの立場上、正直な答えは期待できないだろうし、それより、ほんとうのことを知るのが、恐ろしいような気持ちもあるわけで……」

　実際、そういうところが浅見の弱点といえる。人が隠していることを探り当てるのは、ルポライターとして、当然しなければならない職責なのだろうけれど、そうすることは、相手の痛みをつつくことになる。その痛みがこっちにもはね返ってくるような気がして、浅見は恐ろしくてならないのだ。

「あなたもジャーナリストだから経験があると思うのですが、取材先で断られたり、怒鳴られたりといったようなことは……」

「ええ、そりゃまあ、ありますけど。でも、そんなことを恐れていたら、取材なんかできっこないでしょう」

「いや、そういう反発は恐ろしくありませんが、取材した結果が、その人を辛い立場に追い込むようなことになりはしないかと……たとえ相手が悪い人間であったとしてもですね、そういうのがどうも苦手なのです」

「はあ……」

明子の表情が微妙に揺れるのが分かった。それは浅見の軟弱さに対する失望感を示していた。

「相手が間違っていたり、悪人だったりしたら、トコトン突っ込むべきじゃないんですか？　それで傷ついたとしても、傷つくほうが悪いのですよ」

「強いのですね、あなたは」

浅見は感心して、ちょっと頭を下げた。

「強くなんかありませんけど、そんなの、新聞記者ならあたりまえのことでしょう？」

「じゃあ、竹人形師にさっきの質問をぶつける勇気もあるわけですね？」

「勇気だなんて、そんな大袈裟な……」

明子は笑った。

「ただ、ありのままのことを訊き出すだけじゃないですか。竹人形師だって、そんなこと隠す必要もないのだし、べつにどうってことありませんよ。そうだわ、私、それやってみます。越前竹人形の真実の歴史なんて、案外、知らない人が多いわけだし、深く掘り下げたらウケるかもしれませんよね」

瞳がキラキラ輝いた。こっちの思惑など、もはや眼中にないにちがいない。

「浅見さんは今日お帰りですか？」

「いえ、今日は芦原に一泊します。芦原の湯田ホテルというところです」

「じゃあ、明日またお会いしませんか。今晩と明日の午前中かければ、いろいろ調べられると思うんですよね。その結果を教えてさし上げます」

「そりゃありがたいけれど、それじゃ申し訳ないなあ。いいんですか？　そんな、余計な仕事をしても」

浅見はチラッと、明子のデスクのあるほうを見て、言った。

「あら、これも仕事ですよ。調べて、もし興味深い結果が出たら記事にします。それは構わないのでしょう？」

「はあ、もちろん構いません。僕の今回の取材目的は武生の菊人形で、竹人形ではないのですからね」

「だったら問題ないですよね。それじゃ、また明日」

立ち上がって、さっと手を出した。浅見も反射的に明子の手を握った。柔らかいが、意外なほど冷たい感触だった。

3

福井県庁は福井城址（じょうし）にある。そのせいでもないだろうけれど、濠（ほり）を渡り坂を登った上に建つ建物には、権威主義的な雰囲気があって、明子はあまり好きになれない。

しかし県の観光課は、新聞社の文化部にいる明子にとって顔馴染（なじ）みといっていい。職員の応対ものの柔らかだし、親切だ。ただし、それは明子が若い女性で、しかもなかなかの美人であるせいなのかもしれない。

　もっとも、明子のほうはそういう意味での特別待遇には、かえって不満を感じるほうだから、べつにこっちから媚びを売るような真似をするわけではない。ぶっきらぼうで飾り気がなくて——しかし、そういうところがかえって新鮮に映って、好感を抱かれるということはあるものだ。

「越前竹人形の歴史かね」

　観光課の尾関課長は、めずらしく渋い顔をしてみせた。

「ああいうものの歴史だとか、そういう故事来歴については、あまり深く追究しないほうがいいのだがねえ」

「あら、どうしてなんですか？」

　明子は浅見が言っていたような、何か秘密主義めいたものが課長の口調の背後にあるのを感じて、勢い込んで訊いた。

「どうしてって……まあ、それぞれお家の事情などがあったりするからねえ」

「お家の事情っていいますと？」

「だから、いわく言いがたいものがだな」

「いわく言いがたいっていうと……」

　明子は少し焦れて、単刀直入に言った。

「たとえば、越前竹人形っていうのは、水上勉の小説が発表されたあとに作られたものだとか、ですか？」

「ん？……」

　尾関観光課長はいやな顔をした。

「あんた、そんなこと誰に聞いたの？」

「誰って、ある人に聞きましたけど。じゃあ、やっぱりそのこと、本当なんですか？」

「いや、それは私だって知らないよ」

尾関は強くかぶりを振って、否定した。

「ほんとに知らないんですか？　変なんですよねえ。越前竹人形のこととなると、みんな知らないって言うんです。こんなに有名な民芸品のことを、しかも地元の福井県の人間が知らないなんて、おかしいですよね」

「そうかなあ、おかしいかなあ。べつに知らなくたって、誰も困るわけじゃないし。世の中、そういうことって多いのじゃないかねえ。つまりその、曖昧模糊としていて、それで万事がうまくいっているっていうようなことだがね」

「そんなの、政治や汚職の世界はそうかもしれませんけど、竹人形の歴史なんかまで曖昧にしておく理由なんて、ぜんぜん考えられませんよ」

明子は気張ったもの言いになった。政治だの汚職だのという言葉が出たのは、あまり褒められない比喩だったかもしれない。その証拠に、尾関課長がギクッとしたように、周囲に気を配った。

「あんたねえ、なんてことを言うんだ。役所でそういう言葉は禁句だよ」

声をひそめて叱った。

「あ、すみません……」

明子もさすがに気がついた。

「しようがないお嬢さんだな」

尾関は仕方なさそうに苦笑しているが、相手が男だったら、まちがいなく険悪な空気になっていただろう。

「とにかくさ、そういうことだからして、私から聞こうとしても無駄だよ。どうしても知りたければ、郷土史家とか、むしろ直接人形師のところにでも行って聞くことだね。もっとも、教えてくれるかどうかは保証のかぎりではないけどね」

「分かりました、そうします。でも、私は越前竹人形を作っている人のことも知らないんです。こちらには人形師の名簿があるのでしょう？」

「ああ、あるにはあるが……しかしね、名簿っていうほど大袈裟なものじゃないのだ。現在、越前竹人形の生産者として紹介できる人は三人しかいないのだよ」

「えっ？　たった三人なんですか？」

「そう……まあ、たった——というべきか、三人も——というべきか、考え方はいろいろあるだろうけどね。もちろん、助手だとか弟子だとか、下請けみたいなものだってあるのかもしれないがね。とにかく、人形に銘を入れるほどの作家は三人だけだよ」

尾関課長は書類棚からスクラップブックを出して、明子の目から隠すようにして、三人の名前と住所をメモに書き移した。

武生市　江島徳三
福井市　大石光治（おおいしみつはる）
丸岡町　新町峰雄（しんまちみねお）

「この中のどの人が一番の権威者なんですか？」

「そんなことを訊かれても困るよ」

「じゃあ、水上勉の小説に出てくる氏家（うじいえ）喜助の後継者というか、流れを汲（く）むというか、そういう人は誰なんですか？」

「それも答えられないな。強いて言えば、皆さんがそうだとしか言えないね」

尾関はバタンとスクラップブックをデスクの上に放って、席を立った。退庁時刻も迫っていた。

「さあ、もういいだろう、こんなところだね。あとはあんた自身の足で調べ回ることだな。ただし、さっき言ったように、あまり深く突っ込まないほうがいい場合もあるっていうことだ。でないと、嫁の貰い手がなくなるかもしれないよ」

「そんなの、関係ありませんよ」

明子はむくれた。

（どうして福井の男共は、ふた言めにはそういうことを言うのだろう。まったく次元が低いったらないわ——）

県庁を出たところで、明子は思いがけない人物と出会った。元中央日報の社会部記者だった平石である。

「よおっ」

平石は向こうから声をかけて寄越した。明子は反射的に顔を背けかけたが、かろうじて笑顔を取りつくろった。

「あら、しばらくです。お元気ですか？」

「ああ、まあね」

平石はまぶしそうな目で明子を見て、近付いてきた。逃げるわけにはいかないが、いかにも明子は先を急ぐというように、腕時計に視線を落とした。

「すっかりブンヤらしくなったな」

「そんなことありませんよ。まだ新米のままです」

「いや、そうじゃない。ちゃんと成長しているよ。いろいろそれなりに苦労もしているそうじゃないか」

「は？……」

明子はけげんな顔で平石を見返した。

「聞いてるよ、大観音堂のこと、かなり突っ込んだことを書いたそうだな」

「えっ？　どうしてそれを……」

「驚くことはないさ。狭い福井の中のことぐらい知らないで、この商売は勤まらんよ」

「下井さんですか、情報源は？」

明子はぶぜんとして言った。男共が酒の肴(さかな)に、新米女記者の武勇伝を噂している情景が思い浮かんだ。

「下井？　いや、あんなのとは付き合いはないよ。そうか、きみの取材は下井が握りつぶしたわけだな。原稿をバンと叩いて、突き返したか」

明子は驚いた。何でも知っている男だ――と思った。

「そうなんですか？　下井さんにはもともと、何かそういう癖っていうか、そういうの、あるんですか？」

「あるある、やつは小者だけどさ、オーナーの鼻毛を読むのを生き甲斐にしているようなやつだ。小者には小者なりに、姑息なところもあるしな」

明子はいやな気分になった。下井のこともそうだが、下井をそんなふうに言う平石のことも好きになれない。

「平石さん、相変わらずなんですね、お酒」

「あ、分かるかい？　いかんなあ」

平石は口を押さえて、照れくさそうな顔をした。いたずらを見つかった腕白坊主のような、無邪気な顔であった。

「どうもね、こいつがないと、なんとなく自信が湧いてこなくてね」

　あまり上等でない上着の、胸のポケットを叩いてみせた。そこに小さなボトルが入っているらしい。

「体に悪いんじゃないですか？　奥さんに叱られませんか？」

「あははは、そんなもの……」

　顔を歪めて笑って、言いかけた言葉を途中で飲み込むと、急に真顔になった。

「今日は何だい？　また何か、役所のお先棒かつぎの記事でも書かされるのかい？」

「そんなんじゃありませんよ」

　明子は怒った顔で言った。

「越前竹人形のことを調べているんです」

「越前竹人形だって？……」

　平石は目を丸くした。その顔を見て明子は思い出した。

「あ、そうだわ、社会部で越前竹人形のこと調べていたっていうの、平石さんじゃありません？」

「ん？　うん、まあね……それより、いま時分、なぜ越前竹人形なんだい？」

「ちょっと気になったんです。たとえば、越前竹人形って、いつごろ誰が作り始めたのかとか、そういうことが」

「ふーん……」

「平石さん、知ってます？　そういうこと」

「ああ、まあね、知らないこともないけど。しかし、どうしてそんなことを調べる気になったんだい？」

「東京から来たルポライターで、浅見っていう人に、そういうこと質問されたんですよね。だけど、ウチの社の人、誰も知らなくて、私もですけど……ねえ、こんなこと、みっともないと思いません？　地元の新聞社が知らないなんて。それで調べてみる気になったんです。そしたら、また驚いたんですけど、観光課の尾関課長は、そんなことをほじくり返さないほうがいいとか……」

明子は唇を嚙んだ。「嫁の貰い手がなくなる」という尾関の言葉を思い出したのだ。

「ばかにしてるわ……」

「そうだね、ばかにしてると思うよね」

平石は明子の憤慨の意味をとり違えて、同情してくれた。

「課長の口ぶりだと、なんだか越前竹人形のことを詳しく調べるのはいけないみたいな感じなんですよね。それで、やっぱり浅見っていう人が言ったことはほんとうなのかなって思って……」

「何て言ったんだい、その人？」

「越前竹人形は、水上勉の小説が出たあと、作られたのじゃないかって。つまり、小説の人気に便乗してできたんじゃないかって言うんですよね」

「ほう、そんなことを言ったのか」

平石は怖い顔になった。

「そう言われた時は悔しかったんですけど、尾関課長があんな態度を見せたりしたところをみると、彼の言ったことは正しかったのじゃないかって思えてくるんですよね」

明子はいくぶん浅見のために弁解するような気持ちになって、言った。

「そうだ、そのとおりだよ」

　平石は吐き出すように言った。

「その浅見という人の想像は当たっているのだよ」

「えっ？　ほんとですか？」

「ああ、ほんとだ。水上勉の小説が世に出るまで、越前竹人形などというものは存在しなかったのだ」

「うっそォ……」

「ばか、そういうガキみたいな声を出すな」

　平石はまるで上司のように叱った。

「きみ自身が疑惑を持ったのじゃなかったのか？」

「それはそうですけど……でも」

「事実だと分かると信じたくなくなるっていうわけか。きみもジャーナリストの端くれなら、そういう甘っちょろいことを言うな」

「でも、それじゃあ、昔は越前竹人形っていうのは、何もなかったのですか？」

「ああ、何もなかった。おれの調べた結果ではね。現在、越前竹人形の製造に携わっている人間は、下請けを入れても百人に満たないだろうな。ほとんどが家内工業というより、手内職みたいな仕事をしている。その中で、人形師として名前を出している人はわずかに三人だけだ。福井市の大石氏、丸岡町の新町氏、それと武生市の江島氏」

「その三人の名前は、尾関課長も言ってました」

　明子は言った。

「でも、その三人の中で誰がもっとも正統的な――つまり、水上勉氏の『越前竹人形』を継承する人形師なのかを訊いても、答えてはくれないんです」

「だろうな。答えようがないもの。ただ、その三人の中では福井の大石氏がもっとも古くから竹人形を作っている。年齢も七十五歳と最年長だ。しかし、その大石氏にしたって、竹人形づくりを始めたのは昭和四十年頃かららしい」

「えっ、そんなに最近なんですか?」

昭和四十年といえば明子が生まれた年だ。そのせいもあって、無意識に「最近」というところを強調した。

「まあ推測だがね、水上勉の『越前竹人形』が発表されたのは昭和三十八年だから、それがブームになって、人形づくりを誘発させるまで、二年くらいはかかるだろうという計算なのだ」

「でも、ご当人たちは何て言っているんですか? 平石さんは取材したんでしょう?」

「ああ、もちろん取材したよ。ところがなんとも奇妙きてれつなことに、その人たちは、いずれも小説より前に竹人形を作っていたと言うんだな。創業は昭和二十五年だ、と主張する人もいた。つまり、はじめに小説ありきではなくて、はじめに人形ありき——だというわけだ。中には、大正時代の伝統を受け継いでいる——などと、しかつめらしく話す人もいたりしてね。考えようによっては、それは必ずしも嘘とはいえないのかもしれないが」

「あら、そうなんですか?」

「ああ、もともと竹細工という職業はあったのだし、カゴやザルを作る傍ら、手なぐさみに玩具を作ったことだって、当然あるだろうからね。現に、取材に行ったある竹人形師のところで、細い竹を使って作った、カエルやバッタの玩具を見せてもらった。それはそれで結構、よくできてはいた」

「でも、それは越前竹人形とはぜんぜん異質のものなのでしょう?」

「そりゃそうだ、いうところの『越前竹人形』とは別物だ。しかし、越前で作った竹人形――ということからいえば、そういうものだって、必ずしも越前竹人形じゃないとは言いきれないだろう」

「そんなの、こじつけじゃないですか」

「こじつけだけどさ、そんなことを言うなら、水上勉の小説とは何の関係もないのに、さもあの小説のモデルでございい――といわんばかりに売っている越前竹人形だって、こじつけそのものじゃないか」

「……そうですね、そうですよねえ。だからなんですね、みんなが越前竹人形のこととなると、妙に口が重くなるのは」

「そうだ、そのとおりなんだ。人形づくりの当事者ばかりでなく、観光課の尾関課長じゃないが、商工会の連中も、こと竹人形の話になると、一様に曖昧な口調になる。それはつまり、越前竹人形の故事来歴をはっきりさせると、いろいろ具合の悪いことになるからなんだな」

「じゃあ、観光客が水上勉の小説を読んで、そのイメージで越前竹人形を買うと、がっかりするってわけですよね」

「そうだな。あるいは、逆にいえば、実体はこんなものなのに、あんなに魅力的に描いた水上文学のすばらしさに驚くかだな」

「それとも、騙(だま)されたって言って怒るかもしれないわ」

「ははは、それは言えてるな」

平石は笑った顔を引き締めて、言った。

「ただね、水上勉が書いたような竹人形がぜんぜんないかというと、そうとも言い切れないいんだな」

「じゃあ、あることはあるんですか?」

「ああ、いちどだけ、おれはこれが本物の越前竹人形じゃないかな——と思えるのを、ほんのチラッとだけど、見たことがある」

「それはいつ、どこで、ですか?」

「二年ばかり前のことだが、水上勉の小説のモデルと思われる場所を訊ねて、今庄町ってところへ行ったのだ。そこの野地という家が、何代か前から竹人形を作っているという噂も聞いていてね。おれが行った時は留守みたいで、仕方なく家の脇のほうへ回ったら仕事場みたいなのが覗けてね、そこの作業台の上に見事な人形があった。それを見た瞬間、おれはドキッとしたね」

「それが本物の越前竹人形だったのですか?」

「いや、そう思ってさ、確かめようとした時、後ろから怒鳴られた。男が棒を持って立っていて、いまにも殴りかかってきそうな顔をしてた。その男が野地っていう人物だったのだが、まるでけんもほろろに追い立てられて、話を聞くどころの騒ぎじゃなかったね」

「それでどうしたんですか?」

「それっきりだよ。いや、その後、もういちど行くには行ったのだが、もう竹人形を作っている様子はなかったね。だから、あれはおれの見間違えかもしれないと、いまでは思っている」

平石は話し終えて、この男に明子が抱いているごついイメージからは想像もつかないような優しい目で、懐かしそうに遠くを見つめた。

明子が平石に別れを言おうとしたとき、平石が先に言葉を発した。

「どうだ、このあと何もなければ、食事でもつき合わないか」

明子は一瞬とまどったが、平石のまっすぐな目にすいこまれるように頷いてしまった。

第三章　惨劇

1

まったくのところ、今庄町の教育長が言っていたとおり、芦原の温泉街を歩いて、どこの土産物店を覗いても、越前竹人形は必ずあった。

竹人形のデザインはさまざまである。こけしのようなもの、能の鬼女を思わせるもの、遊女の舞い姿……。

値段は千円くらいから五、六千円程度のものまでがほとんどで、まれに一万円を超すものもあるけれど、そういうのはむやみに大きいばかりで、芸がない感じだ。

中にはさすがに高いだけあって、今庄町の役場で見た野地の人形よりは高級なものも少なくなかったが、いくら高級でも、水上勉の小説に出てくる人形のイメージと比較すると、たちまち色褪せたものに見えてしまう。

芦原温泉はこの地方きっての歓楽街といわれるが、オフシーズンなのか、街の賑わいもほどほどで、むしろしっとりした温泉気分が味わえた。

藤田の親父さんが世話してくれただけあって、湯田ホテルは食事も部屋も風呂も、すべての面で快適であった。

「明日は越前大観音堂へ行きましょう。いや、あれは一見に値しますよ」

　食事を付き合ってくれて、八時頃に帰った親父さんは、最後にそう言った。

　十時過ぎ、浅見はもういちど温泉に入って、そろそろ寝るか——という気分になっていた。そこへ電話がかかった。交換が「浅見さんですね」と確認して、相手が代わった。

「浅見さんかね？」

　低い、作ったような低く聞き取りにくい男の声だった。

「そうですが」

「野地いう者だが」

「野地さんというと、今庄町の野地さんですか？」

「ああ、そうや」

「そうですか、どうも今日は突然お伺いして申し訳ありませんでした」

　浅見は野地が昼の無礼を反省して、電話してきたものと思った。

「ちょっと話したいことがあるのやが、いま出て来られるかね？」

　野地は言った。浅見は反射的にチラッと時計を見たが、かりに何時だろうと、断る気はなかった。野地がわざわざむこうから電話してくるというのは、よほど重要な話があるのだろう——。

「いいですよ、どちらへ行けばいいのですか？今庄町のお宅ですか？」

「いや、いま東尋坊に来ている。芦原からは近いが、分かるかね」

「ええ、東尋坊なら分かりますよ。東尋坊のどこでしょう？」

「東尋坊タワーいうのがあるが、その駐車場の北のはずれにおってくれ」

「分かりました。すぐに出るようにしましょう。たぶん一時間はかからないと……」

浅見の言葉が途中であるにもかかわらず、野地は黙って電話を切った。

浅見は宿の浴衣から服に着替えて、大急ぎでホテルを出た。東尋坊までは三十分かからなかった。土産物店やレストランはすべて閉店していて、一帯は暗かったが、東尋坊タワーはすぐに分かった。町営の駐車場にはアベックらしい数台の車が来ていたが、いずれもライトを消して、真っ暗だ。

浅見は指定されたとおり、北側の外れに車を停め、野地の現れるのを待った。

窓を開けるとドーンドーンという波の音が腹の底から響いてくる。潮のにおいのする湿った風が頬に冷たく感じられた。

（東尋坊を指定したのはなぜだろう？――）

そう思った瞬間、浅見はふいに重大な過失に気がついた。

（野地はなぜ、僕があのホテルにいることを知ったのだろう？――）

浅見にしてみれば、考えられないような迂闊さであった。浅見は強い不安に襲われた。

（呼び出しをかけたのが野地でないとすると、いったい何者なのか？――）

頭を回転させて、思いつく人物を一人一人消していった。

浅見があのホテルに泊まっていることを知っている人物は、まず第一に藤田の親父さんだ。それから藤田自身。また、はっきり記憶には残ってないが、福井中央日報の片岡明子に、無意識に喋ったかもしれない。

ほかには――いない。藤田や藤田の親父さんが誰かに話したことは、考えられないこともないけれど、その人物が、見ず知らずの浅見に電話してくることはあり得ない。

残るは片岡明子だ。明子が社の同僚や上司に浅見のことを話さなかった保証はない。しかし、それはそれとして、その人物はわざわざ野地の名前を騙って、東尋坊に呼び出しまでかけて、いったい何をしようとしているのだろう？

ひとつだけ、例外的に考えられることがある。それは、越前大観音堂に関わる連中のことだ。瀬木山代議士か和村誠の関係者が、何かを企んで誘い出した可能性はあった。

その連中の情報ネットならば、あるいは浅見の行動を逐一チェックすることができるのかもしれない。

（しかし、なぜ野地なのか？――）

その点になると、浅見にも推測のしようがなかった。

時間は刻々と流れた。月のない晩で、殺風景な駐車場はことさらに寂しい。数台停まっていた車も、十二時を過ぎる頃になると、一台また一台と走り去って、いよいよ心細くなってきた。

（おかしいな――）

浅見はようやく、どうやら待ち惚けを喰わされたらしいことを認めないわけにいかなくなった。理由や目的は分からないが、テキはここに浅見を誘き出して、何かをしようと企んだにちがいない。

何をしようとしたのか――それとも、単なるすっぽかしのいたずらか？――。

　それでも浅見は午前一時まで待った。万一騙されたのでなく、何かの事情で野地（あるいはその代理人）が来られなくなったのかもしれないのだ。

　しかし、さすがに一時を過ぎると、浅見も倦んだ。要するに、オメオメとアホ面を晒させられたというだけのことなのだ。

　浅見はようやく帰路についた。あまりの眠さに腹を立てる気にもならなかった。ただ、何かよからぬことが、自分の知らないところで進行しているような予感が、漠然としていた。

　翌朝九時半ちょうどに藤田の親父さんが迎えに来た。上機嫌のニコニコ顔で、昨夜の誘き出しがこの人物であるという感じはまったくなかった。

　浅見は少し待ってもらって、福井中央日報の片岡明子に電話を入れた。応対に出たのはデスクの人間らしく、「片岡はまだみたい……いや、どこか回ってくるみたいですよ」と乱暴に言って電話を切った。

　芦原から越前大観音堂のある亀津町まではほんのわずかな距離である。南側の山脈から田園地帯に伸び出したような尾根の裾を迂回した途端、目の前に異様な光景が展開した。

　丘陵地を削っただけでは足りず、田畑をつぶした広大な台地に、まるで奈良時代を思わせるような巨大な仏教建築物が二つ、競いあうように聳え立っていた。外観は奈良時代そのものだが、その広大さから見ると、近代建築技術を駆使したものであることは確かだ。

「右側のが観音堂、左が五重の塔です。大きなものでしょう」

　藤田の父親は得意げに言った。

「はあ、たしかに大きいことは大きいですが、僕の目にはなんだか蜃気楼のように、空疎なものにしか見えません」

「ほほう、浅見さんは近頃の若い人にしては、なかなかいっこくですなあ」

　藤田の親父さんは笑いながら、車を駐車場へ向けるよう、指を差した。

2

　片岡明子は平石に教わったとおり、北陸本線今庄駅で降りて、駅前からバスに乗った。バスといってもマイクロバスより少し大きいかといった程度のもので、今庄町の町営バスらしい。

　乗客はわずかに四人だけだった。それもじきにポツリポツリと降りて、明子が宇津尾というバス停で降りるときには、もう誰も乗っていなかった。

　降りぎわに、運転手に「野地さんのお宅はどこか分かりませんか?」と訊くと、すぐに教えてくれた。宇津尾というのは十数軒の集落で、野地の家は本道から少し入った、集落のいちばんはずれ——というより、一軒だけポツンと離れたような家であった。そこから先の道は舗装されていない。そのまま行けば、たぶん山の中へ入ってゆくのだろう。

　庭というほど広くはない空き地に、雑草がぼうぼうに生い茂っている。手入れなど、およそしたことがないにちがいない。

　建ててから何十年も経っているのだろう。板壁の部分はともかく、塗壁はいたみがひどく、下地が現れているところが目立つ。外見ばかりでなく、なんだか建物の中までが陰気くさい感じの家で、明子は訪うのに気後れがした。

近づいてみると板戸が開いているので、そこから首を突っ込むようにして、遠慮がちに「ごめんください」と声をかけてみた。

返事はない。家の奥のほうから、何か機械が回っているような音が聞こえるのだが、それでいて人の気配が感じられない。

（留守なのかな？——）

明子はおそるおそる建物の中に足を踏み入れ、もういちど「ごめんください」と奥のほうへ声を投げかけた。

中に入ると、川のせせらぎや風の音が聞こえなくなった分、機械の回転する音がひときわ大きく聞こえる。その音のせいでこっちの声が聞こえないということもあるのかもしれない。

明子はいったん表に出て、建物の右手のほうへ回って行ってみた。家の中もそうだったけれど、外壁にも沢山の竹が立て掛けてあった。

思ったとおり、もう一つの戸口が建物の裏にあった。そこがどうやら、作業場への直接の出入口になっているらしい。機械の音もいちだんと大きくなった。

明子は戸の隙間に口を押し当てるようにして、

「こんにちは」と叫んだ。

やはり返事はない。戸を手前に引いて、建物の中を覗いた。外の明るさに慣れた目には、建物の中はずいぶん暗いけれど、瞳を凝らすと、竹やら機械類やらのむこうに人の姿が見えた。

（聞こえないのかしら？——）

明子はしだいにいらいらしてきて、大胆に戸を開けて土間に足を踏み入れた。

機械の音はいっそう大きく、ガーガーと鳴っている。竹の隙間を抜けるようにして、覗くと、男が一人、何やら前かがみになって、作業に熱中している様子だ。

明子は慌てて首を引っ込め、戸口のところから、あらためて声をかけた。

「こんにちは」

返事はなかった。この距離なら聞こえないはずはないと思うのだが、身動きさえしないで、作業に没頭している。ひょっとして耳が不自由なのか、それとも機械の音で聞こえないのか――それにしてもずいぶん鈍感だわね――と思った。

明子はもういちど、思いきり声を張り上げて「こんにちは」と言った。

その時、ふっと異様なにおいがした。かすかだが、なんだか説明のしようがない、不吉な感じのするにおいだ。明子はわけもなく背筋がゾーッとした。

明子はさっきより少し接近して、男の様子を眺めた。もう遠慮をしている場合ではない――という気がしていた。とにかくこの家の中にいるのは、自分のほかには野地という人物だけなのだ。平石は「変人だぞ」と言っていたけれど、まったく変わった人物のようだ。しかし、だからといって、鬼や妖怪変化というわけではないだろう。

「野地さん、お邪魔しますよ」

いつもの明子らしく、男っぽい調子で宣言して一歩、作業場の中に踏み入った。

野地と思われる男は前かがみになって、作業台のようなものにつっぷしていた。

回転音は男のいる辺りから発している。「ウイーン、ウイーン」という音と「ガーガー」という音がミックスしたような、耳を押さえたくなるような不快な音だ。

男はその音源を被(おお)い隠すようにして身を伏せたまま、ピクリとも動かない。両手は作業台の両脇にダラリと垂らされ、顔はわずかにこちら向きに、しかしほとんどまっすぐに作業台につっぷしている。

(死んでる!――)

明子はギョッとした。そして、その直後、男の足元の床を汚しているドス黒い液体に気付いた。

(血――)

瞬間、思ったが、反射的にすぐ否定した。そんなことを認めたくない、本能的な拒否反応がはたらいた。それからあらためて、ふたたび
(血だ――)と思った。

おびただしい量の血液が流されたにちがいなかった。それからその血液が流された原因がしだいに飲み込めた。つっぷした男の胸の下で、丸ノコが回転しているのだ。

明子は「ギャーッ」と叫んだ。叫ぶことによって、自分を勇気づけようと思ったのかもしれない。そうでもしなければ、その場に腰を抜かすか、あるいは恐怖のあまり失神すると思った。

すがりついた壁際の竹がバラバラと倒れ、崩れ、足元に散乱した。明子は竹の上を這(は)うようにして土間を通り抜け、戸口から転がり出た。

それから先のことは無我夢中だったが、近所

の家に飛び込んで、ことのしだいを告げたことはたしかなのだろう。それから十分後には駐在の巡査が駆けつけ、さらに二十分後にはパトカーが到着した。

死んでいたのはやはり野地良作であった。死に方が凄まじかった。野地は回転する丸ノコの上に自分の体を倒し込んで、胸部のほぼ中央を縦に切断したのである。

丸ノコの半径が十センチほどだったので、完全に背中まで切り裂きはしなかったけれど、わずかに背中側の肋骨を余すところまで、回転刃は切り込まれていた。

「即死だな、これは」

警察医は簡単に断定した。出血多量による失血死――などという代物ではないという。心臓は逸れていたけれど、その付近にあるほかの臓器はすべて破壊されていた。発見が早かろうと遅かろうと、そんなことには関係なく、死亡したことはまちがいない。

「死亡推定時刻は昨夜から今日の未明にかけて――といったところか。これだけ派手に出血していると、推定も誤差が生じるから、いくぶん幅を広めに見込まないといかんかもしれんが」

「原因は何ですかねえ」

武生警察署刑事課長の西川が訊いた。西川は検視官の資格を持っている。

「単なる事故とも思えませんが……」

「そうだなあ」

医師も同意した。

「事故にしちゃ、避けようとか逃げようとした形跡が、まったく見えないものな」

医師が言ったとおり、野地は自ら丸ノコに身を投げるように被いかぶさっていた。

「自殺ですかねえ」

「かもしれんな」

「他殺ってことはないですかねえ」

「そんなこと、おれに訊くなよ」

医師は笑って、さっさと引き上げた。

第一発見者の片岡明子に対しては、木本(きもと)という部長刑事が事情聴取を行なった。

明子は警察がかけつけてからまもなく、役場近くにある派出所に連れて行かれ、そこでいろいろと事情聴取を受けた。今庄町の所轄は武生警察署という遠方なので、とりあえずこの派出所が前線基地ということになるらしい。

明子は越前竹人形のことで取材に来たことと、そこで野地が死んでいるのを発見したこと——という事実関係だけを話した。もともと、それしか知らないのだが、明子が新聞社の人間であったために、警察も明子の話どおりに受け取って、疑うことはしなかった。

事情聴取が終わると、明子はすぐに会社に連絡を入れた。職業意識がにわかに頭をもたげてきた。うまくすると特ダネになるかもしれない状況だ。

「よし、そこに張りついていろ」

思ったとおり、下井デスクは興奮した声で言った。

「すぐに社会部の連中が行くから、それまでに情報を収集しておいてくれ」

事件発見者から特ダネ記者に変身——というわけだ。明子はその両方の顔を使い分けながら、派出所に留め置かれた状態を利用して、抜け目なく情報を収集した。

聞き込みをしていた刑事が、耳寄りな話を持ってきた。野地は時折、失神する病癖があったのではないか——というものである。そのことは野地の少年時代を知る者が、何人か証言していた。授業中に失神して、大騒ぎになったことがあるという。野地が学校に出なくなった理由のひとつは、どうやらその病気のためらしいとも言っていた。

そこで一つの仮説が生まれた。野地は作業中、突然失神して、丸ノコの上に倒れ伏したのではないか——というものだ。失神していたために、声も発することなく、そのまま死亡したことになる。その証拠に、近所の者は誰一人として叫び声を聞いていない。

それが第一の仮説として、もちろん自殺説も検討された。野地は天涯孤独の生活をしていた。町の人間ともまったくといっていいほど没交渉だったし、以前一緒に暮らしていた仕事仲間も出て行って、寂しい毎日だったのではないか。仕事のほうもうまくいかなくなって、生きる希望がなくなってしまったのではないか——といった具合だ。

「あの人は商売っ気はまったくない人やもんなあ」

近所の評判はこの点で一致していた。何やら竹細工の製品を作ってはいたようだが、販売は仲間に任せきりで、自分が表に顔を出すということのできないタイプだったらしい。

ところが、だいぶ前に、その仲間は武生に移り住むようになった。

「ときどき、若い人が品物を受け取りに来ていたみたいでしたが、ほとんど手ぶら同然で帰って行きました。作業をしているような音も、滅多に聞かれへんかったし、ひょっとすると、野地さんは何も作っていなかったのとちがいますか」

その憶測は当の二人の「仲間」によって裏付けられた。

武生に移った二人の仲間——江島徳三、本瀬秀昭——は警察からの知らせを受けて飛んできた。

江島は四十八歳、京都の出身である。東京のデザインスクールを卒業したあと、家業の民芸細工製造を継いだ。しばらくの間は細々とやっていたが、水上勉の小説を読んだのがきっかけで、越前竹人形に興味を抱き、福井県にやってきたという変わり種だ。

十年前、小説に描かれている「日野川の支流」にある今庄町を訪ね、野地に出会った。一人でコツコツと竹細工を作っている野地の家に住み込んで、仕事の手伝いをするかたわら、竹人形づくりを習得したという。

「野地さんには竹の扱い方など、いろいろ教えてもらいました。初めは土産物の竹細工などを作っていましたが、五年前ぐらいに、ようやく伝統的な、いわば真正越前竹人形と、自信をもっていえるような人形の再現に成功したのです。そこで、今後は従来の竹細工をやめ、竹人形一本に専念しようと考え、野地さんにも勧めたのですが、賛同を得られず、仕方なく本瀬君と二人で独立することになったのです。野地さんがときどき発作を起こすのは知っていましたが、こんなことになるのでしたら、一緒にいてあげるのでした」

江島は沈痛な面持ちで、野地の不幸を嘆いた。

本瀬は三十六歳、やはり京都の出身で七年前、江島が連れてきた男だ。いくぶん知的障害を抱えているようで、その上に無口な性格らしく、刑事の質問にもまともには答えられないようなところがあった。

二人の話——といってもほとんどは江島が語ったことだが——によると、野地は気が向くと夜中でも仕事をするが、それもごく稀なことで、大抵は日がなゴロゴロして、無為に暮らしていることが多かったそうだ。そういう怠惰な生活ぶりも、江島が離れる原因になったらしい。

二、三時間の聞き込み捜査の結果、事件はどうやら事故死の疑いが強くなりつつあった。西川刑事課長が言った「他殺」のセンもないわけではないが、当初はあまり重視されなかった。

その「他殺説」が浮き上がってきたのは、事件の前日、見知らぬ男が野地家を訪ねてきていたという、近所の主婦の目撃談があったためである。

「竹人形を作っている人を知らないかっていうので、野地さんの家を教えたですよ」

それと同じ話を、広野ダムの職員が言っていた。

「東京ナンバーの車に乗っていたみたいでした。白っぽいかなりいい車でした、あれはたしかソアラじゃなかったかな。話し方も東京の人間みたいでしたよ」

さらに、今庄町役場の教育長から、その男と同一人物らしい男の訪問を受けたという話が出た。名刺もあった。

――浅見光彦　東京都北区西ケ原……

これが男の素姓であった。

その報告は派出所にもたらされた。報告を電話で受けた刑事課長が、メモに書き込むために名前を復唱した。

「浅い深いの浅、見る聞くの見る、それに光りの彦……浅見光彦だな？」

とたんに、片岡明子が素っ頓狂な声を張り上げた。

「え？　浅見光彦？……その人、知ってるわ！……」

警察官たちの目が、いっせいに若い女性記者に向けられた。

3

落慶法要をひかえ、まだ細部については完成していない越前大観音堂だが、観光客はすでに、かなりの人数が入り込んでいた。料金千五百円なりの広大な駐車場も満パイに近い状態だ。そういう現実に合わせるためか、なにがしかの料金を払うと、境内の中に入れてくれて、観音像の一部が拝めるようにしてある。駐車場前の土産物店や、接待所、レストランなどもオープンしていて、界隈はたいそうな賑わいだ。

浅見と藤田の父親は観光客に混じって境内に入った。駐車場から山門に向かう参道の両側には、御札からそれこそ越前竹人形にいたるまで、ありとあらゆる土産物を売る店が並ぶ。店の権利を買うテナント料もかなりの高額だという話だ。

建物はどこもかしこも金ピカずくめで、何もかも大振りだ。ことに大観音堂と五重塔の巨大さは、間近で見上げるといっそうよく分かる。

ロープで仕切られた順路伝いに行くと、観音堂の入口の前でUターンしてくるようになっていた。そこでチラッと観音様を拝める仕組みだ。

観音像も金ピカで、むやみに大きい。とにかく、何がなんでも日本一にしなければ、話題性に欠けるから――という意志が、その巨大さに表現されていた。

浅見たちの前をゆく初老の女性の団体客が数人、数珠を揉みながらしきりに祈って、その間、行列の流れが止まった。

「あ、そこのおばはん、だめだめ、止まったらあかん、はよ歩いて」

警備に当たっている係員が慌ててとんできて、叱りつけるように言った。

「ええやないの、ドケチやわ」

おばはんたちはブツブツ言いながら、それでも動きだした。

「いかがでした、越前大観音堂は？」

山門を出たところで、藤田の父親は、いくぶん得意げに訊いた。

「そうですねえ、やはり索漠とした印象しか受けませんでしたね」

「いけませんかな」

「僕は、信仰という、いわば錦（にしき）の御旗（みはた）を掲げて、じつは商売にしようとする、その魂胆が好きになれないのです」

「あはは、こりゃきびしいことを言わはるものですな。しかし、奈良や京都のお寺さんも同じようなものとちがいますか？」

「それはたしかに、奈良の大仏だって、京都の清水寺（きよみずでら）だって、観光業者の商売のタネにはなっています。現に、京都の寺が拝観停止をしたとたんに、沿道の土産物屋が大打撃を受けましたからね。しかし、そういう土産物屋さんにしても観光業者にしても、はじめに宗教的施設ありき――で、商売のほうはいわば自然発生的に生まれ定着してきたものでしょう。ところがここのは違う。はじめに観光ありき、はじめに土産物屋ありき、駐車場ありきなのです。明らかに、観音様を看板にして金儲けをしようという魂胆が見え見えだから、何かがおかしいと思うのです」

「しかし、年寄りの団体が大勢きて、観音様をありがたそうに拝んでいましたで」

「そうでしたね」

浅見は苦笑した。

「あれはいったい、何に向かって拝んでいるのですかねえ」

心の底からそう思った。それは疑問というより、すでに怒りといっていいものであった。浅見は宗教そのものを否定する気は毛頭ないけれど、似而非宗教的な営みに対しては、強く許せない想いが込み上げてくる。ことに、宗教に名を借りた金儲け業に対しては、それがたとえ正規の資格をもつ宗教者であっても、いや、それだからこそ腹が立ってならないのだ。

近頃、「霊感商法」などというのが流行って、被害者も多く出ているそうだ。壺や印鑑をばかげた金額で売りつけるというものらしい。先祖が苦しんでいるから、この壺を買って供養しなさい――といったたぐいの押し売りだという。

被害者続出というので、警察はどうやら取り締まりの方向で対処するようだ。

しかし、何も霊感商法にかぎらず、一般の宗教団体や宗教家だって、それと同じような「商売」をしているではないか。ちっぽけな木片に文字を書いて、「お位牌」と称して何百万円もの金を要求したり、戒名に「殿」の字を入れるからといって大金を取ったり——といった行為と、霊験あらたかと言って壺を売りつけるのと、なにほどの違いがあるというのだろう。

　宗教はいま、乱れ病んでいると思う。その乱れの延長線上に、越前大観音堂のような空疎な建造物が出現するのだ。

　そうして、それを食い物にしようとして群がる人々がいる。越前大観音堂建造のための土地の取得で、亀津町の農業委員や町議会議員、さらには県議会議員や国会議員まで巻き込んだ政治家どもと、事業主である和村誠側とのあいだに交わされたであろう密約や、もっと露骨な買収工作の全貌が、福井県警の地道で執拗な捜査によって、ようやく明るみに出かかっている。

　浅見刑事局長に突きつけられた越前竹人形は、その警察の動きを牽制しようとする、じつに汚い手段であった。

　兄の陽一郎から相談をもちかけられた時、浅見は即座に大役を引き受けた。兄や母や父の名誉のためばかりでなく、浅見は一人の人間として、断じてそういう連中を許すわけにはいかないと思ったのだ。

　そういうもろもろの想いが、浅見の口調をはげしいものにした。

　浅見がやけに気張った正義論をぶつもので、藤田の父親はいささか辟易したらしい。会話があまり弾まなくなった。

越前大観音堂を出ると、藤田の父親は「ついでにぜひ越前大仏も見てください」と誘った。大仏のある勝山までもそう遠くないという。

途中、丸岡町というところを通過する際、「越前竹人形の里」という案内表示が見えた。

「ちょっと寄って行きましょう」

浅見は言って、左にハンドルを切った。藤田の父親はあまり乗らないような顔付きだったが、反対はしなかった。

国道から少し入った岡の中腹に、濃紺の屋根を載せた白壁の建物があった。和風のつくりだがかなりの敷地面積だ。およそ三千平方メートルはありそうだ。渡り廊下で繋がる別棟はかやぶき屋根の農家ふうで、その周囲を竹林が囲んでいる。

建物の前は広々とした駐車場で、大型の観光バスが数台停まっている。浅見もバスの近くに車を停め、建物の中に入った。

建物の一階は土産物売り場だ。団体の客がほとんどなのだろうか。中年から初老といった感じの女性客が、しきりに土産物の品定めをしている。

竹人形のコーナーもあるが、竹製品のコーナーがもっとも広く、充実もしている。やはり、竹人形は竹製品の副産物として作られた印象がここにははっきりあった。

問題の竹人形は、ほかの土産物店のと似たり寄ったりの、いわばごく一般的なデザインのものばかりといってよかった。

農家ふうの建物では、竹人形づくりの実演が見られるというので、浅見は見学することにした。

　こっちの建物も、建坪で百坪近くありそうだ。野地の家で見たように、材料になる竹が壁に立て掛けてある。その中央に作業場が仕切られ、十人ばかりの職人がそれぞれの作業に没頭していた。

　作っている人形は、土産物のコーナーに陳列されているものばかりだ。可もなし不可もなしといった平凡な作品が分業制で仕上がってゆく。

　初老の和服の男が、職人のあいだを回って指導したり、客の求めに応じて説明をしたりしている。

　ひとしきり説明が終わって、団体の客が建物を出て行ったのをみすまして、浅見は男に近づいて、訊いた。

「失礼ですが、越前竹人形というのは、この程度のものなのですか？」

　後ろにいる藤田の父親が、びっくりして浅見の脇をつついた。ずいぶん不躾(ぶしつけ)な質問にちがいない。初老の男はキッという感じで浅見を睨んだ。

「この程度、とは？」

「水上勉の小説より、ずいぶん見劣りするように思えますけど」

　男は浅見を見つめた視線を外すと、「あちらへどうぞ」と促して、歩きだした。

　部屋の奥の壁際に大きなガラスケースがある。奥行きはさほどでもないが、縦横ともに一間ほどのものだ。

　その中に数体の竹人形が陳列してあった。

「ほうっ……」

　浅見は思わず吐息をつき、目を見張った。そこに陳列されている竹人形は、これまでに見たどのデザインとも異なる、みごとな作品ばかりであった。

中でももっともすばらしいのは、「爽風」と題する作品で、若い娘が身長の倍ほどもある髪の毛を、思うさま風に靡かせている——といった、大胆な発想のものだ。

何よりも驚かされるのは、髪の毛である。数えれば、おそらく数百本はあるだろう。その髪の毛がすべて極細のヒゴでできているのだ。ヒゴの末端を頭部に刺し込んでいるらしいのだが、それがどうなっているのか、一寸見には分からない。

顔の表情も、着物の形、模様彫りも繊細に仕上げられている。

「すばらしいですねえ」

浅見は正直に嘆声を発した。

「どうです、この程度などとは言えないのではありませんか？」

男は勝ち誇ったように言った。

「おっしゃる通りです。失礼なことを言いました。ここにあるものならおそらく、水上勉の小説に描かれた作品を凌駕しているでしょうねえ」

「そうだと自負していますよ。それに、われわれの越前竹人形は、水上先生のお書きになったものを模倣したり、追随したりするつもりは毛頭ないのです。いわばオリジナリティを大事にしているわけでして」

「なるほど、おそれいりました」

浅見は深く頭を下げた。

「しかし、こんなみごとなものを、どうしてあちらで販売しないのですか？」

素朴な疑問だった。

「いや、これは売り物ではありません」

男はこともなげに言った。

「なにしろ、この作品を作るには、私が精魂こめて半年はかかるのですからねえ」

「半年……」

浅見はこんどは呆れた声をあげた。

「半年もかかるのでは、とても商品にはならないのではありませんか？」

「だからいまも言ったように、売り物ではないのです。まあ、口はばったい言い方をさせてもらうなら、芸術ですな」

「そうなのですか……」

浅見は興醒めする想いだった。売り物にならない越前竹人形では、何の意味もないではないか――。本来の越前竹人形はれっきとした「商品」なのだ。商品でありながら、しかも優美にして繊細でなければならない。

竹人形師は畢竟、芸術家ではなく職人でなければならない。

水上文学の「越前竹人形」はこの二つの要素が、両々あいまって昇華しているところに価値があるのだ。

この「爽風」はたしかにすばらしい。それこそ、芸術性という点だけからいえば、小説の越前竹人形を凌駕しているかもしれない。しかし、いくらすばらしくても、これは飾るだけで、土産物として売るのはまったく異質なもの――というのでは、羊頭を掲げて狗肉を売るようなものではないだろうか。

（やはり、小説の竹人形は絵空事でしかないのだろうか――）

浅見は虚しい気分になりかけて、しかし、だとすると『えちぜん』で見たアレは何だったのか？——と思い返した。

あれこそはまぎれもなく水上勉が描いた越前竹人形なのだ——と思った。

そして、どこかで誰かが、あれを作ったのも、またまぎれもない事実なのだ——と思った。

「いやあ、ほんま、びっくりしましたなあ」

藤田の父親は、よほど驚いたにちがいない。車に戻るまで黙りこくっていたのが、助手席に坐るやいなや、大声で言った。

「あそこでああいうことを言うたら、誰でも気ィ悪くしますで。あの人も相当怒っておったみたいですなあ。一時はどうなるか、思いました」

「申し訳ありません、心配をおかけして。しかし、ああでも言わないと、本当のことは教えてくれないと思ったのです」

「本当のこと、いうと？」

「つまり、現在売っている越前竹人形は、水上勉の越前竹人形とはまったく別のものであるという事実をです」

「そらあんた……」

藤田の父親は呆れたように、一瞬絶句してから、言った。

「それは、あの小説はあくまで架空の話ですからな。現実のものと違うのは当然のことではありませんか」

「しかし、現在の越前竹人形は、すべて水上勉の小説におんぶして、あたかもあの小説に描かれた竹人形はこれだ——といわんばかりに、いわば小説のイメージにくるんで売られていることも事実ではないですか？」

浅見は車を発進させた。

「たとえば、土産用の竹人形の中には『玉枝人形』などというのがあります。人形師・氏家喜助が、愛する女・玉枝の姿を人形に再現したというストーリーを、そのまま借り受けているわけです。しかし、作品そのものは似ても似つかぬ紛い物でしかありません」

「うーん……まあそう言われてみればそういうことになりますかなあ……」

「人形が異質のものであること自体は、それはそれでいいと思います。しかし、それならば、越前竹人形の発祥を曖昧にして、あたかも昔からの、それこそ水上勉が小説で描いた大正時代から、えんえんと続いている伝統工芸品ででもあるかのごとく見せ掛けるのはいけない。欺瞞はやはり欺瞞だという気がするのです」

「欺瞞ですか……そら少しオーバーなのとちがいますかなあ」

藤田の父親は、はじめて反論らしい口調になった。

「世の中のことは、すべて杓子定規というわけにはいかんでしょう。早い話、さっきお見せした越前大観音堂なるものも、あれは観音様を象ってはいても、宗教とは無縁の発想から生まれたものですからなあ。地元の人間の中にも、あんな客寄せの見世物みたいなものを、さも信仰心から出たもののように見せ掛けるのは詐欺だという声もないわけではありません。しかし、そういうものであっても、いずれは越前ばかりでなく、日本最大の観音様いうことで、信仰の対象となるにちがいありません。事実ではなく、現実が事実を追認してゆきますのや。それが世の中いうものだと思いますがなあ」

なるほど、それがおとなの論理というものなのか――と浅見は思った。

「そうすると、越前竹人形は現在の土産品のような人形が、やがては事実となってしまって、水上勉の小説の越前竹人形もああいうものであるかのように追認されてしまうということなのでしょうか」

「まあ、そういうことですかなあ……」

「そうして、竹人形を見た観光客は、水上文学はこの程度のものを針小棒大に描いたのか――と思うわけですね」

「それもまたやむをえないことでしょうなあ。もともと、水上先生かて、何もないのにもかかわらず、想像したものをさも見たように書いたのですからなあ。小説に書かれたような、ああいう人形は実際には作れんのとちがいますか」

「いや、僕は必ずしもそうは思わないのです。ああいうイメージの竹人形がたしかにあったのだと思うのです。いや、ひょっとすると現在でも誰かがどこかで作っているのではないかと思っています」

「さあなあ、それはなんぼ浅見さんの言うことでも、どんなもんですかなあ……」

「いや、ほんとうにあるのです。僕は見たのですから」

「見たというと、そういう、小説に書かれたような竹人形をですか？」

「ええ、たしかに水上勉が書いたような、妖艶で美しい竹人形をです。あきらかにあの小説の主人公・氏家喜助が精魂こめて作ったという、あの竹人形を髣髴（ほうふつ）させる竹人形を、僕はたしかに見ているのです」

　浅見は自分でも不思議なほど胸に突き上げるものを感じて、つい声が上擦った。

「そんなもの、どこで見ましたのか？」

　藤田の父親は、呆れたような目で浅見を見ながら、言った。

「それは……」

　浅見は口から出かかった言葉を、あやうく飲み込んだ。

「見た場所を言うわけにはいきませんが、見たことは事実です」

「はあ……」

　藤田の父親は、浅見が話を中途でやめてしまったのを、事実ではないため——と判断したようだ。急に白けた顔になって、窓の外に視線を向けた。


「竹人形の里」から十数分走って勝山市に入った。よく整備された道路を進み、トンネルを潜るとまもなく、越前大観音堂そっくりの二つの建物が見えてきた。

「あれが越前大仏ですよ」

　藤田の父親は自慢したいのはやまやまだが、浅見が越前大観音堂ですでに食傷ぎみなのを察しているから「寄って行こう」とは言わなかった。その代り、そこから少し先にある名刹・平泉寺（白山神社）を案内された。広さ十五万平方メートル、ガランとした境内には人の姿が疎らだった。八世紀の初めに創建されたというこの寺を訪れる人が、まだ完成してもいない大観音堂の百分の一にも満たないという現象は、どう考えればいいのだろう。

　藤田の父親はすでに七十歳を超えているはず

だが、その元気なのには圧倒された。平泉寺は檜(ひのき)の大木が生い茂る坂道を五百メートルほども歩かなければならないのだが、トットコトットコと、つねに浅見より数メートルは先を歩いていた。

平泉寺は歴史的に由緒ある寺だ。鎌倉時代以前から、この地方きっての強大な勢力であった。新田義貞(にったよしさだ)や朝倉義景(よしかげ)は平泉寺に背かれて滅んだとさえいわれる。

藤田の父親は、そういう話をしながらドンドン歩く。浅見はついてゆくのがやっとだ。境内に密生している苔(こけ)類が、木洩れ陽にあやしく光る景観は美しかったけれど、それを観賞して楽しむゆとりさえないほど、しんどかった。

平泉寺見物を終了すると、こんどは永平寺を見ようという。浅見が越前大観音堂と越前大仏を貶(けな)したものだから、藤田の父親としては、意地でも福井県が誇る正統派旧蹟(きゅうせき)をひけらかさなければ気がすまない——とでも思っているのかもしれない。

永平寺町に着いて、遅い昼食をとった。ここはもちろん永平寺の門前町だが、浅見の頭には越前大観音堂の情景がこびりついていて、信仰を中心に生きる町——などというものを、素直に信じる気持ちにはなれなかった。

永平寺は大勢の観光客や参詣人たちで賑わっていた。藤田の父親は、相変わらずサッサッサッサと歩く。浅見がちょっと油断をしている間に、姿が見えなくなった。

（しようがないなあ——）

もっとも、迷子になったとしても、駐車場の車に戻ればいいのだから、そう慌てることはない。

浅見ははぐれたのをいいことに、観光客があまり行かない、寂しげなところを探して歩いて行った。

永平寺の総面積は三十三万平方メートル、建物の総数は七堂伽藍（がらん）をはじめ、堂閣が約七十棟、一万五千平方メートルといわれる。感心するのは、そのどれもが質素で華美なところがまったくない点だ。越前大観音堂とはおろか、京都の仏閣などとは、その目的とするものが根本的にちがうことが、はっきり分かる。

宗教に本物と贋物（にせもの）があるとすれば、ここには本物があるのかもしれない――と浅見は思った。

（本物か――）

浅見は越前竹人形を連想した。何かにつけて、浅見の思念はそこに向かう。

本物の越前竹人形がどれなのか――。『えちぜん』の女将が見せた竹人形は、いったい何だったのか――。

（彼女の調査はどうなったのかな？――）

浅見は片岡明子が、瞳をキラキラさせて意気込んでいた顔を思い浮かべた。芦原を出てからここまで移動する途中、浅見は公衆電話で何度か福井中央日報に電話している。しかし明子はいつも不在だ。しつこく電話するのも気がひけるが、彼女の「調査」がうまくいっているものかどうか、浅見はたえず気にかかっていた。

駐車場に戻ると、藤田の父親が手を振って「おいでおいで」をしている。

「急ぎましょう、急ぎましょう。いや、うっかりしておりましてな、午後三時から人に会う約束がありますのや」

大急ぎで福井市内まで送って、そこで別れることにした。

「倅に会うたら、いつまでも東京なんかにおらんで、はよ戻ってこい言うとったと伝えてください」

別れぎわにそう言って、急に老けこんだような顔で、クシャッと笑った。

福井中央日報を訪ねて、受付で「片岡さんを」と言うと、しばらく待たせてから男が二人降りてきた。

「浅見さんですね？」

年配のほうが言って、名刺を出した。「編集局文化部次長　下井治男」とあった。

「いましがた片岡から電話がありまして、浅見さんが見えたらちょっとお待ちいただくようにということでした」

言って、先に立って歩いてゆく。浅見が下井につづくと、その後ろからもう一人の男がついてきた。気のせいか、なんとなく堅苦しい気配を感じた。

応接室に通され、ずいぶん長い時間、待たされた。その間、下井ともうひとりの男が、代わる代わるやってきて相手を務めたり、女性がお茶を運んできたりして、気を使っている様子は分かった。

三十分ばかりして、下井が背広姿の男を二人連れてきた。

「警察の方がちょっとお話ししたいことがあるそうです」

下井は言って、もうひとりの社員に合図して、部屋を出て行った。

「福井県警捜査一課の和田です」

二人の男のうち、いくらか年長の方が名乗って、手帳を示した。

「浅見さんですね？」

「はあ、浅見です」

「名刺をいただけませんか」

和田刑事は言った。浅見が名刺を出すと、しげしげと眺めて、

「肩書がないですが、職業は何ですか？」

「ルポライターです」

「というと、テレビで事件のことを取材したりする、あれですか？」

「いや、あれはレポーターです。しかし、似たようなものとお考えいただいて結構でしょう」

浅見は言って、逆に質問した。

「ところで、警察の方が僕に何を？」

「ちょっと参考までにお訊きするのですが、浅見さんは昨日、今庄町に行きましたね？」

「ええ、行きました」

「何をしに行ったのです？」

「ある人物を訪ねたのですが」

「誰をです？」

「野地という人です。竹細工を作っている人ですが」

「目的は何です？」

「目的？……」

浅見は不審に思った。

「目的は、越前竹人形のことについて、いろいろと聞きたかったからですが……しかし、いったいどういうことなのですか？」

「野地さんを訪ねた時刻ですがね、何時頃でしたか？」

刑事は浅見の質問を完全に無視している。

「そうですねえ、一時か二時頃でしょうか」

「帰ったのは何時ですか?」

「野地さんの家を出たのはすぐです。一分もいたかどうかという感じでした……ところで何があったのです?」

「昨日の夜、もう一度野地さん宅へ行きましたか?」

「え? いや、行きませんよ」

「夜はどこで何をしていました?」

「何をって、ホテルにいましたが……芦原の湯田ホテルです。そうそう、夜中に四時間ばかり外に出ました」

「どこへ行ったのです?」

「それが、妙なことがありましてね」

浅見は昨夜の奇妙な出来事を話した。刑事は「ふんふん」と聞いて、メモを取っていたが、こっちの話を丸々信用したようには見えなかった。

「そのことを証明してくれるような人がいますか?」

「いえ、いませんね。誰とも会いませんでしたからね。ただ、ホテルの従業員は僕が出たり入ったりするのを見ていたはずですから、証明してくれるでしょう」

「それは、ホテルの出入りだけについてでしょうね?」

「もちろんそうです」

「つまり、外で何をしていたのか――といったことは、誰も証明してくれないというわけですね」

「そうですね」

「それでは、恐縮ですが、ちょっと一緒に来ていただけませんか」

「一緒にって、どこへ行くのですか?」

「武生警察署です。あちらのほうに捜査本部が開設されましたのでね」

「捜査本部?　何の事件なのですか、それは?」

「お宅さんが訪ねた野地良作さんですがね、昨夜、死亡しましてね」

「なんですって?……」

浅見はあっけにとられた。

「亡くなったとは……じゃあ、野地さんは殺されたというのですか?」

刑事はニヤリと笑った。

「ほう、ばかに分かりが早いですな。自分は殺されたなどとは言ってないですがねえ」

分かりの早いことに、特別な意味があるとでも言いたそうな顔であった。

「ま、とにかくそういうわけですので、同行してください」

浅見は驚愕の中で、(やれやれ——)と観念した。

自分がどういう理由で疑われているのか、それに、どうしてここに刑事が現れたのか、それまでの経緯(いきさつ)がさっぱり分からないけれど、とにかく、野地良作が殺された事件の重要参考人として、警察の取調べを受ける羽目になったことだけはたしかなようだ。

新聞社の前には制服の警官が運転するパトカーがきていて、事情聴取をした和田という刑事はそっちに乗り、浅見のソアラにはもう一人の刑事が同乗した。

「へえー、ルポライターというのは、ええ車に乗れるんやな」

いやみたらしく言う。

「三年ローンですからね、当分のあいだ火の車に乗っているようなものです」

浅見は言ったが、ジョークの通じないタイプとみえて、ニコリともしなかった。

武生警察署には、浅見が当然あると思っていた「殺人事件捜査本部」の張り紙はなかった。してみると、和田刑事が言っていたように、野地はまだ殺されたものと決まったわけではないらしい。

(まずいことを言ったな——)

浅見は反省した。語るに落ちたというやつである。

浅見はすぐに取調室に案内され、尋問は武生署の刑事にバトンタッチされた。

第四章　容疑者浅見光彦

1

武生署の木本部長刑事は四十歳を出たかどうかといった、見るからにいかつい感じの男だ。怒り肩で首が短く、顎が左右に張って、瞬間、オコゼを連想させた。

木本は、そもそも浅見が何の目的で福井県にやってきたか——というところから事情聴取に入った。

『旅と歴史』の藤田という男の依頼で、武生の菊人形を取材しに来たこと。

藤田の父親の案内で菊人形展の準備作業を見学したこと。

仕事が一段落して、芦原へ行く前に、自分だけ今庄町に寄り道したこと。

今庄町では広野ダムの管理職員に聞いて、野地良作を訪ねたこと。

そのあと、今庄町役場へ行き、教育長に会って越前竹人形の話などを聞いたこと。

芦原へ行く途中、福井中央日報に寄って、片岡明子という女性記者に会ったこと。

芦原のホテルに入って、藤田の親父さんと食事をし、午後八時頃、別れたこと。

温泉に入って、さて寝ようかという午後十時過ぎ、外から電話が入ったこと。

電話は「野地」からのものであったこと。すぐに東尋坊の駐車場へ来てくれ——という内容だったこと。

しかし、東尋坊の指定された場所には、ついに野地は現れなかったこと。

午前二時頃にホテルに戻って寝たこと。

——以上が昨日の浅見の行動であった。浅見の供述を、木本はノートに几帳面に書いている。

「野地良作さんとは、知り合いですか？」

外見の割にはトーンの高い声、語尾をしゃくるように上げる癖のある喋り方で、木本は訊いた。

「いえ、さっきも言ったように、広野ダムの職員に聞いて、はじめてそういう人がいることを知ったくらいですから」

「つまり、知り合いではないちゅうことですな？」

分かりきったことに念を押す。

「そうです」

「野地さんを訪ねた目的は？」

「目的ですか……」

浅見は一瞬、困惑した。どう答えればいいのか、なかなか難しい問題だ。

「越前竹人形を作っていると聞いたので、いろいろ話を聞きたかったし、できれば人形を製作している現場を見たかったのです」

「けど、竹人形ならほかでも作っているでしょうが。福井市にも丸岡町にも、竹人形師ならなんぼでもいるのに、なんだってまた、あんな辺鄙なところへ出掛けなければならなかったのです？」

「僕は竹人形を作っている人が誰で、どこにいるのかなんて知りませんでしたし、それに、水上勉の小説に出てくる、竹人形のふるさとは今庄町がモデルなのです」

「ふーん、そういう小説があるのですか」

「ええ、『越前竹人形』という本があります」

「その本に今庄町のことが書いてあるのですな？」

「今庄町とは書いてありませんが、それと分かるような書き方をしています」

「それで、野地さんを訪ねて、どうしました？」

「お話を聞きたいと言ったのですが、断られました」

「それから？」

「それから、帰りました」

「黙って？」

「黙ってです」

「腹は立たなかったのですか？」

「そりゃ、ちょっと残念でしたが、腹を立てたわけではありません」

「しかし、せっかく遠路はるばる訪ねてきたのに、あっさり断られたのでは、面白くないのとちがいますか？」

「それはまあ、愉快でなかったのはたしかでしょうね」

「つまり、そういうのを腹が立ったというのじゃないですか？」

「そうでしょうか、ちょっと違うような気がしますが」

「断られて、腹を立てたわけですな」

　木本は断定して、調書にメモした。いくぶん誘導尋問くさかったが、浅見は文句は言わなかった。

「それから役場へ行ったのでしたな」

「そうです」

「役場で教育長さんに会ったのですな」

「そうです」

「会って野地さんの悪口を言ったそうじゃないですか」

「悪口？　言いませんよ、そんなこと」

「しかし、野地さんの作った竹人形をくさしたそうじゃないですか」

「いや、くさしたとか、そういうことではなく、この程度のものかと言っただけです」

「それがくさしたことになるのとちがいますか？」

「ちがうと思いますがねえ」

「あんた、嘉助という人のことを話したそうじゃないですか」

「ええ、話しましたよ」

「そしたら、ちょっとおかしいのとちがいますか？」

「何がですか？」

「さっきあんた、野地さんのことは知らないと言っておったが、野地さんのお祖父さんのことは知っておるじゃないですか」

「あ……」

浅見は苦笑した。

「それは、嘉助という人の名前は知っていましたが、野地さんのお祖父さんかどうかは知りませんでした。第一、嘉助という人物が野地という苗字かどうかも分かりません」

「そんなことはないでしょうが。野地さんのお祖父さんは嘉助という名前です」

「しかし、嘉助という名前の人は、ほかにもいくらでもいるでしょう」

「そしたら、あんたが言っとった嘉助は、どこの嘉助ですか？」

「知りません。たまたま見た竹人形の作者の名前が嘉助だったというだけです」

「どこで見たのです？」

「何をですか？」

「その竹人形ですよ」

「東京で見ました」

「東京のどこです？」

「ある料亭です」

「どこの何という料亭です？」

「…………」

浅見は絶句した。刑事が『えちぜん』を訪れて、女将を問いつめる情景を想像した。竹人形の由来を、女将は何と説明するのだろうか？

——。

「それはちょっと、言えません」

「ほう、言えない……」

木本はジロリと鋭い眼を浅見に向けた。

「言えないとはどういうことです？」

「先方に迷惑がかかりますから」

「迷惑？　なぜです？　たかが、あんたが竹人形を見たと言っていることが事実かどうかを確認するだけなのに、どういう迷惑がかかるというのです？」

「…………」

「黙っておったら困りますなあ」

木本は、獲物を追い詰めた——とばかりに、身を乗り出した。

「とにかく、言えないものは言えないのですから」

「黙秘するわけですな」

「そうお取りになっても結構です」

「そういう態度を取るのは、あんたのためにならんのですがねえ」

「やむを得ません」

浅見は目を閉じて、口を結んだ。この線だけは譲れないという構えだ。

「まあいいでしょう」

木本はあっさり方針を転換した。

「それはそれとして、昨夜の十時から今日の午前二時頃まで、あんたは所在がはっきりしないそうじゃないですか」

「いや、そんなことはありませんよ。さっきも言ったとおり、僕は東尋坊に呼び出されて、三時間近くそこにいたのです」

「それは、あんたがそう言っておるだけでしょうが」

「いや、呼び出し電話がかかったことは、ホテルの交換だって知っていますよ」

「交換手は、電話があったことは認めたが、呼び出しかどうかは知らないと言っておりますがね」

「あ、なるほど、それはそうですね」

「そしたら、呼び出しがあった証拠は何もないじゃないですか」

「しかし、とにかく呼び出されたことは事実です」

「誰が呼び出したのです?」

「ですから、野地さんです」

「しかし、その時刻には野地さんは死んでいるのですがねえ」

「え？　嘘でしょう。野地さんが亡くなったのは、もっと遅い時刻——十一時から一時までのあいだ——だったそうじゃありませんか？」

「まあ、いまのところ、そういうことになっていますがね」

「だったら、僕に電話されたあと、亡くなったのでしょう。それに、その電話が野地さんからのものであったかどうか、僕には分からないのです。なにしろ、僕は野地さんの声を聞いていないのですからね」

「嘘言っちゃ困るな」

「嘘じゃありませんよ」

「だってあんた、さっき野地さんの家を訪ねた時、断られたと言ったじゃないですか」

「そうですよ、断られましたよ。しかし、言葉に出して断ったのではなく、何も言わずにさっさと家の奥へ消えてしまったのです」

　木本は「ふーん」と、不満そうに唸(うな)り声(ごえ)を発した。

「それじゃ、電話をかけてきたのが野地さんでないとすると、いったい誰ということになるのです？」

「さあ、分かりません」

「あんたねえ、何を訊いても分からないじゃ困るんですよねえ。だいたい、あんたが芦原のあのホテルに泊まっておるということを知っていたのは、誰とだれなのです？」

「それは、藤田さん親子と、福井中央日報の片岡さんという女性と……あとはっきりしません」

「野地さんはどうなんです？」

「いえ、野地さんは知りません」

「そらおかしいじゃないですか。野地さんがホテルのことを知らないと分かっておって、どうしてあんた、野地さんからの電話だと信じたのです?」

「たしかに、その点は僕が迂闊でした。電話を受けた時は、そのことにぜんぜん気がつかなかったのです。それに、結果論ですが、たとえ気がついて問い返そうと思っても、野地さんは一方的に電話を切ってしまいましたから、疑問に思いながらも東尋坊には出掛けて行ったと思いますけどね」

「それじゃ、もう一度訊きますがね、あんた、その電話の声が誰か、思いあたる人はいないのですか?」

「ええ、いませんね。少し押しつぶしたような、作り声だったかもしれませんが、聞き憶えのない声でした」

「藤田さん親子とも違いますか?」

「違います」

「それじゃ、まるで話にならんじゃないですか。あんたはきわめて不利な状況にあると思わなきゃならんですぞ」

「それは否定しませんが、しかし、僕には野地さんを殺害する理由がありません」

「理由があるかないかは調べてみんことには分かりませんがね。とにかく、現在言えることは、あんたにはアリバイがないという事実だけですな」

木本は難しい顔をして、腕を組んだ。

「困りましたねえ」

浅見も腕組みをした。

その時、取調室のドアが開いて、若い刑事が顔を覗かせ、木本を呼んだ。木本は外へ出て、すぐに戻ってきた。

「いま、解剖結果が出ました。それによると、野地さんは睡眠薬を服用しています」

「そうですか、睡眠薬をですか……」浅見は思わず口走った。

「それでは他殺の可能性が強いですね」

「あんたの口からそういう言葉が出るとは思いませんでしたがねえ」

木本はニヤッと笑った。笑った顔のほうがいっそう気色が悪い。

「もし殺人事件だとすると、犯人の条件はわりとはっきりしていますよ」

浅見は構わず言った。

「第一に、僕があのホテルに泊まっていることを知っている人間。第二に、僕が野地さんを訪ねたことを知っている人間。第三に、野地さんと面識のある人間。第四に、午後十一時から午前一時までのあいだに、野地さんの家に行くことのできた人間……」

「あははは、それは全部、あんたに当てはまる条件じゃないかね」

木本部長刑事は大喜びで笑った。いよいよ鬼瓦のような顔になった。

「いや、僕のことは対象から外して考えていいのです」

「どうしてです？」

「なぜなら、僕は犯人じゃありませんから」

「ばかばかしい」

からかわれたと思ったのか、木本はムッとした顔になった。それはそれで、やはり怖い顔である。

「犯人は誰だって、自分が犯人じゃないと言い張るもんだ」

「それはちょっと違うと思います」

「どうちがうというのです？」

「犯人は――というより、容疑者はというべきでしょう」

「つまらん屁理屈は言わんほうがいいですなあ。刑事も人間ですからな、心証を悪くすると、あんたの損ですぞ」

「お気に障ったら謝ります。しかし、ほんとうの話、僕に関わっているひまがあったら、その分、エネルギーをよそへ向けたほうが賢明だと思うのですが」

「そんな指図はいらんですよ。あんたは警察に訊かれたことに対して、正直に答えればいいのです」


木本は言って、ふたたび三たび、同じ質問を繰り返した。

「あんた、野地さんを訪ねたのは、どういう理由からかね？」

浅見は大きな溜め息をついて、エンドレステープのように、同じ答えを返した。

警察の事情聴取は同じ質問を繰り返し行なって、一度目と二度目、さらに三度目、四度目と、返ってくる答えの中に相違点や矛盾点を発見するところから、なんとか攻撃の糸口を摑もうとする。

それはじつに微妙な点にまで及ぶ。たとえば、千里の道を出掛けるのに、第一歩が左足からだったか、右足からだったかを間違えずに答えるかどうか――が重要なポイントだったりするのだ。

ホテルを出た時刻が何時で、帰ってきた時刻が何時か――などというのは、誰だってそんなに記憶しているものではない。まして、目的地まで何時間何分かかったか、そこにどういう車が駐車していたか、何時何分に帰路についたか――を厳密に思い出せる者がいたら、それは人間ではない。神様だ。

もし、あなたが尋問を受けて、出発時刻についての答えが、一度目と二度目とで十分も違ったら、刑事は鬼の首でも取ったように騒ぎ立てるだろう。三十分も違ったら、間違いなくあなたは逮捕される。一時間も違ったら有罪判決を覚悟しなければならない。

浅見の場合はさいわいなことに、比較的しっかりと時間の関係を記憶していた。日頃からそういう習慣になっているためである。とくに家を出る時と帰った時の時刻は正確を期す必要がある。恐怖の母親・雪江未亡人の門限に対する関心は、なみなみならぬものがあるのだ。居候たるもの、神経質にならざるをえない。

とはいえ、いくら時間の関係がはっきりしても、浅見光彦に事件当時のアリバイのないことは動かしようがない。しかも、殺された野地に呼び出されたという弁明が、まったくナンセンスだった。

午後七時、武生署の玄関脇に「今庄町殺人事件捜査本部」の張り紙が出た頃には、浅見光彦に冠せられる肩書は、「重要参考人」から「容疑者」に昇格しようとしていた。

2

この時点で、浅見光彦が犯人でないことを知っているのは、最低二人いた。一人は犯人自身であり、もう一人はほかならぬ浅見本人である。

浅見が自分は犯人でないと知っているということは、警察よりはるかに有利な条件を持っていることであるといっていい。浅見が木本にいったように、それこそ余分なエネルギーを費やす必要がないからだ。

浅見は木本の取調べを受けながら、木本の言葉の端々から、しだいに事件の全体像を把握していった。

警察が事件を「殺人事件」と断定した理由は、野地が睡眠薬を飲んでいたためだが、もちろんもう少しそれなりの理由がある。

野地は薬をジュース類と一緒に飲んだと考えられるのだが、睡眠薬の残りが野地家のどこからも発見されなかった。また、薬を飲むために使ったはずのコップ類、あるいはジュースの容器などがどこにも見当たらなかったのである。

つまり、犯人は野地に睡眠薬を飲ませたあとで、それらの物を持ち去ったものと考えられたのだ。

コップにしろ空きカンにしろ、犯人の指紋が付着している危険性のあるものを、犯人が残してゆくはずはない。かといって指紋を拭き取ったりすれば、それは直ちに犯行があったことを証明する結果になる。

犯人はおそらく、死亡した野地が睡眠薬を飲んでいたなどということが、解剖所見で明らかになるとは、思ってもいなかったにちがいない。

眠り込んだ野地を抱き上げ、回転する丸ノコの上に倒れさせるのは、それほど難しい作業ではなかっただろう。野地は成人男子としてはかなり小柄で、筋肉質のガッチリとした体軀だが、体重は小学校の高学年なみといってよかった。

　小さい時から失神する病癖がある野地が、発作を起こして丸ノコの上に倒れ伏したという「事故」は、決してありえないことではない。事実、事件が発見された直後は、警察も含めて、ほとんどの人間がそう思ったといっていい。

　たまたま、浅見なにがしという見知らぬ男が、事件当日、野地を訪ねていたことから、一応、取調べの対象になったのだが、もし睡眠薬のことさえなければ、あるいは完全犯罪が成立したかもしれないのだ。犯人はそういう条件をすべて把握した上で犯行に及んだものと考えられる。

　問題は、浅見にかかってきた謎の電話である。あれが野地からのものだったのか、それとも犯人からのものだったのか——それが浅見にも誰にも分からない。

　かりに野地からのものだとすると、野地はどうやって浅見があのホテルに泊まっていることを知ったのか、疑問が残る。

　もし、犯人の仕業だとすると、考えられる目的はただひとつ、浅見のアリバイを崩すためだろう。その場合、ターゲットがなぜ浅見だったのか——が分からない。

　浅見の頭の中では、浅見が木本に言ったいくつかの条件を満たす人物の顔が、つぎつぎに浮かんだ。

　藤田親子、片岡明子——。

（片岡明子か——）

　彼女がどうやら事件の第一発見者であるらしいと知ってから、浅見の疑惑は急速に強まった。もちろん明子自身が犯人であることはないだろうけれど、彼女に接触した人物がいれば、その人物が犯人である可能性はかなり高いはずだ。

（とにかく片岡明子に会うことだ――）

浅見は思った。

「刑事さん、そろそろ東京へ引き上げたいのですがね」

浅見は五、六度目の訊問の繰り返しの途中に、いくぶん語調を変えて、言った。

「東京？　ああいいでしょう、帰ってもらいたいですなあ。自分も早く家に帰って、一杯やって寝たいですよ」

「ではそういうことで……」

浅見が腰を上げかけると、木本はいきなり怒鳴った。

「ふざけるんじゃない！」

それまでの高いトーンとは一変して、野太い、吠えるような声だった。浅見はびっくりして、立ちかけた椅子に、ドシンと尻を落とした。

「あんたねえ、遊んでいるんじゃないのだからね。こっちの訊くことに、ちゃんと答えてくれるまでは、この仕事は終わらないよ」

「ちゃんと答えているじゃないですか」

「ほう、そうかね。それじゃ、もう一度だけ質問させてもらうが、嘉助という名前を見たのは、いつどこでのことです？」

「ですから、その件についてはお答えできないと言っているでしょう」

「ほれほれ、それだよそれ。ちっとも答えてないじゃないですか。それじゃ、こっちも仕事を途中で切り上げるわけにはいかんのだよねえ」

「しかし、だからといって、あなたのほうも、僕をいつまでも勾留しておくわけにはいかないでしょう。職権濫用ということになりはしませんか？」

「そんなことはない、あんたのほうが黙秘を続けておるのだからな。証拠湮滅と逃亡のおそれがあると判断しているのです」

「弱ったなあ……」

浅見は苦笑した。

「証拠湮滅ったって、僕が何をどう湮滅するんです？　それに逃亡するといったって、狭い日本、どこへ逃げればいいのですか？」

「そんなことは知らんですよ。それに、あれだけの残虐な殺人を犯すのだからね、再犯の可能性もあるわけだしな」

「うーん……」

浅見は苛立った。事情聴取が始まってからすでに五時間、時刻は午後九時になろうとしていた。その間、夕食にカレーライスを食べたことと、トイレに二度行ったほかはずっと取調室を出ていない。

「それでは、電話をかけさせてください。そのくらいはいいでしょう」

「電話かね、どこへかけるのです？」

「そんなことを言う必要はないでしょう」

「いや、そうはいかない。証拠湮滅を企てる可能性がありますからな。番号を言ってくれれば自分がダイヤルを回して上げますよ」

「そうですか、それはご親切なことで」

浅見は精神的にかなり参っていた。木本のほうも、それを充分承知の上で、落ちるのは時間の問題だと信じている。それが分かるだけに、浅見はいっそう苛立つのだ。

「ではこの番号にかけてください」

浅見はメモ用紙に数字を書いた。

「ほう、東京ではないのか。これは福井の市外局番ですな、分かり易い番号だ。しかし、会社なんかだったら、こんな時間じゃ、誰もいないのとちがうかな」

木本はブツブツ呟きながら、取調室の隅にある電話を取って、交換手に番号を伝えた。

「相手の名前は何ていうのです?」

受話器を耳に当てた顔を振り向けて、木本は訊いた。

「坂崎さんです」

その時、電話が先方と繋がった。

「あ、こちら武生警察署ですがね」

木本は受話器に向かって喋った。

「坂崎さんですか?……そうです、坂崎さんに電話したのですが、いますか、そういう人は?……いるのですね?……え? 自分ですか?自分は武生警察署の木本という者ですが……え? 用件ですか? いや、用件はですね、坂崎さんに取り次いで貰えればいいのです……いや、約束はしていませんよ……そうです、突然です……ですからね、用件は直接坂崎さんに……え、署長ですか? 署長は関係ないでしょう、とにかくあんたじゃ話にならんのです。坂崎さんに……え? いや、知りませんよ、どこなのです、そちらは?……えっ? 県警本部長室?……ほんとですか……」

木本は驚きのあまり、受話器を取り落として、電話台の上でものすごい音を立てた。

「あ、し、失礼しました、これは何かの間違いです……いえ、もう結構であります……はい、はい……いえ、当方の手違いです、どうも申し訳ありませんでした……いえ、もう結構ですので」

木本は電話に向かって十数回、ペコペコと頭を下げて、目をつぶりながら受話器を置いた。

電話機の上に両手を置いたままの姿勢で、木本はしばらくじっとしていた。おそらく心臓の鼓動が収まるのを待っていたにちがいない。

「何なのだ、何なのだこれは……」

ゆっくり振り向きながら、言った。浅見に向けた目が血走っていた。恐怖と怒りと疑惑と不信と屈辱——ありとあらゆる不愉快な感情が凝縮し爆発しそうになるのを、かろうじて抑制している顔だ。オコゼが生きたままから揚げにされる瞬間は、おそらくこういう顔をするにちがいない。

「あんた、おれをおちょくったのか？」

「とんでもない、おちょくったりなどしませんよ」

浅見はしらっとした顔で言った。

「僕はただ、坂崎さんに電話したかっただけです。それをあなたが代わりに電話をかけてくれると言ったから……」

「坂崎って……あんたねえ、そこは県警本部長室だったのだよ」

「そうですよ」

「じゃあ、あんた、そのことを知っていて……ん？　まさかあんた、本部長を知っているわけでは……」

木本がようやく事態の容易ならざることに思い当たったのと、ほぼ同時に、取調室のドアが開いて、刑事課長の顔が覗いた。

「ちょっと木本君」

刑事課長は明らかに緊張した面持ちを見せて、手招きした。

木本は観念したように「はあ」と頷いて室を出ていった。ドアのむこうから二人の問答が聞こえた。

「いま県警のほうから連絡がきたのだが」

刑事課長は抑えた声で言った。

「きみなのか？　県警本部長のところに電話したのは」

「はあ、そうです……あ、いや、そういうわけではなかったのですが」

「どっちなのだ？　先方は武生署の木本という人物からだと言っているのだが、きみではないのかね？」

「はあ、電話したのは自分ですが」

「自分ですって……きみ、それはいったいどういうことなんだ？」

「いや、自分は何も知らんで……つまり、そこが本部長のところとは知らないで、電話したのです」

「知らなかっただ？　そんなはずはないだろう。本部長室の直通番号にかけておいて、知らなかったとは言わせないよ。いったいどういう目的があったのかね。私はおろか、署長の頭越しに県警トップに電話して、何を言うつもりだったのかね？　何か私の指揮に文句があるのなら率直に言ってくれ。いや、もし私に言いづらいのなら、せめて署長に提訴してくれればいいじゃないか。何もいきなり本部長のところに直訴におよぶことはあるまい」

「いえ、直訴だなんて、とんでもない。ただ自分はあの野郎の……」

「あの野郎とはなんだね」

「あ、いえ、違うのです。本部長のことを言った訳ではありません。つまり、あの野郎というのはですね、現在事情聴取中の浅見という男のことなのです。あの男がその電話番号を言って、自分に電話させたのでありまして、自分はただ言われたとおりの番号をうちの交換手に伝えただけなのです。そうしましたところ、なんと、出た相手が県警の本部長室だったわけでありまして」

一気に言って、木本は「フーッ」と吐息をついた。

「その男がなぜ本部長のところに電話をかけたのかね」

「はあ、なぜでありましょうか」

「なぜでありましょうかって、きみ、何を呑気なことを言っているんだ」

「ですから、いまそれを訊こうとしていたところに課長がですね……」

二人の声はしだいに大きくなって、すべて浅見のところにも筒抜けだった。浅見は木本の窮状を見るに見兼ねて、ドアから顔を出して言った。

「あの、お話し中ですが、刑事さんにお願いして、坂崎さんのところに電話をかけてもらったのは僕ですので」

「坂崎さん？……」

刑事課長は、浅見のなれなれしい言い方に、戸惑った。

「坂崎さんて、坂崎本部長のことを言っているのかね」

「ええ、そうです」

「おたくさん、本部長と親しいひと？」

「いえ、僕は親しくはないのですが、兄が坂崎さんと同期で、その関係で二、三度お会いしたことがあります。それで、福井で何かあったら声をかけるように言われていたものですから」

刑事課長は木本と顔を見合わせた。

「同期……というと、本部長は大学は東大だと思うが、じゃあ、東大で同期だったのですか？」

「はあ、東大もですが、警察に入ったのも同期だそうです」

「というと、おたくさんのお兄さんも警察関係におられるのですか？」

「はあ、警察庁のほうにおります」

「警察庁……ええと、おたくさんはたしか、浅見さん、でしたね？……とすると、まさかあの、お兄さんというのは、浅見刑事局長さんでは？……」

「はあ……」

浅見は面目なさそうに、頷いた。

3

片岡明子は、応接室のドアを開けて浅見の顔を見るなり、脅えた目をして、小さく「あっ……」と言った。客が浅見だと分かっていれば、断るところだったのに——という顔である。

「やあ、その節はどうも」

浅見はソファーから立ち上がり、陽気に手を上げて言った。

「こちらこそ……」

明子は消え入るような声で挨拶して、向かいあう椅子に浅く腰を下ろした。浅見が何か不穏な動きを見せたら、いつでも逃げられる体勢だ。

「いやあ、昨日はひどい目に遭いましてね、あなたに連絡したくてもぜんぜん自由にならないのです」

浅見は苦笑して言った。

「あ、あの、ひどい目って、どういう目に遭ったのですか？」

「警察に連れて行かれて、夜中までしぼられました」

「じゃあ、やっぱり、武生の警察のほうで、ですか？」

「あはは、そうだそうだ、あなたが話したのだそうですね、僕が野地さんのところを訪ねたっていうことを」

「すみません、あの、そんなつもりではなかったのです。私、浅見さんにそのことを聞いていましたから、つい口が滑って……」

「いや、いいのですよ、あなたはあくまでも事実を話しただけなのだから。気にしないでください」

「でも、警察がそんなにひどいことをするとは思っていませんでした」

「そうなんですよ。警察というところは、強引でしつこいですからね。むだだと分かっていても、ほかに取調べの対象が誰もいないとなると、いつまでも解放してくれないのです。まあ、言ってみればスケープゴートみたいなものですね」

「すみません、私が不用意だったのです」

「困ったな、あなたを責める気はないのですよ。誰だってあんな事件に出くわせば、気持ちが動転しますからね。そうそう、片岡さんが事件の第一発見者でしたっけね。相当な惨状だったそうですから、ずいぶん怖かったでしょう」

「ええ、それはもう……」

明子はその時の情景を思い出して、肩を竦めた。顔面からサーッと血の気が消えるのが分かった。

「しかし、社会部の人には喜ばれたのではありませんか？　大特ダネだったのですから」

「ええ、けさ、局長賞が出ました。でも、そんなのもらっても……」

「まあいいじゃないですか、ぜんぜん悪いことばかりだったわけではないのですから、せめてもの救いです」

「でも浅見さんにはお気の毒なことになってしまって、申し訳ありませんでした」

「もういいんです。それより、片岡さんにお訊きしたいことがあるのですが、いま、仕事のほう、いいですか？」

「ええ、大丈夫です。文化部には急ぎの仕事なんて、滅多にありませんから。それに、この際、罪滅ぼしに何でもおっしゃってください」

「わあ、大袈裟ですねえ。そんなに恐縮しないでください。でないと、僕のほうが辛くなります」

浅見は莞爾と笑って見せた。明子の全身から、こわばっていたものがスーッとぬけてゆくような、優しい笑顔であった。

その笑いを残したまま、浅見は言った。

「もし間違っていたら謝りますが、片岡さんは僕のことを、誰かに話しませんでしたか？……いや、警察は別です、警察以外の誰かにです」

「社の人たちには話しましたけど」

「それはいつのことですか？」

「昨日、事件があったあとです」

「それ以前はどうですか？　つまり、僕があなたをお訪ねしたあとです。あれから誰かと会いませんでしたか？」

「会いましたけど」

「ほう、誰とですか？　いや、プライベートなことを訊くようで申し訳ないですが、差し支えない程度まで、話してください」

「差し支えるような人なんて、私にはいませんん」

明子はムキになって言った。

「あの夕方、県庁へ行ったんですよね。観光課長さんに会って、越前竹人形の作者のことを訊いたんです。それで……でも、課長さんには浅見さんのことは話さなかったと思いますけど……それから……」


明子は思い出してギョッとなった。

「そうだわ、県庁を出るところで平石さんに会いました。以前、福井中央日報の記者だった人で、いまは辞めて、たしか探偵社か何かに勤めているって聞きましたけど……その人に会いました」

「それで、その平石さんには僕のことを話したのですか？」

「ええ、東京から来た浅見さんという人が、越前竹人形のことを調べているって言って。浅見さんが、いま売られている越前竹人形は水上勉の小説が出たあと作られたのではないかって言っているということを話しました。そしたら、平石さんは驚いて、そうだ、そのとおりだって……」

「ほう、そう言ってましたか」

「ええ、浅見さんが指摘したとおりのことを、平石さんも言ってました。それで、今庄町の野地さんのことを話してくれたりしたのです」

「その際、僕が芦原に泊まることとか、そういう話もしたのですか？」

「たぶん……はっきり憶えていないのですけど、そのあと、平石さんが晩御飯をご馳走してくれたんですよね。それで、その時、もしかしたらお喋りしたかもしれません。浅見さんが、何かあったら連絡してくれっておっしゃってたでしょう。だからそのことも話したはずだし、ついでに芦原のホテルのことも、喋った可能性もあるような……」

その辺になると、明子にははっきりした記憶がない。平石に付き合って、あまり強くないアルコールが入っていたせいである。

「でも、そのことが何かあるんですか？」

「ええ、ちょっとね、不思議なことがあったものですからね」

浅見はその夜の奇妙な電話と、東尋坊へ誘い出されたことを話した。

「えーっ？　やだあ……それじゃ、平石さんが……」

「いや、そんなに簡単に決めてしまわないでください」

「でも、それだったら私の責任だし、それに、もしかしたら、野地さんを殺したのは、平石さん……」

みるみる、明子の顔は青ざめた。

「そういえば、平石さん、ちょっと様子が変だったんですよね」

「変――とは、どういうふうにですか？」

「浅見さんが竹人形について推理したことを話すと、すっごく感心していながら、その反面、あまり嬉しくないっていうか……そう、まるで、自分が苦労して摑んだ特ダネを、横取りされはしまいかって、いらいらしているような感じだったんですよね。そうだわ、それで、浅見さんのこと、根掘り葉掘り訊いていたんだわ、きっと……」

そう確信すればするほど、明子の恐怖は深刻なものになってくる。

浅見は明子の表情が目まぐるしく変化するさまを、興味深く見つめてから、訊いた。

「その平石さんは、福井中央日報にいるとき、越前竹人形についてかなり突っ込んだ取材をしていたのでしょうね」

「ええ、たぶんそうだと思います」

「今庄町の教育長に聞いた話では、野地さんのところに新聞記者が訪ねて行って、何やら取材をしていたということでした。その記者というのが、おそらく平石さんだったのでしょう。文化部のあなたたならともかく、社会部の記者がなぜ竹人形を取材したりしたのですかねえ?」

「ほんと、変ですねえ」

「その時の取材結果で、平石さんは何か記事を書いたのですか?」

「いいえ、書いていないと思います。竹人形の記事が出た記憶がありませんもの」

「そうすると、記事になるほどの内容がなかったのかな?……それとも、まだ調査中だったのですかね?」

「だとしたら、いまでも調査を続けているっていうことでしょうか?」

「うーん……どうなのかなあ……」

「あ、そういえば平石さん、ちょっと気になることを言ってたわ」

明子は思い出して、小首を傾(かし)げた。そういう仕草をすると、しっかり者の女性記者というイメージが消え、生意気ざかりの少女の顔になる。

「気になることというと？」

「竹人形のことなんです。いま売っている竹人形は水上勉の書いたものと違うけれど、一度だけ、それらしいものを見たことがあるというような……」

「ほんとですか？」

浅見は思わず急(せ)き込んで言った。

「いつですか？　どこで見たのですか？」

「今庄町の野地さんのところです」

明子は浅見の剣幕にびっくりしながら、うろたえるように答えた。

「ほうっ……その人、平石さんに会いたいのですが、連絡はつきますか」

「ええ、つくと思いますけど……でも、浅見さん、まさか平石さんに……」

「えっ？　あははは、いやだなあ、僕は平石さんに喧嘩を売るつもりはありませんよ。第一、僕を誘き出したのが平石さんだなんて、考えていませんからね」

そうは言ったものの、もちろん、浅見に平石への疑惑がないわけではなかった。それどころか、むしろ、現段階でもっとも疑わしい人物といえば、平石をおいてほかにない。

明子はいくぶんためらいながら、応接室の電話で、平石からもらった名刺の番号をダイヤルした。

「北光リサーチですが」

野太い男の声が応じた。平石の声ではなかった。

「平石さんをお願いします」

「平石は留守ですが、どちらさんですか？」

「福井中央日報の片岡といいます」

「ああ、片岡さん、平石から聞いてますよ。どういうご用件でしょうか、うかがっておきましょう」

「あ、いいんです、平石さんがお帰りになったら、お電話いただきたいって、そうお伝えください」

「そうですか、しかし、平石はいつ出てくるか分かりませんよ。急ぎだったら、聞いておいたほうがいいのですが」

「そうなんですか……それじゃ、あの、浅見さんという方が、一度お会いしたいっておっしゃっているとお伝えください」

「浅見さんですか、どちらの浅見さんでしょうか？」

「東京の方です」

「東京の浅見さんね、はい分かりました」

電話を切ったあとで、明子は浅見の表情が気になった。

「あの、浅見さんの名前出して、いけなかったでしょうか？」

「え？　ああ、いや、べつに構いません」

浅見は笑顔で言った。

そうは言ったものの、浅見は彼女が名前を告げたことに、何かしら作意めいたものがあるのではないか——と、一瞬疑ったことは事実だ。

浅見の名前を聞けば、平石には対応策を講じる余裕ができるわけだからである。

（しかし——）と浅見は胸の内で否定した。片岡明子にそういう底意などあるはずがない——と思い捨てた。

4

「とにかく、この際としては、平石さんに会うことが先決ですね」

浅見は言った。

「どうすれば平石さんは摑まりますか？」

「北光リサーチでは、いつ出社するか分からないようなことを言ってました」

「自宅はどこですか？　以前はここに勤めていたひとなのだから、社の人なら分かるのじゃないでしょうか？」

「そうですね、聞いてみます」

明子は応接室を出て、人事課で平石の住所を聞いた。

「以前は社宅にいたが、その後どこへ行ったのか、知らんぞ」

人事課長は冷たく言った。

「むしろ経理に訊いたほうがいいのじゃないか。税務関係で、転居先を聞いているかもしれん」

その言葉どおり、経理課で平石の転居先は分かった。福井市の市街地を西にはずれたあたりの住所で、「双葉ハイツ」という名称のところにいる。「〇〇ハイツ」だの「〇〇コーポ」だのといっても、大抵は木造のアパートみたいなものが多いから、そこもたぶんそうなのだろう。

「訪ねてみます」

明子の話を聞くと、浅見はすぐに席を立った。

「私も一緒に行って、ご案内します」

明子も躊躇なく言った。

「その住所の辺りは新開地で、分かりにくい場所ですから」

言い訳がましくつづけたが、気持ちとしては、そうでもしないと、気がすまないという思いだったのだ。

「ほんとですか、それはありがたい」

浅見も遠慮はしなかった。

しかし、明子が浅見と行くことに対して、下井デスクはいい顔をしなかった。

「やけに面倒見がいいじゃないか。あの男はいったい何者なんだ?」

「何者って、デスクも知っているじゃありませんか?　昨日、会われたのでしょう?」

「そりゃ会うには会ったけどな、警察が来るまで、つないでおけというから、そうしただけだ。話だってろくすっぽしてないしさ、第一、警察のその時の様子では、何やら犯罪者みたいに扱っておったのだぞ。それが一夜明けてみたら、ケロッとした顔で現れよって、きみまでがあの男の言うなりかよ」

「べつに言いなりになんかなっていませんけど」

「だったら、そこまでサービスすることはないじゃないか。あの男にそうまでしてやらなきゃならん義理でも……そうだ、そもそもの仕掛け人はきみだったな。きみが警察にあの男をサシたのだろう。そのきみもはっきりしたことは言わないし、警察のほうも詳しいことは話してくれんし、どういうことになっているんだ?」

「私は話したって構わないのですけど、警察がしばらく話しちゃいけないって言うんですから仕方がありませんよ」

「仕方ないって……きみねえ、われわれは身内だよ、身内同士で秘密にしておくことはないだろう」

「あら、身内だなんて……」

明子は驚いた顔を見せた。下井デスクなんかに身内よばわりされるいわれはないと思った。

「うちの両親にだって、何も言ってないんです。警察で約束したのですから、文句があったら警察に言ってくださいよ。とにかく出掛けてきます」

明子は下井のOKを待ちきれずに、机の上のショルダーバッグを摑んだ。

「じゃあ、行く先だけ言っておけ」

下井はやけくそのように怒鳴った。

「市内某所です」

明子は後ろ向きに声を投げた。平石の家を訪ねるなどと言えば、下井はそれこそ歯を剝き出して怒り狂うだろう。

双葉ハイツは思ったとおりの安アパートだった。木造モルタル二階建てという、典型的な形式だ。近頃は地方都市の住宅事情も大変化しつつある。アパートだって、東京なみのマンション形式がめずらしくなくなった。単に安いだけが取り柄のような、昔ながらのアパートには、空きが目立つのだそうだ。

双葉ハイツも空き部屋が多いらしく、窓にカーテンのない部屋が半分ほどもあった。もっとも、「二階の3号室」と聞いた平石の部屋にもカーテンがなかったから、かならずしもそれだけで空き室かどうかは即断できないのかもしれない。

午前十一時になろうとしていたが、平石はまだ部屋にいた。

ベニヤ張りのドアが開いて、不精髭を生やした顔をヌッと突出し「なんだ、きみか」と言った。相変わらず酒臭い息をしている。

平石の脇から部屋の中が覗けた。六畳かそこいらの部屋の真ん中に万年床が敷いてあって、その周囲にはアルコールの壜（びん）や食べ物の残滓（ざんし）、雑誌類、原稿用紙などが乱雑に散らばっていた。

平石は明子から少し離れたところに佇（たたず）む浅見を見つけて、眉をひそめた。

「何か用かい？」

「あの、平石さんに会いたいという方をお連れしたんです」

「誰だい？」

「浅見さんとおっしゃる……」

「ああ……」

すぐに分かって、平石はもういちど眉をひそめなおした。

「で、用事は？」

浅見にではなく、明子に訊いた。明子は振り返って浅見を見た。

浅見は一歩二歩と近づいて、言った。

「野地さんのことで、お聞きしたいことがあるのですが」

「聞かれても、おれは何も知りませんよ」

平石は顔を背けるようにして言った。

「そんなことはないでしょう、野地さんを訪ねて、いろいろ取材なさったはずですが」

「取材には行ったが、やっこさんは何も話してくれなかったですよ」

「何も、ですか？　そんなはずはないと思いますが」

「そう言われても困るな、実際にそうなのだから」

「そうでしょうか。こんにちはも言わなかったのですか?」

「ん? いや、いきなり怒鳴られた」

平石は苦笑した。

「棒っ切れを振り上げて、とっとと帰れと言われたな」

「それで、平石さんは何て言われたんですか?」

「べつに、すごすごと引き上げたよ」

「じゃあ、竹人形は見せてもらえなかったのですか?」

「もちろん、見せてくれなかった」

「しかし、平石さんの目的は竹人形を見ることだったのでしょう?」

「まあね」

「それなのに、何も見ないで引き上げるとは考えられませんが」

「あんたが考えられなくても、事実なのだから仕方がない」

「変ですね」

「変? 何が変だい?」

「片岡さんに聞いたのですが、あなたは野地さんのところで、本物の越前竹人形を見たとおっしゃったそうですが」

「本物?……さあな、そんなことは言った憶えはないが」

「言いましたよ」

明子は鋭い声を出した。

「言ったじゃありませんか、県庁の玄関のところで。つまり一昨日のことですよ」

「いや、知らんね」

「知らないって……どういうことですか？　どうしてそんな見え透いた嘘を言うんですか？」

明子は呆れて、つい声が大きくなった。狭いアパートの廊下である。隣のドアからおばさんが何事かというように、顔を出した。

「悪いが、仕上げなければならない原稿があるんでね。あとで事務所のほうへ来てくれ。午後になればおれも事務所に出るからね」

平石はおばさんを救いの神のように、ドアのむこうに引っ込んだ。

「どういうことかしら？」

アパートを出たところで、明子は入口を振り向いて、悔しそうに言った。

「あんなにはっきり言ったのに、言わないなんて……なんでそんな嘘をつくのかしら？」

「興味ある問題ですね」

「興味あるどころじゃありませんよ。ずいぶんばかにした話だわ」

「まあまあ、そう怒らないで。平石さんにもいろいろ事情があるのでしょう。つまり、それは背景に何か隠さなければならない事実が存在していることを意味しているのですからね、むしろ、手掛かりがあったことを喜ぶべきなのです」

明子は不思議そうに浅見を見た。たしかに言われてみれば、そういう考え方だってできないことはない。

「それで、浅見さんはこれからどうするんですか？」

「もういちど平石さんと会います」

「でもあの人、あてにはならないみたいですよ。あんないいかげんな嘘をつくくらいですもの、事務所にだって出るかどうか、分かったものじゃありませんよ」

「しかし、いずれは家を出ることだけはまちがいないでしょう」

「そりゃ、いつかは出るかもしれないけど、いつになるか……」

「いや、午後になれば出てきますよ。そのために徹夜で執筆していたのだから」

「あら、そうなんですか？　徹夜してたんですか？　どうして分かるんです？」

「寝床の周り、見ませんでしたか」

「見ましたけど……すっごく散らかっていました。見るからに怠惰な生活っていう感じでした」

「あれが徹夜の証明ですよ。ああまでして原稿を書かなければならないような仕事があったということでしょう。あの人は単に怠惰な生活を送っているような人物ではありませんよ。むしろ、猛烈な仕事の鬼といったほうがいいのかもしれない。おそらく、福井中央日報にいた頃も、仕事に熱中しすぎて、そのために衝突ばかりしていたのじゃないかな。どうですか？」

「そうかもしれません……でも、浅見さんはどうしてそんなことを？」

「そりゃ分かりますよ、目を見ればね」

「そうでしょうか。なんだか二日酔みたいなドロンとした目だと思いますけど」

「酒はね、酒は飲んでいるけれど、それは辛いから飲むのでしょう。あの人は寂しいのですよ。仕事に対する情熱だけでは、人間は生きていけませんからね」

　浅見はスタスタと歩きだした。一瞬後れて、明子は浅見に追随した。浅見の背中がやけに大きく見えた。

「ところで、この辺りにレンタカー会社はありませんか？」

　車を停めておいた場所に戻ると、浅見は訊いた。

「レンタカーですか？　どうするのです？」

「この車、ちょっと目立ちすぎますからね」

「あ、じゃあ、浅見さん、平石さんを尾行するんですか？」

　明子は興奮ぎみに言った。浅見は笑って頷いた。

「もしできれば、あなたにも協力をお願いしたいのですが」

「ええ、いいですとも、私にできることなら何でも協力します。で、何をすればいいんですか？」

「僕がレンタカーを借りたら、僕の身代わりになって、この車を運転してください」

「えっ？　ソアラをですか？」

　明子は尻込みした。

「だめですよ、こんな高級車。私なんか、父の中古のカローラしか乗ったことがないのですから」

「それなら大丈夫、ソアラはカローラよりはずっと運転しやすい車です」

　浅見は後部座席に置いてある白いタオル地のテニス帽を被ってから、車に乗った。

　エンジンをかけ、車を発進させながら、彼の目はバックミラーの中で遠くを見つめていた。

双葉ハイツの一ブロック先の道路端に、白いベンツが停まっていた。
ベンツには男が二人、浅見たちが到着する前からそこをじっと動かずにいた。

第五章　消えた探偵

1

　平石は午後一時ちょうどに双葉ハイツを出た。「午後に事務所に出る」と言っていた時刻どおりだった。

　浅見が「仕事の鬼」と言ったのは本当かもしれない——と明子は思った。

　平石は例によって、ズックのバッグを肩にかけていた。何が入っているのか、大事そうに胸の前で抱くようにしている。

　平石がアパートから三十メートルばかり歩いたところで、後ろから接近した白いベンツが行く手を塞ぐようにして停まった。

　運転席と助手席の両方から男が飛び出して、平石を挟むように近寄った。遠くからでははっきり見えないが、二人の男はいずれもポケットに拳銃か何かをしのばせているような構えをしている。

　平石は一瞬たじろいだように見えたが、すぐに観念して、男たちの言うまま、ベンツに乗り込んだ。

　そこまでは浅見が推測したとおりの展開であった。明子はあらためて、浅見の底知れぬ洞察力というか、予知能力というか、とにかくそういう特殊な才能に驚かされた。

ベンツが走りだすと、明子は指示されたとおり、約七十メートルの間隔を維持しながら、追尾を開始した。

「決して近寄りすぎないように」と浅見は言っていた。

どうやらあの白いベンツの印象からいっても、相手はヤクザか何か、そういうたぐいの人種らしい。

ベンツは意外なほどゆっくり走った。それも浅見の予言どおりであった。連中はつまらないことで警察の干渉を受けないよう、交通ルールどおりに走るだろう——と浅見は言ったのである。

はじめて乗るソアラだが、明子は順調に運転できた。車がどこを走っているのか、分かっていたことも、安定した運転の一因かもしれない。

車は福井市の中央を北へ向かって走り、県庁の近くで左へ方向を変えた。

しかし、それからの行動は奇妙だった。明らかに、ひとつところを二度、グルッと回ったのである。左へ左へと何度も曲がって、何か道でも間違えたような感じだが、それにしては、いかにも確信ありげに悠揚迫らず走っているのが不思議だ。

三度、同じ道を行くかと思った時、最前は曲がった場所を今度は直進した。この道は西へ——つまり越前海岸方面へ向かう道だ。

しだいに市街地を遠ざかり、人家が疎らになってくるにつれ、交通量も減ってきた。夏場の観光シーズンには、猛烈な渋滞も起きる道路だが、この時期はガラガラだ。

福井市から清水町に入ってまもなく、後ろから追い越しをかけた車がソアラの前に割り込んで、急にスピードを落とした。

あやうくスピードを緩め、追突を免れたけれど、おかげでベンツとの間隔はみるみる開いた。道路は追い越し禁止区間である。車は五十キロ制限のところを三十キロというノロノロ運転で走っている。

後続の車がじれて、スピードを上げると、はみ出し禁止の黄線を無視して追い越していった。

明子はしゃくにさわってクラクションを鳴らした。

とたんに前の車が停まった。追い抜こうとすると、運転席から手が出て、「停まれ」と指図している。明子は仕方なく車を左に寄せて停まった。

一見してそれと分かる、そのスジのおあにいさんが二人、前の車から出てきた。こっちの車の左右に立って「降りろ」と言った。

明子は指示どおりに車を降りた。助手席側からも「パートナー」が降りた。

「何ですか？」

明子は白いタオル地の帽子を取って、髪の毛をサッと風に散らしながら、きつい口調で言った。

「あれっ？　女かよ」

男は意外そうな顔をした。「女」ということは聞いていなかったらしい。それとも「男」と聞いていたのかもしれない。彼が指示を受けた時点では、たぶん「白い帽子を被った野郎」という話だったのだろうから。

「まあ、どっちでもいいや」

男は思い直したように言った。運転していたのは女だが、助手席にはたしかにむくつけき「野郎」がいたのだ。

「何か用か?」

明子に替わって、今度はそのパートナーのほうが、言った。

「用? 用があるのはそっちやないのんか? だいぶ派手にクラクション、鳴らしとったやないか」

男は語尾を上げて言った。もう一人の男がパートナーの前に立ちはだかって、胸倉を摑もうとした。その腕をパートナーが逆に摑み、指を絡めるようにしてひねった。

「いてっ」

男は悲鳴を上げて、だらしなく地面に膝をついた。

「野郎!……」

明子の前にいた男が身を翻してパートナーに向かっていった。殴りかかる男をパートナーが払い腰に乗せて道路脇の畑に投げた。男はギャッと言って、しばらく動けないほどのショックを受けたらしい。

「おれは福井県警の者だが、道交法違反で送検するか。それとも、暴力行為ならびに傷害未遂で緊急逮捕しようか」

パートナーが威勢のいい啖呵を切った。

「えっ、刑事さんですか……」

腕をひねられた男が悲鳴のように言った。

「すんまへん、知らんかったもんで」

ペコペコ頭を下げながら、男は畑で倒れている相棒を助け起こすと、車に戻った。しかし、当分、運転は無理な様子だ。

「行きましょうか」

パートナー・福井県警の和田刑事は明子を促した。

「浅見さん、大丈夫かしら？」

さっき追い越して行った車に浅見が乗っている。

「大丈夫でしょう。あの人はなんでもお見通しだから。それに横山君もついているし」

和田の言うとおりだ――と明子も思った。じつをいうと、白いベンツが福井市内でグルグル回るかもしれない――というのも、浅見の予想にあったことなのである。浅見はまた「あのベンツには電話がついてますからね、そうやって時間稼ぎをする間に、どこかに連絡して、追跡者を食い止める作戦に出るはずです」とも言った。

事実、そのとおりになった。そうして、二段構えで追尾していた浅見のレンタカーが、さっきハミ出し禁止の黄線を越えて、平石を拉致した白いベンツを追って行った――というわけだ。

「でも、浅見さんていったいどういう人なんですか？　まさか刑事さんじゃないのでしょうね？」

明子は和田に訊いた。平石のアパートを出たあと、浅見がレンタカー屋からどこかに電話していると思ったら、和田と横山という刑事がやってきた。これには明子は驚いてしまった。

「あれ？　おたくさん、知らなかったのですか？」

和田は呆れた目で明子を見てから、笑い出した。

「なんだ、自分はまた、おたくさんたちは恋人同士だとばかり思っていましたよ」

「残念でした。浅見さんとは二日前にはじめて会っただけです」

「そうですか、それじゃ自分にもチャンスはあるわけだ」

和田はぎごちない冗談を言って、眩しそうに明子を見た。

「ほんとに、浅見さんて、何者ですか?」

明子は聞こえなかったふりを装って、質問を繰り返した。

「ルポライターでしょう、東京の」

和田はニヤニヤ笑いながら言った。

「嘘でしょう。ただのルポライターなんかだったら、こんなに簡単に警察が助けてくれたりしませんよ」

「なるほど、それもそうですなあ」

「もしかすると、007みたいな、秘密諜報員か何かじゃないのかしら?」

「ははは、それはちょっと、テレビの見すぎとちがいますか」

和田刑事は車に潜り込んだ。

「これからどうすればいいのか、浅見さんは何も言ってなかったんですよね」

明子は不安そうに、浅見の車が去った方角を見つめた。

2

白いベンツは感心するほど制限速度に忠実だった。

「この道はよくネズミ取りをやっとりますからね、そのことを知っとるのでしょう」

横山刑事が言った。横山は和田よりは二つ三つ若い、まだ二十代かという青年だ。

「しかし、浅見さんの言うとおりに展開しているのには驚きました」

「はあ、だいたい、人間の考えることは、同じですから」

浅見はニコリともしないで言った。さっきからハンドルのアソビが気になって仕方がない。どうやら整備の悪い車に当たったらしかった。ベンツがおとなしい運転をしているからいいようなものの、スピードを出して振り切りにかかったら、追い掛ける自信はまったくなかった。

ベンツは川に沿って走り、川が右手の山に入り込むところで右折した。

「越廼（こしの）の方向ですね」

横山は言った。

「越前海岸に面した村です」

道は峠を越えるらしい。標高そのものはそう高い山ではないが、福井平野から立ち上がっているだけに道路や川の勾配はかなりきつい。

前後にほかの車は見えなくなった。ごく目立たない色の車を借りてきたが、こんな辺鄙なところを等間隔で追尾していれば、怪しまれるに決まっている。

「これじゃ、気がつかれそうですね」

浅見はそれもやむを得ないことだと、割り切ることにした。

案の定、ベンツの走りぶりに変化が見えた。それまで一定したスピードを保っていたのが、急にスピードを上げてみたり、また逆に極端に落としてみたり、明らかにこちらの出方を窺っている。

浅見は逆らわず、先方のスピードに合わせて、つかず離れずの距離を保った。

「こうなったら、連中の目的を探るよりも、平石さんの身柄の安全を優先させるしかありませんね」

「はあ、そうですね」

横山は緊張して頷いた。浅見のことは上司から、「東京の警察庁から来た人」というふうに説明されている。得体の知れないようなところもあるが、事態がすべてこの男の予言どおりに推移していることに、ただただ驚嘆し敬服していた。

ベンツは越廼村で越前海岸にぶつかり、北上する方向を選んだ。敦賀から石川県までは「越前加賀海岸国定公園」がえんえんとつづく。越前岬、三国町（みくにちょう）、東尋坊、吉崎御坊（よしざきごぼう）……と名うての観光名所がズラリと並ぶわけだ。

午前中は晴れていた空がいつのまにか暗い雲に覆われ、雨が降ってきた。

「この辺りでは、秋は天気が変わりやすいのです」

横山は自分の責任ででもあるかのように、恐縮して言った。そういえば、奥の細道で芭蕉が「北国びよりさだめなき……」とか言っていたのを、浅見は思い出した。

知らない道での雨は不安材料の一つだ。おまけにワイパーの具合もあまりよくないとみえて、ガラスの真ん中に拡がった油膜がなかなか落ちない。視野が著しく狭くなった。

ベンツは三国町までノンストップで走った。九頭龍川河口に架かる橋を渡りトンネルを潜ると、急に繁華な場所に出た。

最初の信号が赤になった。ベンツは停まるやいなやドアを開けて、平石を放りだした。

平石は道路脇の店先に飛び込んで、雨を避けている。

信号が変わってベンツが走り去ると、浅見は車を平石のいる店の前に横付けした。

「平石さん」

横山に助手席側の窓を開けてもらって、浅見は身体を斜めにして呼んだ。平石は浅見と横山の顔を見比べて驚いている。

「乗ってください」

一瞬、躊躇したが、平石はすぐに走ってきて、後部座席に乗り込んだ。

「驚いたなあ、県警のデカさんが追っていたのか」

平石は肩の雨を払い落としながら言った。

「それであいつらの方針が変わったというわけだな。妙な車に尾行られているとか、電話でゴチャゴチャ話していたが、車が停まると、いきなり放り出しやがった。しかし、どうして……いつから尾行ていたんです？」

横山刑事に訊いた。二人は平石が事件記者をやっていた時からの顔馴染みだ。

「こちらの浅見さんが連絡してくれて、それでもって、急遽、出動してきたわけです」

「ふーん……しかし、それにしたって、どうして……」

平石にはどういう手品が行なわれたのか、さっぱり思い浮かばないらしい。

「おたく、いったい何者なんです？」

「ですから、フリーのルポライターです」

「またまた、ただのルポライターがそう簡単にデカさんを呼んだりできますか。何かあるね、カラクリが」

「そんなことより、平石さんのほうの事情を説明していただけませんか」

浅見はバックミラーの中の平石に言った。

「事情も何も、アパートを出たとたん、やつらに捕まって、強引に引っ張りこまれたというわけですよ。逃げれば逃げられたかもしらんが、ポケットに何やら隠している様子もあったもんで、仕方なかった。そういうところは、おたくたちだって、見ていたのでしょうが」

「それは見ていましたが、車の中で何を話していたのかは分かりません。その辺のことを聞かせていただきたいのです」

「べつに何も話しちゃいませんよ。やつらもダンマリでね。電話をかけてきた時以外、何も話さなかったな」

「それでは質問を変えますが、連中がなぜあなたを拉致したのか、思い当たることはあるのでしょう？」

「いいや、何も」

平石はどこまでも頑強にシラを切りとおすつもりらしい。浅見は苦笑した。

「ここは三国でしたね？」

横山に確かめた。

「平石さんも昼飯まだなのでしょう。横山さんも僕もまだなのです。どこかこの辺で食べませんか、三国なら魚料理の旨（うま）い店があるでしょうから」

「あ、それなら任しておいてくださいや」

平石は陽気に言った。ヤクザに捕まって、下手をすると生命の危険だってあったかもしれないというのに、めげない男だ。

信号を左折するとしだいに、潮の香りが漂う、いかにも港町という感じの町並みになった。街の印象はゴチャゴチャしているけれど、シーズンオフのせいか、車や人間の数は少ない。

平石は、おそろしく古い、まるで大正時代のミルクホールみたいな店に連れて行った。レトロブームに合わせたというのではなく、単純に古いというだけの建物なのだそうだ。注意してみると、街にはそういう店が多いのだった。

「三国は町そのものが古いですからな」

平石は愛着を感じさせる口調で言った。

店の中は薄暗く、目が慣れるまで時間がかかった。天井の蛍光灯が寿命なのか、点いたり消えたりしている。

広さは五、六坪といったところか。テーブルは四脚あるのだが、昼飯どきをはるかに過ぎて、客は誰もいない。

カウンターの向こうが調理場だ。主人らしい老人が愛想のない顔でこっちを見て、「いらっしゃい」とだけ言った。その声にうながされたように、どこからともなく若い女店員が現れて、

「なんや平石さんか」と言った。

「お客さんを連れて来たよ。何か食わしてくれや」

平石はぶっきらぼうに言った。主人や店員の様子も無愛想だが、平石は気にも留めない風である。もっとも、無愛想なのは遠慮のいらない関係ということのようだ。

その証拠に、こっちが何も注文していないのに、主人のほうで勝手に何やら見繕って、昼飯どきを過ぎてしまったから、大したものはないが——と、定食のような料理を並べてくれた。

何もない——と言ったわりには、刺身に焼き

魚にエビをぶつ切りにしたのが入った味噌汁など、浅見の好きな献立だった。

平石の前には食事の代わりにビールとつまみが出た。すべて承知の上という、阿吽の呼吸のようなものが、店の者と平石のあいだにはあるらしい。

食事中に横山は思い出して電話をかけに出て行った。店の電話では具合が悪いので、外の公衆電話を使うらしい。

「平石さん、あなたが本物の竹人形を見たように、じつは僕も、たぶんあれが本物の越前竹人形——と思えるような竹人形を見ているのですよ」

浅見は小声で言った。

「嘉助という銘の入った、みごとな出来映えの竹人形でした」

平石はチラッと浅見を一瞥しただけで、何も言わない。

「僕にその竹人形を見せてくれた人は、昭和二十六、七年頃にある人から貰ったものだと言っているのですが、あなたはどう思いますか？」

「どう、とは？」

「つまり、その頃にそういうちゃんとした越前竹人形があったかどうか、です」

「その答えはおたくのほうが知っているでしょうが」

「なるほど」

それが平石の答えだということか……と浅見は頷いた。

「ところで、さっきのベンツですが、あれは何者です？」

「さあ、知りませんね」

「平石さんを乗せて、どうするつもりだったのでしょうか?」

「知りません」

「しかし、さっきのお話だと、明らかに身の危険のようなものを感じたのでしょう。今回は一応、助かったとはいっても、この次はどうなるか分かったものじゃないです」

「覚悟の上ですよ。この商売、危険を恐れていた日にゃ、何もできない」

「何のための危険ですか?」

「何のため?……あははは、そう言われてみると、何のために危険を冒しているのかな。考えてもみなかった」

「正義のためでしょう」

「えっ?……」

浅見の低く、食い下がるような口調に、平石はギクリとして、浅見の顔を覗き込んだ。驚いた表情がたちまち崩れて、けたたましい笑い声を発した。

「あははは正義か……こりゃいいや。よお、おやじさん、聞いたかよ? 正義だとよ、正義……まだそういう言葉が死なずに残っていたのかねえ」

「笑ったらあかんでしょう」

店の主人は愛想のない顔をいっそう怖くして見せて、言った。

「そうや、笑うたらあかん、失礼やわ」

女店員までが主人の脇から、平石を睨みながら言った。

「よせよ、そういう目で見るなよ」

平石は辟易したように、視線を逸らした。

「平石さんは照れているのよ」

女店員が浅見に向かって言った。

「ほんとうは、この人かて、正義派なんですから」

無理して標準語を使おうとしているのはぎごちないが、それがかえって妙に説得力を感じさせる。

「分かりますよ、僕もそう思います」

「やめてくれよ」

平石が手を振った時、横山が戻ってきた。

「むこうでは、ちょっとしたトラブルがあったようです」

「トラブル？　まさか片岡さんの身に何かあったのでは？」

「いえ、それは大丈夫です。そうそう、浅見さんのソアラも無事だからと、そう伝えてくださいとか言ってました」

「あははは、ちゃんと見透かしているみたいですね」

浅見は苦笑した。明子にはああ言ったものの、内心、愛するソアラの「身」のほうを危惧していたのだ。

「片岡さんて、片岡明子のことですか？」

平石が浅見に訊いた。

「ええそうです」

「彼女に何かあったのですか？」

「はじめ、ベンツを尾行ていたのは彼女と和田刑事だったのです。途中、妨害にあって、あとは僕らが交代しましたが」

「そう、彼女が追っていたのか……」

思案して、それから浅見を非難するように言った。

「彼女を事件に関係させるのはよくないでしょ

うが」

「そうでしょうか」

　浅見はそっけなく応じた。

「片岡さんはむしろ乗り気ですよ」

「しかし危険だ」

「なぜですか？　なぜ危険なのですか？」

「そんなこと……」

「平石さんは何も知らないのでしょう。だったら危険かどうかも分かるはずがないじゃないですか。このまま放っておけば、少なくとも彼女は、事件の真相を突き止めるまではやめませんよ」

「真相？　そんなもの……だいいち、どういう事件か分からないで、いったい何を突き止めようとしているのです？」

「その質問は、そっくり平石さんにお返ししましょう」

「あんたねえ、真相といっても……事件といってもだよ、そういう単純なものじゃないのだからね」

「分かっていますよ。たぶん、僕の想像が間違っていなければ、三つの事件が錯綜（さくそう）しているはずです」

「…………」

　平石は驚愕の目を浅見に向けた。隣では横山刑事もまた、浅見を見つめている。こっちのほうは、二人の男の会話から何かを摑もうという目だ。

3

「一つだけ、これだけははっきりさせておきたいのですが」

浅見は平石の目を見ながら訊いた。

「一昨日の夜、僕に電話したのは平石さんじゃありませんよね」

「電話？　いや、おれは電話なんかしてないですよ」

「片岡さんから、僕が芦原の湯田ホテルに泊まることは聞いたのでしょう？」

「ああ、それは聞いたが」

「そのことを、誰かほかの人に話しませんでしたか」

「あんたが芦原のホテルに泊まることをですか？　いや、誰にも話していないと思うが……」

否定しながら、平石はちょっと自信のない様子を見せた。

浅見は彼の言葉のつづきを待つ姿勢を保った。

「ただ、あんたのことは所長に話しているかもしれない」

「所長というと、北光リサーチのですか？」

「そう、うちのボス……といったって、二人しかいない事務所ですがね」

「その人に話したのですか？」

「ああ、片岡さんと別れたあとね、福井市内の飲み屋で落ち合って、その時、たしかあんたのことを話しているはずだ」

「僕の何を話したのですか？」

「それは、あんたが片岡明子に、越前竹人形の起源に関して疑惑を抱いていると言った、そのことですよ。東京の人間がそこまで突っ込んだ疑惑を抱くというのは、おれにはちょっとしたショックだったもんでね」

「どうしてショックなのですか？」

「まあ、正直に言って、そのことについて……つまり、越前竹人形の発祥の秘密をほじくり出そうとしているのは、おれぐらいなものかと思っていたものだからね」

「それなのですが」

　浅見はいっそう勢い込んで、言った。

「平石さんが越前竹人形の秘密を探ろうとしている理由は、いったい何なのですか？」

「ん？　それはだな……いや、その質問はそのままあんたにお返ししたいね。浅見さんこそ、何が目的で越前竹人形をほじくるんです？」

「その理由はいまは話すわけにはいかないのです」

「だったら、おれのほうも話すわけにはいかないな」

　浅見と平石は睨みあう恰好（かっこう）になった。平石は浅見よりは五つ六つ年長といった感じだ。年齢のことだけをいうなら、大した差はないといえる。頭の良さとか才能――ことに事件捜査に関する能力といった点では、客観的に見て浅見のほうが劣っているとは考えられない。

　しかし、平石のもつ、ある種の迫力のようなものは、浅見などがどう逆立ちしたって追いつかない。浅見は家庭内ではたしかに「不遇」といってもいい育ち方をしているかもしれないが、社会的に見ればボンボン育ちである。それに対して、平石は新聞社の社会部記者として、世間の裏側をいやというほど見てきたはずだ。仕事それ自体が、いわば栄光と挫折の繰り返しだっただろう。

　それが平石のキャラクターを作っている。平石の風貌にも、言葉つきやちょっとした仕草のはしばしにも、浅見にはない、錆びといってもいいような、あるいは味のような、においのようなものが表れる。

「分かりました」

浅見は平石の視線を外した。

「それじゃ、さっきの質問の続きですが、その所長さんにも、僕が泊まったホテルのことは話していないのですね?」

「うーん……その点はね、はっきり言って自信がないですなあ。飲み屋では結構、長いことだべっていたし、話の成り行きで、芦原の湯田ホテルの名前が出たかもしれないが、どうもね、記憶にないのだよねえ」

平石は面目なさそうに苦笑しながら、首筋を撫でた。

「平石さんは酔うとだらしがないのです」

カウンターの向こうから女店員が言った。

「おやじさんよ、ミカちゃんの口の軽いのを何とかしないと、嫁の貰い手がないよ」

平石はうんざりしたように言った。

「お嫁になんか、行かないもの」

ミカちゃんはふくれ面をしている。どうやら、老人と女店員は祖父と孫娘か、ひょっとすると父娘かもしれなかった。

「なるほど、そうすると、所長さんもそのことを知っている可能性があるのですね」

浅見は眉をひそめた。所長が知っているとなると、さらにその先で誰かに話したかもしれないわけだ。

「しかし、そのことが何か問題でもあるのですか?」

平石は事情が分からないから、不思議そうに訊いた。浅見は「野地」と名乗った人物に東尋坊に誘き出された経緯を話した。

「ふーん、そういうことがあったのか……しかし、うちの所長がそういう真似をすることは絶対にないな」

平石は断定した。

「所長さんというのは、どういう人なのですか?」

「名前は海原(うみはら)といって、元警察官……おたくと同じ職場にいた人間ですよ」

平石は横山に、ややからかうような視線を送って、言った。

「知ってますよ、元県警捜査二課の警部補だった人です」

横山刑事はあまり愉快そうでない口振りだった。はみ出した警察官というのは、警察内部に残っている者にとっては、ある意味では反体制派の人間より始末が悪い存在といえなくもないのだ。何よりも部外秘や捜査のノウハウを熟知しているのが、警察にとっては都合が悪い。

もし元警察官が犯罪を犯す気になると、捜査技術の裏をかくような手段を用いるから、捜査が難航する場合が多い。京都、大阪を舞台に起きて、世間を震撼(しんかん)させた連続殺人事件や、岩手、福島で起きた工務店社長などの連続誘拐殺人事件も元警察官の犯行だった。

警察官が警察を去る理由は、多かれ少なかれ、警察当局に対する不満が原因であると考えられる。探偵社の所長に転職したのもまた、そうした不満が元になっているのかもしれなかった。そして、警察で学んだノウハウを現在の仕事にそのまま駆使しているのだろう。そういうことが、横山にはあまり愉快でないにちがいない。

「いちど、その所長さんに会わせていただけませんか」

浅見は言った。

「そりゃ、会うのはいっこうに構わないですがね……しかし、うちの所長はおれよりずっと夕ヌキで、なかなか一筋縄じゃいかない男ですよ」

平石は片頬を歪めるように、笑顔を作って言った。本人としてはせいぜいニヒルを装っているつもりなのだろうけれど、そういう表情はいかにも演技しているな——と思わせて、かえって平石が根は善良な人間であることを証明していた。

平石は店の電話を借りて事務所に連絡しようとしたが、先方が出なかったようだ。

「おかしいな、どこへも行くはずはないのだけれど」

しきりに首をひねっている。何か漠然と不吉な予感を感じている様子だ。

「行ってみましょう」

浅見は立った。

店を出ると、横山刑事が浅見の耳元に口を寄せて言った。

「例のベンツですが、番号を照会したところ、あれは笠松(かさまつ)組というマル暴関係の事務所名義のものであることが分かりました」

「そうですか」

浅見はそのこと自体は意外にも思わなかった。むしろ、いままで見えなかったテキの一部が、ようやく正体を現したというふうに受け止めた。

途中、レンタカーを返してから、県警に寄った。浅見のソアラはそこに預けてある。片岡明子はすでに福井中央日報へ戻ったということであった。

　横山刑事とそこで別れて、あとは浅見と平石だけで北光リサーチへ向かった。

4

　北光リサーチは五階建の雑居ビルの五階にあった。ふつうは上に行くほど家賃が高いのだが、このビルはエレベーターがないために、上階ほど安いのだそうだ。

　壁の上塗りが剝がれ落ちた、狭くて急な階段を五階まで登るのは、あまり愉快な運動とはいえない。

　五階はワンフロアを簡単な間仕切りで三つに仕切って使っている。そのもっとも狭い一室が北光リサーチであった。ほかの二室は使用していないのか、人のいる気配はまったくない。

　平石は鍵を取り出したが、ドアのノブは鍵なしでも回った。しかし海原所長は不在であった。

「おかしいな……」

　平石はいよいよ深刻な表情になった。事務所を留守にする時には、必ず鍵をかける決まりなのだそうだ。

「探偵社が空き巣に入られたんじゃ、あまり名誉なことではありませんからね」

　冗談を言っても、どことなく虚ろな感じがする。

　部屋の中には荒らされた形跡はないのだが、平石は一応、デスクの引き出しを改めたりしている。

「何か盗まれたとか、そういう様子はないなあ」

室内はむしろ殺風景なくらいに整然としすぎている。簡単な応接セットと、事務用のデスクが三脚ある。そのうちの二脚が現在使われているという。

「若い女の事務員を雇うつもりだったのですがね、応募してきた女の子も、ここを見ると勤める気をなくしてしまうらしい」

平石は笑った。そうかもしれない。ビルのてっぺんの、人気のない部屋に、得体の知れない男が二人いるような事務所では、大抵の女性なら尻込みするだろう。

とにかく、電話がかかるのをしばらく待ってみることにした。平石は不器用な手付きで湯を沸かし、むやみに濃いお茶をいれてくれた。

「平石さんは笠松組というのを知ってますか？」

浅見は訊いた。

「笠松組？　もちろん知ってるが、笠松組がどうかしましたか？」

「さっきのベンツですが、あれは笠松組だったそうです」

「ふーん、笠松組がね……やっぱりそうだったか」

「というと、予測はしていたのですか？」

「まあね、そろそろそのていの、あいが出てきても不思議はないと思ってましたよ」

「笠松組とはどういう組織ですか？」

「関西系の暴力団で、福井県下では最大クラスの組です」

「その笠松組に狙われるようなことを、北光リサーチはしていたというわけですか」

「いや、もちろん直接には笠松組に関係するような仕事はやってませんよ。しかし、最後になれば、あの連中が出てくる可能性は考えないでもなかった……しかし、笠松組が嚙んでいるとなると、ここにも連中が来たのかもしれんなあ」

平石は海原所長の身の上を案じるかのように、眉をひそめた。

「所長さんは笠松組に拉致された可能性があるのですね?」

「かもしれんですね」

「いったい、笠松組の目的は何だと考えられますか?」

「分からんが、和村の関係かな?」

「和村……というと、越前大観音堂の和村誠氏ですか?」

「そう」

「和村氏は笠松組と関係があるのですか?」

「あると考えていいね、もちろん表向きはそんな顔はしてませんがね。和村が県内で事業をやっている以上、どこかで笠松組とつるんでいると思ってまちがいはない」

「ということは、平石さんがいまやっている仕事は和村氏に関するものなのですか」

「さあね、それは言えないですよ」

「しかし、そんな悠長なことを言っていられる場合ではないでしょう」

「それはそのとおりだが、しかし、われわれの仕事は依頼人の秘密を守るのが最大のモラルだからね。その一線は最後まで譲るわけにいかんのですよ」

「たとえ所長さんの身に危険が迫っても、ですか？」

「いや、危険はないと思う」

「どうしてですか？　どうしてそういう楽観が許されるのですか？」

「おれがこうやって泳いでいられるうちは、下手な手出しはできんはずですよ。今日のことだけについていえば、やつらの狙いは、むしろおれのほう――こいつだったはずだからね」

平石は双葉ハイツを出た時からずっと大事そうに抱えているバッグを、ポンポンと叩いてみせた。

「徹夜で仕上げたリポートですね？」

「ん？……」

平石はジロリと浅見を見た。

「驚いたなあ、あんた、たったあれだけの、ほんの一瞬といってもいいような間に、ちゃんとそこまで見ていたのか」

褒められても、浅見はニコリともしなかった。

「しかし、笠松組はその原稿のことは知らないのじゃないでしょうか？」

「なぜです？」

「これは想像ですが、もし知っていれば、さっきの車の連中はあなた本人は解放しても、そのバッグか中身を奪ったはずです。それに、このオフィスの中もぜんぜん荒らした様子はないし、明らかに人間を拉致することだけが目的だったように見えます」

「なるほど、あんたの言うとおりかもしれんな」

平石は感心したように、大きく頷いた。

「たしかにね、車の中での印象からいっても、笠松組は何も知らなくて、後ろで糸を引いているやつが、とにかくおれを連れて来るように命令したという感じでしたよ」

つまり笠松組はメッセンジャーボーイを務めたにすぎない、ということか。

「そのリポートの内容はどういうものかとか、リポートの依頼者が誰か、などということを訊いても、平石さんは教えてはくれないわけでしようね」

「まあね」

平石は笑いながら、しかし断固とした口調で言った。

「それで、これから先どう展開すると思いますか？」

「所長を餌に、おれを引っ張り出そうとはするかもしれないな」

「そういう状況になった場合に、平石さんはどうするつもりですか？」

「分からないな、とにかくテキの出方を待つしかないでしょう。それまでは既定の方針どおり進めるつもりですよ」

「警察に保護を求めたらどうですか？」

「警察？　まさか……警察に頼んでしまっちゃ、商売にならんでしょうが」

平石は低く笑った。

「この期におよんで商売どころではないのじゃありませんか？」

「あんたには分からんだろうね。しかし、考えてみればいい、もし警察に頼んでしまって、それで解決するような仕事なら、最初から商売になんかなりっこないじゃないの。警察抜きで片づけなけりゃいけない話だから、おれたちの出る余地があるわけよね」

なるほど、そう言われてみればそのとおりかもしれない。浅見は苦労知らずの自分が、いささか恥ずかしかった。

「僕をその仕事の仲間に加えてくださいといっても、駄目でしょうか？」

「えっ？　あんたが？……」

平石はまた意表を衝かれて、奇妙なものを見る目で、浅見を見つめた。

「そりゃ、仲間になりたいと言われたって、あんたの素姓もよく知らないし、それに、そういうことを決めるのは海原所長の権限だからねえ。おれはただの雇い人にすぎんのですよ。だいたい、海原所長のことだって、警察をドロップアウトしたぐらいのことしか知らんし、ほんとのところ、何を考えているのか、分からん場合もあるのです」

「そうなのですか。僕はまた、あなたもここの共同経営者かと思っていました」

「いや、おれは給料を貰っている人間ですよ。福井中央日報を辞めようかと考えている時に、海原氏に誘われて、それでここに来る気になったわけ」

「海原さんとはどういうきっかけで知り合ったのですか？」

「そもそものきっかけは、ある汚職事件を追っていた同士だったことかな。あるとき偶然、張り込み先で顔を合わせてね。その前から顔は知っていたが、同じヤマを追っていたというので、なんとなく他人という感じじゃなくなったというわけ。それに、おたがい、上司と喧嘩して、職場にいづらくなったという状況も似た者同士だったしね。それにもう一つ……」

平石は言いかけて、苦笑して黙った。

「もう一つ、何ですか？」

「いや、それはどうでもいいんだ」

平石は首を横に振った。

「似たような家庭環境だったということですか？」

「なに？……」

平石は顔色を変えたが、浅見は平然としてつづけた。

「たとえば、独身者同士だったとかです。それも、かつては奥さんやお子さんがいた者同士……」

「不愉快だな」

平石は呻くように言った。

「あんた、そこまで調べているくせに、何も知らんような顔をしていたわけか」

「勘違いしないでください。僕はあなた方のプライベートなことは、何ひとつとして調べてはいませんよ」

「しかし、どうして？……」

「平石さんのお宅を見れば、現在は独身であることぐらいは分かります。それから、海原さんのことですが、暴力団に拉致されたかもしれないというのに、平石さんは海原さんの奥さんやお子さんのことをまったく心配する気配を見せていませんよね。それはなぜかといえば、やはり海原さんも独身だからでしょう。それに、平石さんにしろ海原さんにしろ、これだけの人物を女性が放っておくわけはありませんよね。つまり、少なくとも一度は結婚の経験があるはずです。だが、いまは独身。なぜ独身なのかは知りませんが、ひょっとすると、その原因までが似通っているような気が、僕はするのです」

「あははは……」

平石は哄笑した。苦しさを堪えるようにして笑っている。それはまるで、泣き笑いといってもよさそうだった。げんに、平石の目からは涙が出ていた。

「驚いた驚いた……」

平石は涙を拭きながら、笑いを収めた。

「あんたは千里眼だね。まさにそのとおり、おれと所長とは同病あい憐れむというやつですよ。二人とも男やもめだ。おれのほうはカミさんに逃げられたのだが、所長は気の毒ですよ。奥さんと子供さんを交通事故で死なせてね」

「そうだったのですか……」

浅見はズバリ言い当てたことを喜ぶどころか、暗澹とした気持ちだった。

「所長は詳しいことは言わないが、警察を辞めたのも、そのことがあってのことかもしれない。どっちにしろ、二人とも後顧の憂いがないという点では、ピッタリ一致しているっていうわけだ」

「その点では僕も有資格者です」

「じゃあ、あんたもチョンガーか」

「そうです。しかも未婚です」

「未婚？　あははは、なんだ、だらしがないんだねえ」

「奥さんに逃げられたのよりは、いくらかマシなような気がしますがね」

「うん、それはいえてる」

二人は顔を見合わせて、ひとしきりばか笑いをした。そうやって愚にもつかないことをだべっているあいだも、二人は電話のベルが鳴るのをいまかいまかと待っている。

その電話は午後五時を過ぎて、二人がいいかげんしびれをきらした頃に、けたたましい音を立てた。

平石ははじかれたように席を立って、受話器を握った。同時にテープレコーダーのスイッチを入れている。

「平石君か、私だ」

海原はいつもと違う、固い口調で言った。

「ちょっとある事情があって、ある人と一緒にいる」

「笠松組ですね？」

「ん？　うん、まあ……それで、あんたの仕上げた、例の報告書だが、それを持ってきてもらいたいのだ」

「しかし、それはちょっとまずいのとちがいますか？」

「いや、ええのだ。ただし、日付は今日の日付にしてくれんか。書類は私のデスクの二番目の引き出しの、二重底の中に入っている。届けてもらう場所はやね……」

背後の人物に確認しているような雰囲気があって、

「福井駅の中央改札口だ。そこで六時。あんたの顔を知っとる者が行く。それから、大家への支払いはちょっと待っとってもらうように。ではよろしゅう頼む」

「あ、所長、こっちへはまだ帰って来られないのですか？」

「うん、ちょっと時間がかかるかもしれんのだ」

「そしたら、大家の支払いはいつ頃と言っておけばよろしいでしょうか」

「そうやな、二十四時間以内は無理や、言うとってくれんか」

「分かりました」

電話が切れてから、平石はしばらくぼんやりしていた。

浅見は勝手にテープを巻き戻して、会話を再生した。

平石は所長のデスクの二番目の引き出しを開けた。見たところ、二重底になどなっていないらしい。

しかし書類はあった。平石は書類を角封筒に入れて、セロハンテープで封をした。

「それは何の書類ですか?」

浅見は訊いた。

「いや、どうってことのない、つまらん書類ですよ。『今日の日付』と言ったのは、そういう意味なのです」

「そんなものを持って行って、テキは怒りませんか」

「そう、それが心配なのだが……所長は大丈夫と踏んでいるのかなあ……」

「大家さんに待ってもらえということは、警察に連絡をするなということを意味しているのでしょう?」

「ほう、鋭いですな」

平石は度胆を抜かれたような目で、浅見をまじまじと見た。

5

福井駅で書類を手渡す作業には、浅見は同行できなかった。平石が断固、拒否したのである。

そういうところは平石という男は融通のきかない、頑固な面があった。

やむをえず、平石と別れたあと、浅見は県警の和田刑事に連絡して、福井駅に張り込んでもらった。その結果、驚くべき事実を知ることになった。なんと、福井駅に書類を受け取りに来た人物は、海原本人だったというのである。

「人違いじゃないのですか？」

さすがの浅見も、あまりの意外さにそういう言い方をしてしまった。

「冗談じゃないですよ。ついこのあいだまで、県警の警部補だったひとですからね、絶対に見間違えっこありませんよ」

和田は不満そうに言った。

「二人は改札口のところで出会って、それから肩を並べるようにして街へ出て行きましたよ」

「そのあとはどうしました」

「いや、そこから先は知りませんよ。浅見さんは誰と落ち合うか見てくれと言われたのとちがいますか？」

「あ、はあ、まあそうですが」

文句を言うわけにはいかない。和田は素人探偵の依頼を忠実に実行してくれたというだけのことなのだ。

（いったい、あの二人は敵なのか味方なのか？――）

浅見は分からなくなった。

平石については、根が善良な人物だと浅見は思った。三国町の食堂の父娘も、それらしい口振りをしていた。もしそれが事実だとすると、海原という所長がかなり狡猾（こうかつ）な人物なのかもしれない。

そういえば平石も「所長はおれよりずっとタヌキだ」などと言っていた。
だとすると、海原が電話をかけてきて、現在、笠松組に捕われているようなことを言っていたのは、あれは出鱈目（でたらめ）ということになる。平石もそれを承知の上で、浅見の手前、芝居を打ったのだろうか？

　それにしても、いったい海原と平石は何を目的として、笠松組という暴力団を相手にするような危険な仕事に取り組んでいるのだろうか？

　浅見はホテルで待機したが、それっきり平石からの連絡は途絶えた。もちろん、北光リサーチに電話をしても、応答はなかった。

　浅見が福井に来て、すでに三日目になっていた。浅見は芦原温泉のホテルでは一泊しただけで、以後は福井市内にあるビジネスホテルを根城に動いている。それでも毎日の経費はばかにならない。バックに兄の陽一郎がついているからいいようなものの、ルポライターの僅かな稼ぎでは到底、もたない。

　本来の仕事であった武生の菊人形を取材した原稿と写真のネガは『旅と歴史』の藤田宛に送った。その後、藤田がべつに文句も言ってこないところをみると、あれでよかったということなのだろう。

　平石の連絡がなかった代わりに、七時頃、片岡明子からの電話が入った。

「あれからどうなったのですか？」

「ああ、お蔭さまで、なんとかある程度はうまくいきましたよ」

「ある程度っていうと、完全にではなかったのですか？」

「ええ、まあね、完全とはいかなかったけれど、しかしテキの素姓も分かったし、平石さんも無事に解放されたし、まあ大成功といっていいでしょう」

「それならよかったのですけど」

「ただし、平石さんに、あなたを危険に巻き込むのは怪しからんと叱られました」

「そんなこと……」

「いや、ほんとうに平石さんはあなたのことを心配しているみたいです。僕も今後は気をつけるようにしますよ」

「いいんです、そんなこと気にしてもらったら困ります。私から望んで事件にぶつかっているつもりですから」

「威勢がいいですね。しかし、あまり張り切りすぎないでください。現に、今日だって暴力団相手にトラブルがあったそうじゃないですか。和田刑事が一緒だったからいいようなものの、やはり女性には無理な仕事だったかもしれない。僕は反省しているのですよ」

「そんな、うちの父親みたいなことを言わないでください。父はふたこと目には女は女らしくしろって言うのですよね。女らしいって、いったいどういうことなのかしら？　浅見さんに教えていただきたいわ」

「女らしいっていうことですか……そうですねえ、僕だったら、希望を持つことと、他人に希望を抱かせることが女らしさだと思いますけどね」

「なんだか難しいんですね。でも、分かるような気がします。浅見さんて、ロマンチストなんですね」

「そう、おまけに臆病で泣き虫ときてる」

「うっそ、それは違いますね。浅見さんは優しいだけです。それでいて勇気があるんですよね。おまけに、先の先まで見とおす才能があって。ほんとに尊敬してしまいました」

「ははは、やめてください。僕は平石さんのプロ根性に接して、自分の幼稚っぽさが恥ずかしくてならないのですから」

「でもあの人、得体の知れないところがあるでしょう。私立探偵なんて看板を掲げているけれど、すごくあくどいことをやっているのじゃないかって、そう思うんですよね。たとえば恐喝だとか。暴力団に狙われたりするのだって、そのせいでしょう」

「僕はそうは思いませんね。あの人はニヒルになってはいるかもしれないが、本質は正義漢だと信じていますよ」

「元はね、たしかに福井中央日報にいた頃は、正義の人っていう感じでしたけど、でも、いまはすっかり荒(すさ)んでしまって……」

「それはね、希望を失ったせいですよ、きっと。奥さんにも逃げられたそうだし、あんなひどい生活をしているし、希望を持てというほうが無理です。だから、あなたのような方が希望を与えて上げたら、きっと平石さんの人生は変わると思いますよ」

「えっ？　私が平石さんに？　あははは、やあだァ……」

笑いながら、明子は電話を切った。

それからしばらくして、午後九時、浅見は東京の家に電話を入れた。兄の書斎にある直通電話の番号にかけている。

「もう三日になるな」

電話のむこうで陽一郎はいくぶん気掛かりそうな声を出した。

「まだ三日と言ってくださいよ」

浅見は笑い声で言った。

「それでどうなんだい、何か事態に進展はあったのかね？」

「ええ、まあ、ちょっと変わったことはありました」

浅見は今日起きた出来事をかいつまんで話した。

「平石という男の話では、何やら和村氏のほうとの結びつきがありそうな感触です」

「ふーん、いったい何を掴んで動いているのかな……」

陽一郎もいくぶん興味を惹かれた様子だが、当面の竹人形の件に進展がないことに苛立っている。

「どうなんだ。竹人形の真相のほうは解明できそうか？」

「いや、まだです。越前竹人形がはたして昔からあるものかどうかすら、はっきりした結論が出ていないのですから」

「どうしてだ？　そんなことぐらい、県庁の観光課か郷土史家にでも聞けば、すぐにでも分かりそうなものじゃないか」

「それがそうでないから面倒なのです。越前竹人形は福井県のいわば共有の財産みたいなものですからね、ガードが固くて、なかなかほんとうのことは言ってくれませんよ。しかし、現実に『えちぜん』の女将が持っていたのは竹人形だったのですから」

「だからさ、あれが昭和二十六、七年頃のものかどうかさえ調べればいいのだ。どうも、きみは余計な事件にまで首を突っ込んでいるらしいのでね、それが心配なのだよ」

「しかし、北光リサーチをめぐる動きは、和村氏とのからみである疑いがある以上、まったく無関係であるとも思えません」

「そうかもしれないがね。いずれにしても、そう悠長に構えていられる状況ではないのだよ。とにかく、早急に竹人形の出所を解明してくれ。遅くとも三日以内にだ。でないと、落慶法要前に和村を叩くことが難しくなる。何しろ、テキは——つまり、『えちぜん』の女将は十日には浅見家を訪れると脅しをかけてきているのだからね」

「ほう、そんなことまで言ってきましたか。かなり露骨ですね」

浅見は本気で腹が立った。

「分かりました、三日以内に真相を暴くことにします」

「気安く請け負って大丈夫なのか？」

「ええ、任せておいてください。それに、テキはすでに追い詰められた感じになっているはずです。現に竹人形師が一人殺されるという事件が発生しているのです」

「ああ、その事件のことは坂崎から聞いたよ。野地とかいう竹細工の男が殺されたというのだろう？　それが何か今回のことに関係があるというのかい？」

「おそらくそうです。じつは、その男——野地良作の祖父の名前が嘉助というのです」

「嘉助？」

「ええ、例の『えちぜん』の女将が持っていた竹人形の作者と同じ名前です」

「ほんとうか……それじゃ、その男の祖父が作った竹人形なのか？」

「それはまだ分かりません。野地嘉助という人物が竹人形を作っていたかどうか、地元の人間もはっきり知らないそうですから」

「なんだ、それも分からないのか。いったいどういうことなのだ？」

「野地家が代々閉鎖的な家風だったこともあるのかもしれませんが、とにかく、情報の乏しいことといったらないですね。誰もかれもはっきりしたことを言わない主義の連中ばかりなのです。ひょっとしたら、それが越前という地方の歴史が培ってきた風土的特徴なのか——などと思ってしまいますよ」

「ははは、そんなことはないだろうがね」

兄は笑ったが、浅見はなかば本気でそう思っていた。考えてみると、越前の歴史は大和朝廷の時代から、侵略と反逆の繰り返しだったのである。しかもその反逆は、圧倒的な武力を誇る権力者に対する民衆の反乱という形で示された場合が多い。その最大の「たたかい」は天正年間の織田信長の軍勢対一向一揆（いっき）の凄絶きわまる殺戮（さつりく）戦だったろう。この一揆では、おそらく何万という民衆が犠牲になっている。

信長が戦場から京都に書き送った手紙に次のような一節がある。

府中（武生）の町は死骸ばかりで、いたるところ、すきまもない。見せたいものである。

また、殺戮者たちに抵抗した者の側から、怨みを込めて書いた記録もある。天正四年に前田利家らが築いた武生郊外の城跡から出土した瓦に、次のような意味の文字が刻まれていた。

この書物を後世に御覧のかたは、どうか語り伝えていただきたい。五月二十四日に一揆がおこり、前田利家が一揆を千人ばかり生け捕りにされた。御成敗は磔、釜に入れられてあぶられたものも多い。このありさまを一筆書きとどめることとする。

こういう虐殺と抵抗と、信仰への逃避とが、越前――福井県の風土的特徴を生み、越前人の精神を育んだであろうことは想像にかたくない。何が正しくて何が間違っているのかなどということは、そのときどきの社会的状況によって左右される。現に、越前を征服したかのように見えた織田信長も柴田勝家も、まもなく非業の最期を遂げてしまったのである。

こういう風土にあっては、はっきりした物言いをするのは愚かしいことだ。極言すれば、いかに屈折したものの見方ができるか、いかに含みのある言葉が喋れるか――が賢者の条件なのかもしれない。その意味では、外国人が不可解と嘆く日本人の典型は、まさに福井県人ということになる。

「ところで、福井県警の越前大観音堂建立にからむ、農地転用についての捜査はどうなったのですか?」

浅見は逆に兄に訊いた。

「ああ、あのほうは着々と進んでいるはずだ。

もっともタイミングのいい時点で結論を出すことになるだろう」

「もっともいいタイミングとは？」

「和村氏の得意が絶頂に達する瞬間かもしれないね」

「それじゃ、『えちぜん』の女将がうちに竹人形をもってやって来るのと、刺し違えみたいなことになりはしませんか？」

「最悪、そうなるね、それもやむを得んだろう。ただし、その前にきみが越前竹人形の真相を暴けばべつの話だ」

　口では「やむを得ない」などと言ってはいるけれど、母親に侮辱が与えられることについて、兄が死ぬほどの恐怖感を抱いているのは明らかだ。

　ほんとうのことをいうと、完全主義で潔癖すぎる雪江未亡人には、そのくらいのハプニングがあったほうがクスリなのに——と浅見などは思ってしまうのだが、エリートというものはそうもいかないらしい。

　ともあれ、陽一郎の焦燥を思うと、一刻も早く越前竹人形の謎を解明することが先決になってきた。北光リサーチや平石のことは、しばらく放っておくしかない。

　浅見は原点に立ち返って、野地良作殺害事件の捜査に関わってみることにした。

第六章　嘉助人形

1

翌朝、片岡明子は出社したとたん、下井の甲高い声を聞くことになった。

「片岡君、すぐに武生へ飛んでくれ」

「武生というと、また警察ですか？」

「ん？　いや、警察はもう用はないはずだろう。きみは文化部であることを忘れてもらっちゃ困るよ。あっちの事件のことはもう社会部に任せておけばいい。そうじゃなくて、竹人形の取材に行ってもらいたいのだ」

「えっ？　また竹人形ですか？」

明子は悲鳴のような声を出した。

「大丈夫だ、今度のはちゃんとした人形師だからな。武生の江島徳三という人物に会ってもらいたい」

「あら、江島さんて、殺された野地さんと一緒にいたっていう人じゃないですか」

「そうだ、今度の事件では警察にも呼ばれたりしているから、案外、きみとも会っているかもしれんな」

「直接会ってはいませんけど……その江島さんがどうかしたのですか？」

「まだはっきりしたことは分からないが、野地良作が亡くなったので、追悼の意味を込めて竹人形展を企画したのだそうだ。つまり、わが社主催で竹人形展を開きたいという意向らしい」

「竹人形展をですか？　どういう意味なのかしら？　野地さんはあまり竹人形を作っていなかったように聞きましたけど」

明子は首を傾げた。

「だからさ、そのへんのことを取材してきてもらいたいってことだよ」

下井デスクは用意してあった、金の入っている封筒を明子の机の上に放って寄越した。

明子は席を温めるひまもなく、福井駅へ向かった。いろいろ言ってはみたものの、本音を言えば、あんな気詰まりなところにいるより、取材に出掛けたほうがどれほどせいせいするかしれない。

〔江島徳三竹工房〕は武生市の東のはずれ近く、五分市（ごぶいち）というところにある。かつては福井鉄道という私鉄が通っていたが、昭和五十年に廃線となり、いまはＪＲ武生駅からバスを利用して十五、六分の距離だ。

武生では「菊人形展」が開催中で、駅には菊人形が飾られ、駅の周辺には、いたるところにポスターや看板が見られた。

武生に知り合いはいないが、明子は武生の街が好きだ。いまでこそ、福井市とならぶ北陸地方有数の工業都市といわれ、小さな町工場のような建物が多く、ゴチャゴチャしてはいるけれど、本来は静かな城下町で、どことなく文化の香りを感じる街である。

実際、武生は福井県の中では、伝統的に文化的な素地があり、教育水準の高い地域だといわれている。

持統天皇の時代に、越国を越前、越中、越後の三国に分割した際、武生は越前国の国府になり、奈良期にはのちの加賀国を含めた広い地域を管轄した。その当時から政治、経済はもちろん、宗教や文化の面でも、この地方の指導的立場にあったのだ。

長徳二年（九九六）には紫式部が、父・藤原為時の越前国守赴任にともなって武生に来て、およそ二年間、ここで暮らしている。源氏物語には、このときの感懐がこめられたくだりがある。

鎌倉期以降は、武生は「府中」とよばれるようになり、いぜんとして越前・加賀地方の中心的地位を誇っていた。戦国期を通じて、一揆や戦乱がしばしばこの地を蹂躙したために、往時の文化的資産は失われたけれど、その気風は残ったものと思われる。明治時代の自由民権運動の際には、福井県における運動の中心となったのが武生であった。

バスは日野川の長い橋を渡り、東側に連なる山地に向かって走る。五分市のバス停で降りて、そこからさらに十分ほど歩いた。県道を逸れ市道を逸れると、林の中の寂しい道である。人家は途絶え、空気も冷え冷えとしている。山々の連なる風景は美しいが、だんだん心細くなってきた。

五分市の辺りは、昭和三十一年に武生市と合併するまでは味真野村といっていたところだが、「味真野」は奈良時代には流刑の地であった。そんなことまで思い出して、明子は背筋がゾクッとした。

江島の竹工房は木々に包まれるようにして建

っていた。古い民家に手を加え、継ぎ足し継ぎ足ししたような粗末な建物だが、広さはかなりあるらしい。野地の家でもそうだったが、軒先や建物のあちこちに、材料になる竹が立て掛けられ、積み重ねられている。

江島は取材に来たのが若い美人であったことに、多少、面くらった様子だった。

「ふーん、あんたが新聞記者かね」

玄関先で感心したように、しばらくはしげしげと明子を眺めていた。明子の記憶では、江島は五十歳近い年齢だったはずである。骨太のがっしりした体軀のわりには、顔つきが柔和で、女性にもてそうな印象であった。

玄関を入った正面にガラスのケースがあって、そこに完成品の竹細工が並んでいた。竹人形もあるけれど、どれもごく一般的な、いわばありふれた土産用の竹人形ばかりである。

「あの、展示会に出品なさるのは、ここにあるお人形ですか？」

明子は正直に、失望を感じさせる言い方をした。こんなものだったら、わざわざ追悼展などと銘うって、新聞社が主催するほどのことはないと思った。

「いや、これは商売用の駄物ですわ」

江島は笑った。

「まあ入ってください」

男所帯とみえ、掃除もあまり行き届いていないような、埃（ほこり）っぽい部屋に通された。それでも、曲がりなりに応接セットが置いてある。

そこにも完成品の竹人形が並んでいる。

「ちょっと待っとってくださいよ」

江島は明子を椅子に坐らせておいて、奥の部屋から桐の箱を持ってきた。

縦が五十センチほどもある、長細い箱である。紫の紐がかかっているのを、うやうやしい手付きで解いて、箱の蓋を取った。

中から和紙にくるんだ人形を取り出した。

「わあ、きれい……」

現れた人形を見て、明子は思わず少女のような声を発した。

これまで見たこともない、美しい竹人形であった。剛直であるはずの素材の竹を、どうすればこんなにも柔らかく表現できるのか、不思議なくらい、たおやかに造形している。

ことに胸のあたりから腰、足元にかけての線が、いかにも艶かしい。

和服の模様は竹の葉を浮き彫りに彫ったものである。顔は小さく、しかし、ちゃんと目鼻だちの可愛い女性の顔に彫り上げてあった。

髪は竹の皮の繊維を丹念に細く細く梳いたものを束ね、自然な束髪にまとめている。

そういった細かい細工もさることながら、人形全体のフォルムがみごとだった。それでいて、むやみに手間ひまをかけた作品——という感じではない。やはりこれは工芸品なのであって、「芸術作品」とは違う、ある程度、量産のきく作品だと思った。

「これ、江島先生の作品ですか」

明子は分かりきったことだが、そう確かめずにはいられなかった。こんなみごとな竹人形が、まだ誰の目にも触れずに存在していたことが、信じられない気持ちだった。無意識のうちに、しぜんに「先生」という呼び方をしていた。

「そう、私の作品です」

江島は明子の感激を目のあたりにして、満足そうに頷いた。

その時、明子は桐の箱の蓋の裏に書かれた銘に気づいた。

――嘉助作――とあった。

「あの、嘉助……さんて、先生のお名前なんですか?」

「ああ、気がつきましたかいな。私の本名は徳三いいますがな、嘉助は野地良作さんのお祖父さんの名前です。野地さんの家では、代々、竹人形を作ってはって、『嘉助』を名乗ってはったのやそうですな。水上勉先生の小説『越前竹人形』の主人公・喜助のモデルは、その何代目かの嘉助さんやったのやないでしょうかな」

「えっ? ほんとですか?」

「ほんまらしゅうおますな。ところが、どういうわけか良作さんだけは、竹人形づくりが嫌いやったらしゅうて、せっかくええ腕を持ってはるのに、玄関にあったような、身過ぎ世過ぎの駄物ばかり作って、本物の越前竹人形といえるようなものは作ろうとせなんだのです。それでもって、われわれもこちらに出てしもうたのやけど、お祖父さんの嘉助さんの名人芸だけは継承せなあかん思いよりましてな、こうして作品も作り、名前も残そう思うたわけです」

江島の話を聞きながら、明子はただただ驚くばかりであった。もし江島の言うことが真実だとしたら、浅見が言っていたことは間違いということになる。越前竹人形ははるか昔から厳然として存在したわけだ。

(そうよ、越前竹人形は福井県がほこる名産品なんだもの――)

明子は浅見にこの竹人形を見せて、高らかに宣言してやりたかった。

「そうしますと、江島先生が展示したいとおっしゃるのは、このお人形なのですね？」

「そのとおりです。いま福井県のいたるところで売られている、いわゆる越前竹人形と称するものは、本来のものとはまったく別物やいうことを、この竹人形を展示することによって、世の中に知らしめたいと念願したのであります」

江島は急に演説口調になった。

「そして、会場には投票用紙を置いて、公開のオークションを行ないたいと考えております」

「それ、すばらしいですね。大センセーションを巻き起こしますよ、きっと」

明子は興奮した。

「うちの社も全力を上げて応援させていただきます」

自分の一存なんかで決められる性質のものでないことは分かっていたが、暴走でもなんでも、明子にはそう宣言しないではいられない想いが突き上げていた。

「それで、お人形は何体ほどあるのでしょうか？」

「数は……」

江島は一瞬言い淀(よど)んでから、言った。

「数はかなりありますがな、しかし、展示するのは五つか六つでよろしいやろ。あまり仰山出してしまうと、値打ちが低く見られますよってな」

「そんなことはないと思います。これだけの作品でしたら……」

「いや、そういうものやおまへんのや」

江島は笑った。

「少ないほうが——つまり稀少価値いうもんがありましてな。仰山出品すれば、値段を安うに見るのが人間いうもんやおまへんか」

「ああ、それはおっしゃるとおりですね」

明子は頷きはしたものの、江島のそういう商売っ気は、少し興醒めする想いがした。しかし、考えてみると、明子自身、この竹人形は工芸品であると思ったのだ。つまりは商売するための「商品」ということである。

「それで、展示会はいつごろをご希望しておいでですか？」

「そうですな、年内には開きたい思うとりますが」

「いいですね、もしできればクリスマスのシーズンにぶつけると面白いと思います。会場はデパートがいいのじゃないかしら。竹人形につられて、ほかのお人形まで売れるでしょうから、デパート側はきっと大乗り気になりますよ」

「その辺のことはお任せしますが、一つだけ条件があります」

「はあ、どういうことでしょうか？」

「主催はデパートでも福井中央日報でも結構やが、後援を越前大観音堂いうことにしていただきたい」

「越前大観音堂？……何なのですか？　それは？」

「越前大観音堂を知らんわけではないでしょうな」

「ええもちろん知っていますけど。でも、どうしてそこに越前大観音堂が出てこなければならないのですか？」

「まあ、早ういうたら、うちらのパトロンでんな」

江島は苦笑しながら言った。

「われわれも食うていかなならんですからな、こつこつ竹人形を作っておるあいだ、援助してくれはったのが、和村誠会長はんやったいうわけです」

「和村さんが……」

そうか、そういうことだったのか……という、なんだか白けた気分が明子の表情に表れたらしい。江島はその表情を読み取ったように言った。

「べつに、越前大観音堂がバックアップしたかて、何も構うことおまへんやろ」

「はあ、それはそうですが……」

「ほんまいうたら、越前大観音堂の落慶法要に合わせてデパートでも展示会が開ければ、それに越したことはないのやけど、時間的にそうもいきまへんよってな。いま現在は大観音堂のほうの展示会の準備だけ完了しておりますが」

「分かりました、社に戻って、どのように作業を進めてゆくか、相談をしてご返事するようにします」

「よろしゅう頼みます」

用件はこれで済んだかたちだったが、明子にはまだ聞きたいことがあった。

「あの、江島先生は亡くなった今庄町の野地さんと一緒に住んでいらっしゃったのですよね？」

「そう、五年近く一緒やったかな」

「野地さんはどうして竹人形を作らなかったのでしょうか？」

「いや、ごくふつうの竹人形やったら作っとったが。しかし、先祖代々の『嘉助』の名をはずかしめんようなもんは作れへんかったのですな。わしは京都におる時に『嘉助人形』いうのを見せてもろたことがあって、それで野地さんの門を叩いたのやが。ご本人がな、まるでその気ィがないいうことで、それでもって仕方のう、わし自身が『嘉助』を継がせてもろうことにしたのです」

「でも、『嘉助』という名は野地さんの家に伝わる名前なのでしょう？　もし野地さんが生きていらっしゃったら、何て言うかしら？」

「いや、そらちっとも構いまへんのんや。野地さんかて了解ずみのことやさかいにな。むしろ、由緒ある名前を、私のような名人――ははは、野地さんがそう言うのやさかい、堪忍しとってや――が継いでくれるのんはありがたい言わはってな……」

「そうだったのですか、それは一種の美談ですねえ」

「そやけど、その野地さんがああいう死に方をしやはって、まあ、むごいことやと、腹が立ってなりまへんのや。犯人はおろか、容疑者も捕まる様子もないらしいし、警察はいったい何をしてけつかるもんか……」

江島は言葉どおり、怒りを面に露にして、空間の一点を睨み据えた。

「もし差し支えなければ、お人形を一体、お借りできるとありがたいのですが」

最後に明子は言った。

「そら構しまへん」

江島は快く承諾して、テーブルの上の竹人形を元の箱に収め、持ち易いように風呂敷包みにしてくれた。

応接室を出ると、廊下に男が一人佇んでいた。明子の顔を見ると、ニタッと笑って、「べっぴんさんやな……」と言った。いくぶん知的障害な感じがする。

「どうも……」

明子は頭を下げた。

「玉枝はんそっくりや。わし、あんたの人形作ったる」

男はつづけて言った。

「玉枝さんって、あの玉枝のこと？　水上勉の小説『越前竹人形』の」

明子は真顔で訊いた。

「ヒデ、あっちへ行っとれ！」

明子の背後から江島の叱責が飛んだ。ヒデと呼ばれた男は首を竦め、「えへへへ、おおこわ……」と言いながら、脇の板戸を開けて出ていった。

「どなたなのですか？」

明子は訊いた。

「いや、私が面倒見てやっとる男です。本瀬秀昭いうて、京都から連れてきました」

「やはり竹人形を作っていらっしゃるのですか？」

「なに、つまらん竹細工を作るぐらいで、まあ、せいぜい使い走りの用ができるいうところですわ」

「でも、私の人形を作ってくださるって」

「あほらし、口から出まかせですがな」

江島は笑って、明子を玄関の外まで送ってくれた。

2

浅見が訪れた時の、武生警察署の捜査本部は、およそ意気の上がらないことといったらなかった。

「あきまへんな」

木本部長刑事は吐き出すような言い方をしている。

「まず、野地良作を殺すいう動機を持った者が一人もおらんのですわ。浅見さんがシロになってしまったら、ほかには誰も容疑者らしき人物はおらなくなってしまった」

木本は半分ぐらいは本気で、浅見を「落とす」ことができなかったことを悔しがっているらしい。

「野地いう男は、近所付き合いはまったくといっていいほどせん男やったが、それだけに他人に迷惑をかけるような真似もしておらんのですな。まあ、仕事熱心というほどのことはなかったけど、気が向いたら籠だとか笊だとかを作って、武生に出た仲間に売ってもらっていたようです。借金もなし、もちろん他人に貸すほどの金もなし、金銭上のトラブルで殺人事件に巻き込まれたいうことも考えられませんな」

「その武生に移った仲間の二人ですが、その二人のことは洗ってみたのでしょうね？」

「もちろんですがな。野地さんにもっとも近しい人物といえば、その二人ということになりますからな。警察としては近所の聞き込み以外では、最初に事情聴取をしたのがその二人といってもよろしい。まあ、浅見さんのことはべつとしてですがな」

「その結果は何もなかったのですね？」

「何もありませんな。武生へ行ったのは江島と本瀬という二人の男だが、この二人は越前竹人形の製造元いうか、そういうことで商売をしておるし、野地さんのほうは籠だとか笊だとか、そういったものを作って、江島氏に販売を委託するという形式で、仕事はまあまあ順調にいっておりましたからな。江島氏の側としては、野地さんが死んで商品ができてこないようになって困った、と言っておりますよ」

「ほかには……たとえば、今庄町の中で野地さんを恨んでいたとか、そういう人はいないのですね？」

「ああ、いまのところはまったく、特定できておりませんな」

「それにしても、とにかく野地さんが何者かに殺害されたという事実は事実として、動かしがたいのではありませんか？」

「うーん……じつはね、そのことなのですがね、捜査本部の中でも、あれは結局、事故死ではなかったかなどと言う者も現れたりしとるのですよ」

「事故死ですか……」

浅見は憮然（ぶぜん）とした。そこまで後退した考えが出ているようでは、真相解明にはほど遠いということか。

「しかし、事故死だとすると、睡眠薬のことはどう説明つけるつもりですか？」

「いや、睡眠薬を飲んでいたことは事実ですがね。それも犯人が野地さんに飲ませたとは限らないのではないかと……」

「驚きましたねえ」

浅見はほんとうに驚いた。

「睡眠薬をジュースのような飲料で飲んだというのは、捜査本部が最初に断定したことではなかったのですか？　そのジュースの空きカンやコップが見当たらないから、何者かが介在している——と、そう考えたのではなかったのですか？」

「そう、たしかにね、それはそのとおりですがね。しかし、そのジュースだって、どこか外へ行って、自動販売機で買ってその場で飲んだ可能性だってあるわけですよ。いくら田舎でも、今庄町にだって自動販売機ぐらいなんぼでもありますからな」

「そんなこと……」

浅見は一瞬絶句した。

「そんなことぐらい、捜査の最初の段階で分かりきったことではありませんか。しかし捜査本部は家の中でジュースを飲んだと思って捜査を進めていたのでしょう？」

「そのとおりですよ。しかしですな、そう考えたのは浅見さんのせいでもあるわけでしてねえ」

「僕のせい？……」

浅見は今度は呆れて、言葉を失った。

「そうです。浅見さんという不審な——いや、その時点ではそう思ったのですので、気を悪くしないでくださいよ——その不審な男が野地さん宅を訪問していたために、その男が野地さんに睡眠薬入りのジュースを飲ませたのではないか……という判断が生じて、初動捜査の方向がそっちのほうへ走ってしまったというわけです。もし浅見さんが犯人でないと分かっておれば、近所の自動販売機を調べ回ったでしょうがねえ」

何をか言わんや――と浅見は思った。警察の捜査がいつも安直でズサンだなどとは、かりにも警察庁幹部の兄がいる浅見にしてみれば、考えたくないことだ。しかし、現実の捜査を見るかぎり、警察は意外とも思えるほど間抜けな捜査をやっているものである。

数年前に起きた、群馬県高崎市での幼児誘拐殺人事件での高崎警察署と群馬県警の失態はその象徴的な出来事であった。事件発生の通報から捜査員が被害者宅に行くまで、警察は一時間半もかけている。さらに、当然なされるべき電話の逆探知装置の設置作業も、それから二時間も遅れた。そして犯人の声の録音状態の悪いこときたら、終戦の詔勅の放送よりもはるかに劣悪であった。まったく「警察は何をやっているのだ！」と怒鳴りたくなるのが庶民感情というものだろう。

じつをいうと、浅見は高崎警察署に対して、ある個人的な理由で反感を抱いている。それは、いわゆる「ネズミ取り」という交通違反の摘発に引っ掛かったためだ。いや、もちろん正当な状況で違反を摘発されたのなら、文句を言う筋合いのものではない。しかし、その時のケースはどう考えても「不当」としか思えなかった。

その日、浅見は軽井沢にいる推理作家を訪ねる途中であった。高崎の市内を車の流れに乗って走っていた。信号が青に変わり、前をゆく二台の車についてスタートした直後、黄色い旗を持った警察官が飛び出してストップをかけた。

「制限時速四十キロのところ、五十七キロで走行していた」というのが、浅見の罪状だというのである。

並んで走っている三台の車の、前二台が無事通過して、なぜ三台目の車が摘発されなければならないのか——などという弁明は、こういう場合、絶対に通用しない。また、速度がほんとうに五十七キロも出ていたのか——などという反論もゴマメの歯ぎしりでしかないのである。

「レーダーがキャッチした」

これが警察の言い分のすべてであり、神聖にして犯すべからざる絶対の真理なのだ。

この日の取り締まりは異常であった。浅見の周辺には摘発に遭った「不運」なドライバーが二十人ばかり、書類にサインを求められて、素直に応じていた。こんな大量検挙ははじめて見た。いわば軒なみである。現場は市街地で、そんなにスピードが出せる場所ではない。事実、浅見の感覚でも五十キロを超えたという意識はまったくなかった。レーダー装置の欠陥や操作ミスがなかったとはいえないのではないか。

しかし、そういう疑問があったとしても、反論の方法はまったくないのである。こんな一方的な押しつけがまかり通っていいものだろうか?

警察は「不満があれば裁判所へどうぞ」と言う。しかしいったい、どこの閑人（ひまじん）が、やれ検察局だ裁判所だと何度も何度も足を運ぶだろう。実際は現場での即決裁判に泣く泣く署名捺印をして、違反金をふんだくられるしかないのである。

話が脇道に逸れたが、浅見の警察不信は、またさらに増幅されそうだ。

「そうすると、捜査本部は解散ということになるのですか？」

浅見は木本に訊いた。

「うーん……それはですな、上のほうで決めることだからして、われわれには何とも言えないが。しかし、いまの状態が続くかぎり、早晩、そういう結論に達するのとちがいますかなあ」

木本の鬼瓦のような顔が、半分、泣きべそをかいたように歪んだ。

「いちど、野地さんのお宅に案内してもらえませんか」

浅見は言った。

「はあ……」

木本は気乗りのしない様子だった。

「行ってどうするつもりです？」

「僕だったら、何か発見できるのじゃないかと思うのです」

浅見は臆面もなく言った。この際、警察の神経を逆撫でするのではないかとか、そういう遠慮をしている場合ではないと思った。

「新しい発見ねえ……」

案の定、木本は面白くもない、というような顔になった。

「警察がさんざん調べたあとですよ。もちろん鑑識だって、綿密に作業をしていました。なんぼ浅見さんが炯眼(けいがん)だからといって、その現場から何か発見できるとは考えられませんがなあ」

「それでもいいのです。それでも、僕はどうしても自分の目で確かめないと気がすまないタチなのですから。それに、万一、万一ですよ。何か新しい事実が見つかったなどということがあったら、木本さんの大手柄になるじゃありませんか」

「うーん……それはたしかにそうですなあ。まあ駄目でもともというつもりで、行ってみますか」

「大手柄」と言われて、木本はたちまち気持ちが動いた。それに、どうせ開店休業みたいな捜査本部に、とぐろを巻いていても仕方がない――という気分でもあったにちがいない。

武生署を出る時、浅見は木本に頼んで古いスリッパを二足、借りた。そんなものどうするのか――と、木本は不思議そうな顔をしていた。

それから三十分後には、浅見のソアラは今庄町の野地の家に到着した。

野地家の周囲にはいぜんとして黄色と黒のダンダラのロープが張りめぐらされ、立ち入り禁止の状態になっている。もっとも、禁止などしなくたって、こんなうす気味の悪い家に誰も入るおそれはなさそうだった。第一、入ったところで金目のものなど、何もないに等しいのである。

建物の内外のいたるところ――玄関前の砂利の上にも、柱にも壁にも土間にも、鑑識が指紋やら足跡やらを採取したと思われる痕跡がある。型どおりとはいえ、鑑識がひととおりの作業をやったことは明白だ。

「採取された指紋等で、不審なものはなかったのですか？」

「ああ、ありませんでしたな。野地さんのと江島、本瀬――つまりここを出て武生へ行った人たちのものはありましたが、あとは浅見さんと片岡明子さん、それに近所の者が入ったと見られる足跡が土間や庭にあったぐらいのものです」

「中に入ってみましょう」

浅見は戸口の低い軒をくぐったところで、「おや?……」と足を停めた。

「どうしました?」

後ろにつづく木本は浅見の背中にぶつかりそうになって、訊いた。

「いや、ちょっと違うような気がしたものですから」

「違うって、何がです?」

「ここに入った瞬間の、この場所の風景がです」

「風景……」

木本は暗い土間の中を見渡して、「風景」という大袈裟な言い方に笑い出しそうな顔になった。


しかし、浅見としては笑いごとではなかった。そういう直観的なイメージが大切なのは、過去に何度も経験している。

「念のためにお訊きしますが、建物の中は事件発生当時のままですか?」

「もちろんそうですよ」

「といっても、実況検分の際に、多少は手をつけたのではありませんか? たとえば、ここに立て掛けてある竹を動かしたとか」

「ああ、それくらいはしたかもしれませんけどね」

「やっぱりそうでしたか……」

浅見の不満そうな表情を見て、木本は弁解するように言った。

「しかし、凶器や遺留品を探すためには、その程度のことはやむを得ないのとちがいますかなあ……それとも、何か問題でもありますか？」

「いや、分かりませんが、ただ、ちょっと気になったのです」

浅見は「気になった」ものの正体が分からないまま、スリッパを履いて、板の間に上がり込んだ。

もともと掃除などめったにしない家なのだろう。床はどこも埃や木屑に塗れ、歩くたびに埃が立つ。

「なるほど、それでスリッパが必要だったわけですなあ」

木本はつまらないことに感心している。

事件後まだ間がないだけに、野地が死んでいた現場も血痕までが生々しく残っている。野地を殺した丸ノコは血塗られたギザギザの刃をにぶく光らせていた。

「事件の時、野地さんは何を作っていたのですかね？」

浅見は訊いた。

「はあ？」

木本は間抜けな顔になった。

「野地さんが事故で死んだのだとすると、当然、作業中だったわけでしょう？　だとしたら、いったいどういう作業をしていたのかと思ったのですが」

「さあ、何をしていたのでしょうなあ……」

木本もあらためて疑問に気付いたように、しげしげと丸ノコの周辺を見回した。

「驚きましたねえ、作業中の事故かもしれないと言う以上、当然、その点をはっきりさせてあると思ったのに」

浅見は本心、呆れる思いだった。

「しかし、べつに何もしていない時に、失神して事故になったとも考えられるのとちがいますか?」

木本はかろうじて反論した。

「それにしたって、丸ノコは回転していたわけでしょう? 野地さんはいったい何のために丸ノコを回していたのですか?」

「…………」

木本はさすがに言葉に窮した。

「おそらく、丸ノコを使うのは、太い竹を寸法に合わせて切るという作業の場合だと思うのですよね。しかし、この周囲にはそれらしい太い竹など、置いてありませんよ」

「ひょっとすると、機械の調子を見るために、丸ノコを回してみたのかもしれんでしょう」

木本はようやく、苦しまぎれの知恵を働かせた。

「なるほどねえ、そういう可能性もありますか」

浅見は苦笑しながら床を見回して、またおかしなことに気づいた。建物に入ってからここに来るまで、ほかは埃だらけだったのに、ここの床はやけにきれいなのだ。丸ノコのある作業場なのだから、むしろ木屑などがもっと散らかっていてもよさそうに思える。

「ここの作業場は、実況検分のとき、掃除機をかけたりしましたか?」

浅見は訊いた。

「え? いや、いくら何でもそんなことはしていませんよ」

木本はあらためて床の上を見た。きれいな床の上に、野地が流した血潮の跡が黒々と残っている。

「なるほど……そう言われてみると、たしかにここだけ掃除機をかけたようですなあ。実況検分の際は、気にはならなかったのですが」

きれいなのは部屋の真ん中——丸ノコの台がある辺りで、床の上ばかりでなく、丸ノコを載せた作業台の上も、掃除が行き届いている。ただし、部屋のその部分以外は、ほかと同様に埃が積もっていた。

「しかし、それがどういう?……」

木本は浅見の顔を覗き込んだ。

「いや、べつに……なんとなく気になっただけです」

浅見はまた言葉を濁して、奥の部屋へ向かった。

丸ノコのある作業場では大雑把な加工を行ない、細かい細工などは奥の部屋でするようにしていたらしい。大きな分厚い座卓のような作業台の上に、浅見などには何に使うのか見当もつかないような、奇妙な道具が並べられてあった。

作業台の前には真ん中辺りの布地が擦り切れて、中身の綿が見える座蒲団がある。その座蒲団に坐って、ひたすら仕事に打ち込む野地の姿が、髣髴と浮かんでくるような気がした。

野地が複雑な道具をどのように使って、どのような製品を作っていたのかは、想像できるものではない。ただ、浅見は丸岡の「竹人形の里」で実際に竹細工を作っている作業場を見学している。そのために、少なくとも何も知らない木本よりは、いくぶん竹細工の作業工程に理解があった。

「妙ですねえ」

一見して、浅見はすぐに違和感を覚えた。

「何がです？」

木本はまたか――という顔で訊いた。

「野地さんは籠とか笊とかいった製品を作っていたのでしょう？　そういう製品があまり見当たらないじゃないですか」

「そんなことないでしょう。ほらあそこに籠があるし、笊みたいなものの半製品もあそこに転がっていますよ」

「いや、それにしたって、数が少なすぎませんか？　第一、あの籠なんか、ずいぶん以前に作ったような感じだし」

「それじゃ、最近の製品はすでに売ってしまったのじゃないのかな」

「それ、確認してみましたか？」

「いや、確認はしていないと思いますが」

「それじゃ分からないじゃないですか。最後に野地さんの製品を引き取ったのはいつだったのか、引き取ったのは誰で、どういう製品だったのか、それを確認してくれませんか」

浅見は警察の悠長な仕事ぶりに、だんだん腹が立ってきた。

「そりゃ、お望みとあれば聞いてみますけどねえ……」

木本は口を尖らせていたが、ふと思い出して言った。

「そうだ、製品はすべて、武生へ行った江島という人のところで販売を引き受けているという話だったな。そこに行って聞けば分かるのじゃないですか？」

「その人には事情聴取をしたのでしたね？」

「ああ、やりましたよ。その江島氏と仲間の本瀬という男は自分が担当して、みっちり事情聴取をやりました。しかし、疑わしい点はまったくなかったですな。その二人が最後に野地家を訪れたのは、半月も前のことだそうです」

「それじゃおかしいじゃないですか」

浅見は思わず強い口調になった。

「野地さんの製品は江島氏が一手に引き受けているのでしょう？　しかも半月前に来ただけだという。それじゃ、野地さんは半月ものあいだ、何ひとつ製品を作らなかったというわけですか？」

「うーん……」

木本は唸った。

「まあ、たしかにそういうことなのでしょうなあ。近所の評判でも、野地さんは気が向かないと仕事をしないタチだったそうですからなあ」

「いや、それにしてもおかしいですよ。僕が野地さんの家を訪ねた時、たしかに何か作業をしているような音が聞こえたのです。奥のおそらくこの部屋で何かを作っていたことはたしかだと思いますよ」

「それじゃ、そういう製品を犯人が盗んで行ったということでしょうな」

「ほう、盗んで行ったですかねえ」

浅見はばかばかしくて、思わず笑ってしまった。

「笊や籠を盗むのに、殺人まで犯して、ですか。ずいぶん変わった犯人ですねえ。そういう点について、捜査本部はいったいどういう解釈をしているのですか？」

「いや」

木本はいよいよ仏頂面になった。

「捜査本部ではそんなこと、話題にもなっていませんよ。まあ、かりに誰かは浅見さんの指摘したようなことに気付いたのかもしれないが、つまり、要するに野地さんが怠（なま）け者で、仕事もろくすっぽしなかったとしか思わなかったのとちがいますか」

「怠け者ですか……半月ものあいだ、ろくすっぽ仕事をしない、ですか」

浅見は顔をしかめ、首を振った。

「そんなことを、木本さんも本気で信じますか？　人間が——それも野地さんのように物を作る仕事をしている人間が、半月ものあいだ、何も作らず、ただノホホンと日を暮らしていたなどということを、本気で信じるのですか？」

「しかし、怠け者だったら……」

木本は浅見の剣幕に驚いて、語尾が怪しく掠（かす）れた。素人である浅見に、警察の捜査を批判されるのは愉快なことではない。しかし、浅見という男の、事件に立ち向かうひたむきさには、どの警察官にも見られない迫力があった。その迫力に、木本ほどのベテラン刑事が圧倒された。

浅見はもう木本を相手にしないで、作業台に被いかぶさるようにして、野地良作の仕事の痕跡をつぶさに観察しはじめた。作業台の上に散らばっている、目に見えるか見えないかというような小さなゴミ状のものをつまみ上げ、ポケットから出した昆虫採集用の紙容器に入れている。

それから、作業台の脇にあるくず籠代わりにしていたらしい段ボール箱の中を、注意深く調べた。

「この箱、警察に運んでも構いませんか？」

「はあ……」

木本はもはや、木偶のように反応するしかすべがなかった。

「場合によっては証拠物件として登録しておいたほうがいいかもしれません」

「分かりました」

意味も理解できないまま、木本は段ボール箱を抱え、浅見の車に運び入れた。

その後も浅見は家中を隈なく調べた。もちろん指紋や足跡などを調べているわけではない。戸棚や押し入れ、納戸の奥に這い込んでは、大きな天眼鏡を使って、床の隅々まで舐めるように調べ回っている。

まるで昔の探偵小説に出てくるヘッポコ探偵の真似をしているようで、滑稽ではあったが、木本はとても笑うどころではなかった。この浅見という青年が、単なる兄の七光りだけではない、異常な才能の持ち主であるような気になってきているのだ。

3

建物の中を調べつくすと、浅見はつぎに庭や裏の畑のほうまで出て、建物周辺の状況に目を配っている。

木本は、浅見がまた天眼鏡を使って、地面をゴキブリのように這いずり回るのかと、興味津々といった目で眺めていたが、期待に反して、浅見はまもなく車のところに引き上げて行った。

「何か収穫はありましたか?」

「いや」

浅見はあっさり首を横に振った。

「足跡などは鑑識さんが充分に採取しているよ

うです」

「そらそうですとも。なんたって専門家のやる仕事ですから」

　木本はいくぶん意地になって、警察の面子(メンツ)を強調した。

「まだ夕方までには間がありそうですねえ」

　浅見は空を見上げて言った。

「そうですなあ、そろそろ引き上げましょうか」

「いや、もう少しここにいましょう」

「はあ……ここでまだ、何か調べることがあるのですか？」

「ええ、この付近の夜の様子がどうなのかを知りたいのです」

「夜の様子？　ははは、こんなところですからねえ、夜は何もありませんよ。むろん紅灯(こうとう)の巷(ちまた)もないし、店だって暗くなれば仕舞いでしょうしね。たぶん人っ子ひとり通らないのとちがうかな」

「ほんとうにそうなのですか？」

「は？」

「ですから、警察はほんとうに、人っ子ひとり通らないことを確認したのですか？」

「そんなアホなこと……それはたとえ話じゃないですか」

　木本はムッとして、口を尖らせた。

「じゃあ、木本さんもそこまで確認をしたわけではないのですね？　だったら夜まで待ってみましょう」

　どうやら浅見が本気らしいことを知って、木本は諦め顔になった。暗くなるまで、まだ二時間はかかるだろう。仕方がないので、どこかで食事でもしながら——ということになった。

「どうせこんな田舎ですからなあ、ろくな食い物はないと思いますが」

　木本は悲観的なことを言っていたのだが、町の人に訊いてみると、今庄町はそばの名産地なのだそうだ。

「名古屋や大阪あたりから、わざわざ車を飛ばして来るお客さんもいなさる」

　そう言って、『ふる里』という店を紹介してくれた。少し遠いが、浅見と木本は車を置いて歩いて行った。鄙びた造りの、雰囲気のいい店であった。

　今庄町でとれるそば粉の量はほんのわずかだから、出荷するどころか、町の中の店で使う分がやっとなのだそうだ。それだけに美味い。そばが大好物の浅見は出雲風のせいろそばを三人前も平らげた。

「犯人を特定する条件として、どうしても動かせないことが一つあるのですよ」

　爪楊枝を使いながら、浅見は言った。そばを食べていても、事件のことが頭から離れないのか——と、木本はいささか呆れぎみの顔をした。

「それは何かというと、事件のあった晩、芦原のホテルにいた僕に電話をして、東尋坊に誘き出した人物が犯人か、もしくは共犯者であるということです。つまり、僕が芦原のあのホテルに泊まっていることを知っていた人物——ということになります」

「なるほど、それは確かにそのとおりですなあ。それがはっきりしているのだから、犯人はかなり限定できる」

「ところが、それがどうもかえってネックになっているのですよね」

「なぜです?」

「確かに、僕が芦原に宿泊しているのを知っている人物はごくわずかですが、その人たちは、どう考えても、犯人であるとは考えられない人ばかりだからです。これがそれに該当する人たちなのですがね」

浅見はそばの容器を脇にどけて、テーブルの上にメモを広げた。そこには浅見が芦原に宿泊するのを知っていたと考えられる人物、つまりは犯人候補――の名前が並べて書いてある。

藤田克夫（かつお）　『旅と歴史』編集長
藤田信光（のぶみつ）　克夫の父親
片岡明子　福井中央日報社員
平石　北光リサーチ社員
海原　北光リサーチ所長

「もちろん、ここに書いてある人たちの知人や家族など、関係者が知っている可能性もないわけではありません。現に、平石氏も海原氏も、片岡さんから間接的に話を聞いて知っているのですからね。しかし、こうやって書き出してみても、どうも、この人たちが犯人や犯人の仲間であるとは考えにくいような気がするのですよ」

「そうですかねえ、われわれ警察だったら、そういう関係者すべてを捜査の対象にしますがねえ」

木本は「だから素人は甘い」とでも言いそうな口振りになった。

「おっしゃるとおりかもしれません」

浅見もその点は否定しなかった。

「それに、たとえば、片岡さんは平石さんに、どこかの飲み屋かバーのようなところでその話をしたらしいのだが、その時、飲み屋にいた客だとか、飲み屋の主人、従業員なんかも二人の会話を小耳に挟んだかもしれませんからねえ」

「でしょう、そうですよ、そこまで分かっているのなら、たった五人やそこらに限定してしまうのはおかしいのとちがいますか」

「そうかもしれません。そうなると、しかし、捜査対象は際限なく広がっていきそうですねえ」

　浅見は慨嘆した。かといって、浅見の勘としては、そんなに野放図な広がりはないような気がしてならないのだ。せいぜいこの五人とじかに接触していた人物までを捜査の対象とすれば、それでいいのではないか――と思えるのだった。

　それにしても、もし彼ら五人がさらに第三者に「情報」を流したとするならば、その相手はいったい何者ということになるのだろうか？

　片岡明子のことはすでに分かっている。彼女は平石にだけ、浅見が芦原に泊まることを洩らしていたらしい。

　平石はよく分からないが、彼の交際範囲の狭さからみて、せいぜい北光リサーチ所長の海原程度だろう。その海原のことはさらに分からない。存在そのものが謎そのものと言ってもいい。

　問題は藤田親子だ。東京の藤田にはそんな心配はなさそうだけれど、藤田の父親の顔の広さからいうと、どこでどういう人物に接触したかしれないし、また、その場で浅見という「東京から来た有能なジャーナリスト」のことを、自慢げに喋らなかったとはかぎらない。

　秋の日は釣瓶落とし――などというけれど、

今庄町は山間の集落である。西側の尾根に日が沈むと、あっというまに暮色が垂れ込めた。大きな柿の木の梢で、実が美しく輝いていたのも束の間、ねぐらに帰るカラスの姿も見えなくなってしまった。

長っ尻の客が刑事だということで、辛抱していた店の者も、これ見よがしに暖簾(のれん)をたたんで仕舞った。

「さて、そろそろ出ましょうか」

浅見は席を立った。

外はもう夕闇に閉ざされている。家々の灯がまばらにチラチラとしているほかは、動くものとてない。

「まったく人通りのないところですなあ」

木本はなかば呆れ返ったように言った。集落と集落をむすび、やがて広野ダムから夜叉ケ池へとつづく唯一の道は、闇の底でほの白く見えていた。

浅見と木本はソアラを停めてある野地家へ向かって、黙々と歩いて行った。

途中、誰にも会うことはなかった。まだ宵のくちともいえるこの時刻でこれなのだから、犯行があったと思われる午後十一時過ぎになれば、どこの家も寝静まって、たとえ多少の物音がしても気付く者はなかったかもしれない。

「そうですか、こういう町だったのですか」

浅見はトボトボと歩きながら、心細そうな声で言った。

野地家に入る路地は真っ暗で、空に残るわずかな明るさだけが道の白さを浮き出している。あと三十分もして空が暗くなれば、それも消えてしまいそうだ。

野地家の庭はさらに暗い。庭には飛び石が置いてある。もともと湿気の多い土地だし、たぶん雨が降った時など、ぬかるみを避けるための用に役立つのだろうが、慣れないと、その飛び石伝いに玄関まで辿り着くのに、かなりの技術を要する。現に、浅見も木本も、何度か飛び石を踏み外して地べたを歩くことになった。

浅見は真っ暗な玄関先にしばらく佇んでから、満足そうに頷いて、振り返った。

「さあ、帰りましょうか」

「はあ……」

木本はキツネにつままれたような顔だ。

「これでいいのですか？　何か得るところがありましたか？」

「ええ、充分に収穫がありました」

「じゃあ、事件の謎は解けたということですか？」

「まあ、そこまで断言はできませんが、一つの方向というか、仮説のようなものは纏まってきましたよ」

浅見は言って、大股にソアラへ向かって歩いて行った。

「方向って……仮説って……いったいどういうことです？」

木本は食い下がるように訊いた。

「つまり、真っ暗な誰も通らない道だということがよく分かったということです」

「そんなこと……それくらいなら、自分にだって分かりますよ。だからどうだっていうのか、それを訊いているのです」

浅見は木本の質問を黙殺して、車に乗り込んだ。

車を発進させ、集落を出外れるまで、沈黙は続いて、それからおもむろに言った。

「やっぱり誰にも会いませんねえ」

何を言うのかと思えば——と、木本は不満顔だ。しかし、それとは対照的に、浅見の顔には満足感がいっぱいだった。

4

その夜、浅見は藤田の父親を自宅に訪ねた。

「何やら、えらい目に遭うておられるみたいですなあ」

藤田の父親は気の毒そうに言った。野地が殺された事件で、浅見の身辺がいろいろ慌しくなっていることは、うすうす分かっているらしい。

「じつは、あの事件があった晩、妙な電話で東尋坊に誘い出されまして」

浅見はその「トリック」の一件について説明した。

「それでですね、僕が湯田ホテルに泊まっていることを知っていた人物が誰と誰なのか、当たっているところなのです」

「なるほど、私も知っておる者のうちの一人いうことですなあ」

「ええ、しかし、電話の声はまったく別人です。いや、これまで分かっている人たちの誰の声とも、明らかに違う人物です。それで、もしかすると、藤田さんがどなたかに僕のことをお話しになったのではないかと思いまして」

「ああ、それは何人かに話してますなあ。東京から有名なジャーナリストがみえたいうて。しかし、湯田ホテルに泊まっておいでだということは、喋っておらんですよ」

「誰にも、ですか？」

「誰にもいうわけではないが……そうそう、浅見さんもご存じの、あの奈良岡さんには喋っておるでしょう。北越テレビの社長に会うたとき、浅見さんの話をして、湯田ホテルに泊まってもらういうことも話しました。ほかには、そうやなあ、うちの家内ぐらいなものですなあ」

　放送局の社長に「有名なジャーナリスト」などと誇大に喧伝(けんでん)されては、たまったものじゃない——と、浅見は思わず顔が赤くなった。

「そのお二人じゃ、事件に関係があるとは思えませんね。奈良岡さんという方も、ずいぶん立派な方のようですし」

「ああ、あの人は私の知っておるかぎりでは、福井きっての人望家でしょうなあ。県の商工会にも長く関与しておられるし、それでいて、ちっとも偉ぶるようなところがない人柄です。浅見さんもお会いになって、そう感じませんでしたか？」

「たしかにおっしゃるとおり、気さくそうな方でした」

「そうです。気さくも気さく、昔の殿様みたいなおっとりした人で、地元のためになることなら、援助を惜しまないいい人ですな」

「先日お会いしたとき、越前大観音堂の建設には、あまり賛成していないような口振りでしたが」

「ああ、気がつかれましたか。たしかに浅見さんと同様、ああいったものには好感をいだいておらんようですな。いや、観音様はええのだが、いろいろ問題がありましてな」

「ちょっと小耳に挟んだのですが、建設用地取得にからむ不正があるのだそうですね」

「ほう、ようご存じですなあ。県外の人にも知られておるようじゃ、あまり名誉なこととは言えんが……奈良岡さんも、そこのところが我慢ならんのです。あの人にはそういう、狷介ともいうべき潔癖さがありましてな。選挙違反みたいなことがあると、容赦せんような、はげしい気性も持ってはる。少し前のことやが、繊維工業界の汚職があった際、代議士を二人も失脚させたのは、奈良岡さんの告発によるものだという噂があります。真偽のほどははっきりせんけど、そうであっても不思議はないでしょうな」

藤田の父親の話を聞けば聞くほど、奈良岡老人にしろ北越テレビの社長にしろ、偽電話の犯人――ひいては野地良作殺害の犯人であるとは考えられなくなってゆく。

しかし、浅見を東尋坊に呼び出した人物は現実に存在したのだ。だとすると、奈良岡や北越テレビの社長を含め、浅見が湯田ホテルに泊まったことを知っている人々全員に、そのまた先で誰かにその話をしなかったかを確かめるほかはなさそうだ。

それにしても、その人たちがさらにその先で、また誰かに噂話をしたことだって想定しなければならない。そうなったら鼠算どころではない。

翌日、木本部長刑事に会ってその話をすると、木本は「えーっ……」と悲鳴のような声を出した。

「北越テレビの社長だとか、奈良岡氏なんかに事情聴取をしろって言うんですか？　その人たちは当県の名士ですぞ。付き合っておられる人だって、みんなそうでしょう。そういう人たちが偽電話なんかかけるわけがありませんよ。いや、たとえあったとしたって、否定されたらおしまいでしょうが」

「だめですか」

浅見は期待はずれと失望感を、そのまま顔に表して、言った。

「そりゃねえ、もちろん仕事ですから、事情聴取をやれっていわれればやらんわけじゃないですがね……」

やったところで結果は分かりきっているというのが、木本に限らず、警察の本音といったところだろう。

「いや、私は浅見などという人に電話したことはありませんよ。もちろん、身内の中にもそんな者はおりません」

誰に訊いたところで、そういう答えが返ってくるのは明らかだ。そう答えられて、それ以上の突っ込みをするには、相手が悪い。警察というところは庶民に対しては、けっこう鋭い追及をするが、名士となると、よほど傍証が固まっている場合ならともかく、単純な事情聴取の場合には、どうしても遠慮がちになるものである。

例の越前大観音堂にまつわる、農地転用問題についてもそうだ。警察は不正事実のあったことをほぼ確定的に摑んでいながら、いまだに最終的な手段に出られずにいる。それはいうまでもなく、背後に、強大な政治力が働いているからだ。

一般庶民の感覚からいうと、警察というのは不正があれば摘発し断罪してくれる「正義の味方」だと思われている。もちろんその概念は、まあ七、八割がた正しいのだが、しかし、そう単純なものでないことも知っていなければならない。

　警察はつまるところ国家の安寧秩序を守る国家の機関なのである。

　政治がしばしば、国民の国民による国民のための……という理想から逸脱して、国民の自由を制限せざるを得ないように、警察も時と場合によっては国家のご都合で、正義を貫かないことだって少なくないのだ。

　たとえば、かつての造船疑獄事件だって、誰が見ても事件の事実があったことは明白であるにもかかわらず、法務大臣が強権を発動してあらゆる捜査結果を握りつぶしてしまった。

　もっと卑近な例を上げれば、神奈川県警の電話盗聴事件がある。もし民間人があの手の事件を行なったなら、当然それなりの処罰を与えられるだろう。いわんや法秩序を守る側が自ら「悪事」を働いたのだから、それに数倍するような処罰がある——と思うのが常識であり、事実、誰もがそう信じた。

　ところが結果はどうだろう。何が何やら分からないうちに、事件はウヤムヤになってしまったらしい。

　もしかりに、疑獄事件をトコトン解明したらどうなったか。おそらく時の権力者は軒なみ「塀の中」に繋がれ、政治も経済も大混乱をきたしたであろう。それでは国家が困る。世界における日本の地位が低下する。経済発展が阻害される——等々の弊害が生じるに違いない。

　電話盗聴事件にしても、スケールの差こそあれ、同様の理由だ。国家機密を守り、警察の威信を保つためには、警察の不正を洗いざらいさらけ出すわけにはいかない。

というわけで、なりふり構わず、いわば超法規的措置という手段を取ることになる。つまりは、それが法治国家における正義の限界というものなのである。

「やめましょう」

浅見はあっさり言った。

「やめる、というと？」

木本は目をパチクリさせた。

「いや、余計な人たちにまで迷惑を及ぼすことはないと言っているのです」

「そうですか……いや、そのとおりですなあ。浅見さんはさすがにその辺の事情については、よく分かっておられる」

警察幹部の弟だけのことはある——とでも言いたげだ。

もっとも、浅見が「やめよう」と言ったのは、警察に頼るのはやめよう——という意味であった。どうせ、警察のとおりいっぺんの事情聴取には期待できない以上、自らその役を買って出たほうがいいに決まっている。それに、あの奈良岡老人にも直接会って、話を聞きたいという気がしていた。

武生署を出たその足で、浅見は奈良岡家を訪問した。

奈良岡家は市街地の西部、足羽山（あすわやま）公園に近い辺りにある、家は古いが庭は広く、いかにも旧家らしい落ち着いた構えだ。

電話で「福井県経済界の現状について、お話をうかがいたい」と言うと、最初は、ろくな話ができないと断りを言いたそうだった。しかし、藤田の父親が推奨する「有名なジャーナリスト」とあって、無下には断れなかったにちがいない。

門の近くにソアラを停めて、開きっぱなしの門を入ったとき、玄関から男が現れた。ドアを出て、背後の家の中に礼をしてこっちを振り向いた眼が鋭かった。

（警察官——）

浅見はピンときた。ただし、私服だが、刑事にしては身形（みなり）がよすぎるから、少なくとも警部以上だろう。年恰好は三十歳代後半か。やや若いが、ひょっとすると刑事課長か、あるいは地方検事かもしれない。

最初の一瞥だけで、男は擦れ違うまでこっちを見なかった。見なくても、彼の視野の中には、ちゃんとこっちの姿が入っていることは分かった。そういう見方をする習慣のある人間といえば、刑事かスリと相場が決まっている。

奈良岡老人はまだ玄関にいた。気難しい顔で腕組みをして、まるで浅見が来るのを迎え撃つように佇立（ちょりつ）していた。

「やあ、見えられましたか」

浅見の顔を見ると、腕組みを解いて笑顔を作った。

物音といえば柱時計の振子の音ぐらいなもので、静寂そのもののような屋敷であった。空気がピリッとするほど冷たく感じられる。

「ばあさんと二人暮らしでして、息子どもは盆暮れに顔を見せるだけです」

老人は愚痴のように言って、畳敷きの客間に案内してくれた。紫檀（したん）の座卓を挟んで坐ると、ほとんど間を置かずに、奈良岡の老妻がお茶を運んできた。

「福井の経済事情についてお聞きになりたいとか？」

妻が行ってしまうまで待って、奈良岡は言った。

「はあ……」

浅見は一応、頷きはしたが、すぐに思い返して、単刀直入、切り出した。

「じつは、電話ではそう言いましたが、本当の用件はほかのことなのです」

「ほかのこと？」

「一つは、先日、今庄町で竹細工を作っている野地さんという人が亡くなった事件のことですが」

「ああ、そういうニュースがありましたな。ひどい事故だったとか」

「いえ、あれは殺人事件だったのです」

「ほうっ、ほんまですか？」

「ええ、しかも犯人は僕ではないかと疑われました」

「えっ」

「武生の菊人形展の会場で奈良岡さんにお目にかかったあと、僕は野地さんを訪ねているのです。野地さんが殺されたのが、その日の夜のことでした」

浅見は奇妙な電話で東尋坊に呼び出された経緯を話した。

「なるほど、それで、このわしが偽電話をかけたのではないかと……」

「いえ、奈良岡さんではないのは分かっています。しかし、もしかして、誰かお知り合いの方に僕が湯田ホテルにいることをお話しになったのではないかと思いまして」

「いいや、わしは誰にも話しておりません」

奈良岡は迷惑そうに首を振った。

「分かりました。つまらないことをお尋ねして、気分を害されたと思います。申し訳ありませんでした」

浅見はきちんとお辞儀をしてから言った。

「ところで、もう一つ、越前大観音堂のことについてお訊きしたいのですが」

「ほうっ……」

奈良岡は少し背を反らせて、若い客をまじまじと眺めた。

「越前大観音堂の何をお聞きになりたいとおっしゃるのかな?」

「用地取得にまつわる不正についてです。奈良岡さんはそのことについて詳しくご存じだそうですね」

「ん……」

奈良岡は喉がつまったような声を洩らして、浅見から視線を逸らした。

「妙なものですなあ。たったいま、同じような話でお客があったばかりです」

苦笑して言った。

「ああ、その方でしたら、玄関前で擦れ違いました。県警の方ですか?」

「ご存じでしたか……いや、そうでしょうな。ジャーナリストの方なら、県警の警部さんぐらいは知っていて当然でしょう」

奈良岡は、浅見のハッタリを怪しまなかった。

「すると、あの警部さんはその事件の主任捜査官なのですか?」

「さあ、そういう詳しいことは知りません。警察の人がわしのところに見えたのは、あの警部さんがはじめてですのでな。これまではさっぱり、何もしてへんようやったが。してみると、警察もひそかに捜査を進めておるいうことですかな」

奈良岡は鬱陶しそうに目を細め、眉をひそめた。

「警察が捜査を進めていることを、歓迎しておられないようですね」

浅見は柔らかい口調で言った。

「は？　いや、そういうわけではないですがね……しかし、できることであれば、あまりみっともないことにはならんで欲しいと思っておるのです。繊維工業の汚職のときも、なんとか未然に防ぐよう言うたのだが、取り返しのつかん事態になってしもうて……」

「そうだったのですか。僕は奈良岡さんが告発したというように聞いていました」

「いや、結果的にはそうなったのかもしれません。私が収集した資料が、彼らの不正事実そのものでしたのでな。そういうものがあるから、不正工作は止めるように説得したのだが、言うことを聞かなんだのです」

「というと、今回もまた同じような状態なのですか？」

「そうですな。おっしゃるとおり、だんだん似たような状況になってきよりました。最前の警部さんも、そういった資料があるのではないかいうて見えたわけやが……」

「あるのですか？」

「ん？……ははは、あるにはあるが、余所の方にはっきりとお答えするわけにはいかんですよ。

これには福井県と県民の名誉がかかっておりますのでな」

「しかし、不正を働いている連中にとっては、その資料が存在することは脅威でしょう。盗みに来たりはしませんか？」

「盗みに来ても、ここにはありません」

「なるほど、では銀行の貸し金庫か何かにしまってあるのですか？」

「いやいや、銀行といえどもあなた、近頃はさっぱり信用でけんですよ。むしろ、銀行そのものが巨大な不正融資に加担しとるでしょうが。おのれの社会的使命を何と心得ておるものやら」

奈良岡は嘆かわしそうに首を振った。

「それにしても、いずれはその資料を警察に提出するわけですね？」

「いや、そうともかぎりません」

「では、握りつぶしてしまわれるのですか」

「それは相手の出方しだいです。もはや越前大観音堂が完成してしまった以上、原状に戻すわけにはいかんですが、不正があった事実は事実ですのでな。それに対する清算はしてもらわにゃならん。警察に自首せよとまでは言わんが、不正に動いた金はすべて明るみに出して、施設に寄付するなり、迷惑をかけた県民に対して謝罪するなりしていただきたいと言うとるのです」

「言っている——とおっしゃると、その人たちに奈良岡さんの意志は伝わっているということですか？」

「むろんです。期限つきで、こちらの意向は伝えてあります」

「期限つき……それはいつですか?」

「越前大観音堂の落慶披露前までです」

「それじゃ、もうすぐですね。それで、相手方の反応はいかがですか?」

「あかん、ですな。こっちの要望は何一つ飲まんつもりかもしれん」

奈良岡老人は天井を仰いだ。

「もし奈良岡さんの要望を容れない場合は、どうするおつもりですか?」

「資料を公開すると通告してあります」

「それは危険じゃありませんか」

「覚悟の上です」

奈良岡は言下に頷いてから、ふと気づいたように「いかんな」と言った。

「こんな話を、外部の人に喋るつもりはなかったのやが……あなたは不思議な人やなあ。ついつい何となく喋ってしもうた」

「ご心配には及びません。僕はこのことを記事にしたり、第三者に伝えたりする気はありませんから」

「ほう、ほんまにそう思っておられるのですか」

奈良岡はしばらく浅見を見つめた。浅見も真っ直ぐ、老人を見返した。

奈良岡は「うんうん」と満足げに頷いてから、言った。

「たしかに浅見さんの言われるとおり、わしのしとることは危険かもしれん。現に、今回の用地不正入手の汚職に関しては、暴力団も関わっておりますのでな。何をするか分からんような連中です。しかし、そんなもんを恐れて、このまま引っ込めば、この先、悪事が大手を振ってまかり通ってしまう。それに、最前の警部さんの話によると、県警もすでに動きだしたようやし、さほど心配せんでもいいのではないかと思うとります」

「あの警部は奈良岡さんが呼んだのではないのですか？」

「違います。わしの知っておることを聞きたい言うて、突然訪ねて見えたのです。しかし、何もしておらんようでも、さすが警察は警察ですなあ。ちゃんと独自に内偵を進めておるのでしょう」

そういう警察の動きについては、浅見のほうがよく知っている。ただし、この段階にきて、そうやって県警の警部が奈良岡を訪ねて来るようでは、捜査当局はいまだに犯罪を裏付ける決め手となるべき「資料」を入手できないでいるのだろう。

「それで、奈良岡さんは不正の事実を教えてやったのですか？」

「それは言いませんでした。わしのほうにも約束がありますよってな。いかに不正といえども、いったん交わした約束を破るわけにはいきません」

「なるほど、信義を重んじるというわけですね。しかし、奈良岡さんのお気持ちも分からないではありませんが、やっぱり危険すぎませんか。もし、彼らが奈良岡さんを襲うようなことでもあれば、最悪の場合……」

さすがに、その先は言いにくい。

「ははは、いや、浅見さんは、わしが殺された場合、証拠となる資料が闇から闇に葬られてしまうことを心配しておられるのでしょうが、それやったら心配ご無用です。たとえわしがおらんようになったとしても、一カ月後には、しぜんと資料は明るみに出ることになっておりますのでな」

「明るみに出る……ですか？」

「そうです。文字どおり、衆人の前に晒されることになります。それがあるもんで、連中もわしには手出しができんでおるのです」

奈良岡は自信たっぷりに言ったが、その自信が浅見には恐ろしく思えた。

奈良岡老人に関する報告を聞いて、陽一郎は即座に、「まずいな」と言った。

「それはきわめて危険だよ」

「ええ、僕もそう言ったのですが、ご当人は大丈夫だと……」

浅見は、奈良岡がテキの罪状を立証する資料を隠していて、それを身の安全を保障する道具にしていることを話した。

「殺されても、一カ月後には自動的に資料が公開されるようなことを言っているのです。かなり自信があるようでした」

「たとえそうでも、殺される危険性があるのを黙過するわけにはいかんだろう。それに、なぜ一カ月後なのかね？　一カ月経てばどうなるというのだい？　殺されたらすぐに、というのなら、むしろ納得もゆくのだが」

「それはまあ、確かにそのとおりですが」

その件に関しては、いまのところまるっきり謎としか言いようがなかった。

「だいたい、警察の捜査はどの程度進んでいるのですか？」

浅見は不安からくる苛立ちを隠せずに、逆襲するような口調で言った。

「今日、奈良岡さんを訪ねたとき、県警の警部と擦れ違ったのですが、奈良岡さんのところに警察が事情聴取をしに来たのは、これがはじめてだというのです。奈良岡氏が鍵を握る人物だということは、僕でさえキャッチしているくらいなのに、ずいぶんのんびりしていると思いませんか?」

「ふーん、そうなのか。福井県警はちゃんとやっていると思うがねえ」

「実際はどうもそうじゃないみたいですよ。とにかく、奈良岡氏が不正事実を立証するに足る資料を用意しているのは間違いないのですから、奈良岡氏に資料の公開を求めるとか、いっそのこと告発を勧めるとか、警察はもう少し積極的に働きかけてもよさそうなものだと思いますけどね」

「うん、それは考えておこう」

陽一郎が思ったより悠長な答え方をするので、浅見はもどかしかった。

「のんびりしていると、『えちぜん』の女将がやって来ますよ」

「ああそうだ、それが問題だ。どうなんだい、越前竹人形が昭和二十年代には存在しなかったはずだという、きみの仮説は信じていいのか?もしそれが事実なら、おふくろにも、あんな竹人形は偽物で、女将の話も出鱈目だから、相手にする必要はないと言うつもりだ」

「いや、まだ確定的にそうだとは断言できませんよ」

「なんだ、それじゃ困るよ。とにかく、越前竹人形の神秘性を打ち砕いてもらわなければ困る」

「はあ……」

　浅見は陽一郎に押し切られた恰好になった。子供のころから、兄には逆らえない習慣である。

「それはそれとして」と、浅見は気を取り直して言った。

「福井県警を辞めた元二課の警部補で、現在は北光リサーチという探偵社をやっている海原という男がいるのですが、この人物の動きがどうも不可解です。なんでも上司とトラブルがあって、警察をドロップアウトしたのだそうですよ。北光リサーチには、平石という新聞記者上がりの仲間がいますが、こっちのほうは悪い人間ではなさそうです。しかし、海原氏のほうは得体の知れないところがあります。一応、マークしておいたほうがいいのじゃないですか」

「分かった。しかし、現場での捜査は、坂崎本部長の判断に委ねてあるからね」

　陽一郎は何となく、弟の進言を聞き流すような言い方をして、電話を切った。肝心なことになると、スルリと身をかわすような、いかにもエリート官僚らしい、兄のそういうところは好きになれない。

　遠い電子音だけが聞こえる受話器を耳に当てたまま、浅見はしばらくじっとしていた。

　目下、浅見がもっとも気になるのは、平石と海原の動向なのだ。海原は探偵社などという正義の旗を掲げてはいるけれど、実体は悪徳探偵社にありがちな恐喝屋ではないのだろうか――と思った。敏腕の平石を使って不正や汚職のデータを集め、それをネタに恐喝を働いているのではないか――。

それにしても、あの二人はどこで何をしているのか――。

浅見の胸のうちに、理由のはっきりしない不吉な予感が、モヤモヤと黒雲のように広がっていった。

第七章　臆病な演技者

1

浅見は福井に来た晩だけ、芦原の湯田ホテルに泊まったが、二日目からは福井市内にあるビジネスホテルに滞在している。一泊六千円、東京なら駐車場料金なみだ。ここをアジトにして一食平均、千円以下の食事ですませているかぎり、当面、破産の心配はない。

十月八日の朝、浅見はホテルのレストランで、七百円也の和定食を食べながら、ホチキスでとめられた『福井中央日報』を開いて愕然とした。

——ついに世に出る正統派越前竹人形——

こういう、かなりセンセーショナルな見出しで、文化欄五段抜きという、堂々たる記事であった。

越前竹人形は、水上勉氏の小説によって全国的にも知られた、福井県が誇る伝統工芸品だが、その実体はとなると、なかなか難しい問題を内包している。そもそもその成立時期からして疑問視するむきもあるほどだ。

水上氏の小説によれば、すでに大正期には立派な越前竹人形が存在したことになっているが、学問的にその事実を立証されてはいない。むしろ、水上氏の小説によって、それまでは竹細工師が手すさび程度に作っていた、ごく稚拙な「人形」が、ある程度芸術性を加味した工芸品にまで高められたというのが実体ではないか——という説が有力だった。その点からすれば、まさに水上氏は福井県の恩人ということになるわけだが、その反面、越前竹人形が文字通り越前福井の伝統的な工芸品ではなかったことに、一抹の寂しさを感じないわけにはいかない。

ところが、最近になって、水上氏が小説の中で描写したような優れた越前竹人形が、大正はおろか明治期から実在していたことを証明する人物が現れた。

武生市に住む江島徳三氏（48）がその人で、江島氏は自ら越前竹人形の再現に努力するかたわら、このほど、かつて「嘉助人形」と呼ばれて、一部の好事家に愛好されていた、いわば「真正越前竹人形」ともいうべき竹人形を本紙記者を通じて発表したものである。

写真の右がその「真正越前竹人形」であり、左の写真の現在一般に市販されている土産用の越前竹人形とは明らかに異なる、すぐれた工芸品であることが一目瞭然だ。

江島氏の話によると、「嘉助人形」は先頃不慮の死を遂げた竹細工師・野地良作氏（今庄町）の祖父、嘉助氏が作っていたもので、嘉助氏の死後、長い間とだえていたものだ。その嘉助人形を偶然に手に入れて以来、江島氏はその魅力にとり憑かれて、京都から武生に移住、五年間にわたる研鑽の結果、当時のものに勝るとも劣らない越前竹人形の再現に成功したということである。

記事の内容はほぼ以上のようなものであった。記事の最後には〔片岡〕という署名が入っている。片岡といえば、あの片岡明子に違いない。

記事下にはタイアップ広告のように「越前竹人形発表展示会」の催しが報じられていた。十月十五日――越前大観音堂の落慶法要に合わせて、大観音堂の特設会場と福井市内のデパートで同時開催されるらしい。

（なんてこった――）

浅見は食事をかっこんで、部屋に戻ると、すぐに新聞社に電話した。午前九時五十分。東京の出版社なら一人も出社していない時刻だが、片岡明子はちゃんとデスクにいた。

浅見は努めて柔らかい口調で言った。

「越前竹人形の記事、見ました。片岡さんの取材だそうですね」

「ええ、そうなんです」

「すごいですね、尊敬しました」

浅見は明るい声で祝福してから言った。

「もしご都合がよければ、お昼、ご馳走させてもらいたいのですが」

「ほんと？　嬉しい」

明子は手を叩かんばかりに、はしゃいで言った。

食事は浅見が泊まっているホテルではない、福井市では最高級のシティホテルにある、和風料理の店ですることになった。

約束より三十分も早く着いた浅見は、店の入口の前で明子と落ち合って、ペコリと頭を下げた。

「すみません、僕が魚料理が好きなもんで、勝手に決めてしまって」

「いいんです、私だって気取ったフランス料理なんかより、地元越前の魚料理のほうが信用できますもの」

比較的簡単なお昼のコースだが、越前の魚料理は美味かった。とはいえ、浅見は料理の味は上の空で、一刻も早く事の「真相」を確かめたい気分ではあった。

「ちょっと気になったのですが」

食事が終わり、デザートのメロンをスプーンで掬いながら、浅見はおもむろに言った。

「越前竹人形の展示を、越前大観音堂でやるのだそうですね？」

「ええ……」

瞬間、明子は少し表情を曇らせた。

「あれはどういう意味なのでしょうか」

浅見は訊いた。

「江島さんは、和村さん——越前大観音堂を作った人ですけど——の援助を受けていたからだって、そう言っているのですけど」

明子は弁解するように言った。

「なるほど、そういう事情でしたか」

浅見はそれっきり、その問題には触れるつもりがないのか、黙ってメロンを口に運んでいる。

それがむしろ、明子を不安にしたらしい。

「あの、私自身としては、越前竹人形と越前大観音堂が結びつくのは、どうかと思ったんです」

「ほう、それはなぜです？」

「私は……もともと私は、越前大観音堂っていうのは好きになれなかったんですよね。なんだか嘘くさい、眉つばだなって思っていましたから。だから、そこに本物の越前竹人形がくっつくのはいやだなとか思って……つまり、本物の越前竹人形が取り込まれることで、本来インチキな越前大観音堂までが、本物らしく見えてしまうのじゃないかって、そんな気がしてならないんです」

明子は取り乱したような喋り方をした。浅見は驚嘆の目で、彼女を見つめた。その目に気付いて、明子はテーブルに視線を落とした。

「以前、越前大観音堂の悪口を書いて、その原稿がボツになって、それで、私はデスクと喧嘩みたいなことになって……それなのに、今度は越前大観音堂の肩を持つような記事を書いて、それで得意になっているみたいで、変ですよね、こんなの。こういうのが一人前になるっていうことだとしたら、悲しいですよね」

喋っているうちに、明子は感情が昂ったのか、泣きそうな顔になった。

「いや、そんなことはない。あなたは立派ですよ。そういうふうに自分を客観的に批判できる女性がいるなんて、驚きです。僕みたいないい加減な生き方をしている男は、恥ずかしいくらいです」

「そんな……」

明子は潤んだ目で浅見を見た。浅見は微笑を湛えながら、しかし真剣な目を明子に向けて言った。

「根本的なことを確認しておきたいのですが、正統派越前竹人形が野地さんのお祖父さんのときからあったという、あの記事は本当のことですか？」

「えっ？……」

　明子は不意を衝かれたように、息を止め、不安そうな目で浅見を見つめた。

「ええ、もちろん、本当のことだ、と思いますけど」

「しかし、これまではたしか、あなたも越前竹人形の成立には疑問があると言っていたのではありませんか？」

「ええ、それはそうですけど、現実に江島さんにあの竹人形を見せられて、解説を聞いたのですから……まさか、あれが嘘だったなんて思えませんけど」

「というと、平石さんの認識も間違っているということになりますね。この記事を読んで、平石さんはどう言いますかね？」

「さあ……」

　明子は当惑げに、声がか細くなった。

「ところで、平石さんですが、ぜんぜん連絡はありませんか？」

　浅見は話題を変えた。

「ええ、ありませんけど」

「どこでどうしているのかなあ……平石さんと海原さんがどうなったのか、そのことが気になってなりません」

「そうなんですか？　あの人たち、何か危険なことをしているのですか？」

「たぶん……僕の推測ですが、あの二人は越前大観音堂問題で、何か画策しているにちがいない」

「そうかもしれませんよね。あの人たち、不良みたいだから」

「不良？」

　浅見は思わず笑ってしまった。ああいう立派な記事を書いた女性の口から、そんな幼稚な言葉が出たことに、何かしらほっとするものを感じた。

「平石さんがただの不良だとは、僕は思いませんけどねえ」

「そうかしら？　だって、アル中で、その上奥さんに逃げられたのでしょう。変な探偵社みたいのをやっているし、どう見てもまともじゃないですよ」

「しかし、その平石さんから僕はだらしがないと言われましたよ」

「ほんとですか？　うっそ……どうしてですか？」

「この歳まで嫁さんの来手がないからだそうですよ」

「そんなの……」

　明子は浅見のために何か反論しそうだったが、結局、何も言わずじまいだった。

「あと一週間ですか……」

　浅見がまた話題を変えた。

「えっ？　何がですか？」

「越前大観音堂の落慶法要まで、です」

「ああ、そうですね、もう一週間に迫っているんですね」

　浅見にとっては一週間どころか、陽一郎から指示された期限は過ぎつつある。それなのに、越前竹人形の欺瞞を暴露するどころか、テキはすでに越前竹人形の正当性をマスコミに流し、ゆるぎのない既定の事実にしてしまいつつあるのだ。

　このまま推移すれば、テキのシナリオどおり、十日に『えちぜん』の女将が、「アーさまに頂いた越前竹人形でございます」と、浅見家を訪れるにちがいない。誇り高い雪江未亡人はショックのあまり寝込むことになるだろう。

だからといって、兄の陽一郎がテキの圧力に屈するとは思えない。もちろん坂崎県警本部長に手心を加えるよう、要請するはずもないだろう。

（刺し違えか――）

浅見家にとっても、和村側、越前大観音堂側にとっても、最悪のシナリオが進行しつつあるのだ。和村のほうは覚悟の上だろうけれど、雪江未亡人にとっては寝耳に水もいいところ、とんだ災難だ。

（なんとかしなければ――）

親孝行など、まるで縁のない浅見だが、それだからこそ、こういう機会にでも働いて、浅見家を襲う辱めを食い止めることができれば、何よりの親孝行、兄孝行ということになる。

「武生の江島さんという人はどういう人物ですか？」

浅見はごくふつうの世間話をするような口調で言った。

「わりかし気さくな人みたいですよ」

明子は江島の柔和な風貌を思い浮かべながら言った。

「ああいう職業の人って、なんていうか、芸術家肌の職人さんみたいだから、きっと怖い感じの人かなと想像していたのですけど、会ってみると、物腰は商人みたいに柔らかいし、ソツがないっていう感じでした。でも、お弟子さんには厳しいみたい」

「お弟子？　弟子がいるのですか？」

「ええ、お弟子といっても、そんなに若くなくて、それに……ちょっと知的障害者かなっていう感じの人なんです」

「ああ、じゃあその人が京都から連れて来た本瀬という人じゃないかな」

「あ、そうです、そうだと思います。浅見さんも知っているのですね」

「まあ、その程度の知識はね……で、その人には厳しいのですか？」

「ええ、その人が私に、あんたの人形を作ってやるって言ったら、ひどく叱って……」

「片岡さんの人形？　それ、どういう意味ですか？」

「ただの思いつきだと思うのですけど、その人が玉枝に似ているって……私のことを玉枝に似ているから、人形に作ってやるって、そういうようなことを言ったのです」

「玉枝というと、水上勉の小説の主人公のことですね？」

「ええ、たぶんそうだと思いますけど」

「しかし、その人——本瀬さんは知的障害者なのでしょう？　その人があの難しい小説を読めるとは考えられませんが」

「あら……そうですよね。気がつかなかったけど、そういえばそうですよね。じゃあ、知的障害者だなんて思ったのは、私の間違いだったのかしら？」

「いや、そうでもありませんよ。今庄町の人たちも、そういうようなことを言ってましたから」

「そうなんですか……変ですねえ」

「それにかりに読めたとしても、玉枝という女性の顔写真があるわけでもないし……だとすると、越前竹人形の顔のイメージがあなたに似ているとでもいうのかなあ……」

浅見はふと思いついて、言った。

「そうだ、新聞に出ていた越前竹人形の写真ですが、あの被写体になった竹人形は、まだ会社のほうにあるのですか?」

「ええ、あります。明日にはお返しするつもりですけど」

「それ、ちょっと見せてもらえませんか」

「いいですけど」

食事を終えるとすぐ、二人は福井中央日報へ向かった。

江島から借りてきた竹人形はロッカーに仕舞ってあった。桐の箱から人形が取り出された時、浅見は胸のうちで「おお」と唸った。まさに『えちぜん』で見た竹人形とそっくりのものが、目の前にあった。

「やあ、美しい人形ですね」

さり気なく言ったのが精一杯だった。

「美しいって……それだけですか? 浅見さんだったら、もっと複雑な表現で感動してくださると思ったのですけどねえ」

明子は物足りなさそうに言った。

「いや、その気持ちは分かりますよ。あの新聞記事を見ただけで、片岡さんがどれほどこの人形に感動したかがよく分かっていますからね。しかし僕はボキャブラリーの乏しい男だから、褒め言葉を知らないのです。片岡さんを見たって、美しいぐらいしか言えないのですから。そういえば、たしかにあなたと似て美人ですよ、この人形」

軽口を叩きながら、浅見の視線は竹人形と、箱書の「嘉助」の文字に釘付けになっている。

（なぜ、ここにこの人形があるのか？――）

頭の中で目まぐるしく、さまざまな思いが走り回っていた。

2

事件の転機は思いもよらぬ方角から、しかももっとも不幸な形でもたらされた。

十月八日の夜、奈良岡が殺され、その容疑者として、平石が逮捕されたのである。

福井署に奈良岡から電話で保護を求めてきたのは、午後八時過ぎであった。

「平石という人物が私を殺すと言ってきたので、警備をお願いしたい」

そういう内容であった。

その時、奈良岡は亀津ゴルフ場建設準備会の事務所にいた。

警察の対応は決して素早いものではなかった。この種の通報はそう珍しいものでなく、その多くはガセやいたずらである場合が多いのだ。それに、必ずしも怠慢でなくても、トラブルの内容が民事である可能性が強い場合など、基本的には警察は介入しないのが原則であるから、どうしても立ち遅れがちだ。

しかし、電話を受けてから三十分程度経って、一応、パトカーが奈良岡の指定した事務所に向かった。

現場は福井市の北東の郊外である。よく建築現場などにあるプレハブの飯場のような事務所が、道路から少し入った造成地に、野中の一軒家のように建っている。

パトカーが道路から、砂利を敷き詰めた敷地内に入って、三人の警察官のうちの二人が車を出た。

建物の窓という窓は真っ暗で、一見した感じでは人気がないように思えた。

だが、二人の警察官が建物に近づいた時、ドアがはげしい勢いで内側から開かれ、血相を変えた男が飛び出してきた。

二人の警察官は反射的に行動して、すぐにその男を取り押さえた。男のほうも抵抗する意志はなかったらしい。

「人が、死んでいる！」

男はドアの中を指差して怒鳴った。警察官の一人が男を確保して、もう一人が建物の中に入った。

中は真っ暗で、電気のスイッチがどこにあるのかも分からない。

警察官は懐中電灯で室内を照らした。男が仰向けに倒れていた。胸から夥しい血が流れ、シャツや上着に浸み出して床をぬらしているのが見えた。

パトカーはただちに本署に無線で連絡し、応援を要請した。殺人事件と判断した福井署も、署員を出動させる一方で、県警の応援を求めた。ものの三十分も経たないうちに、現場一帯は百人近い警察官であふれた。

死んでいたのは亀津ゴルフ場建設準備会理事の奈良岡信太、建物から現れた男は北光リサーチ社員、平石吾郎であった。

奈良岡の死因は胸部に受けた、心臓に達する刺し傷によるもので、ほぼ即死状態と思われた。

平石のほうは最初、事件の発見者として事情聴取を受けたのだが、まもなく有力な容疑者として勾留されることになった。その理由はもちろん、奈良岡の通報があったことによるが、それよりも、平石が革の手袋を嵌(は)めていたこと。しかもその手袋が血塗られていたことが決定的な疑惑の根拠となった。

平石の供述によれば、革の手袋をしていたのは職業的な、あるいはファッション的な意図によるものだということであった。つまり、革手袋を着用するのは、べつに防寒の目的だけではなく、探偵業のごくスタンダードなファッションであり、業務を遂行する際には指紋等を残さないために、なるべく手袋を嵌めるよう配慮するのだという。

平石の手——正確には手袋に血が着いていたのは、暗闇で死体に躓(つまず)き、死体の胸に手をついた際、血に触ったためだ、と平石は主張した。じつはその際に、凶器にも触れたらしい。凶器は刃渡りが十五センチほどの小刀だったが、小刀は刺し傷に垂直に刺さっていず、半分ほど抜けかかっていた。

これはしかし、平石側の一方的な主張であって、むしろ平石にとっては不利な状況であることには変わりはない。

警察での取調べは、まず平石が何を目的として現場に行ったかという点を追及した。それに対する平石の供述はつぎのとおりである。

「私は奈良岡さんに呼び出されて、あの事務所に出掛けたのです」

「奈良岡さんの用事は何だったのか?」

「分かりません。会ってから話すということでしたので」

「あんたが事務所に行った時、建物の様子はどうだったのか？」

「建物の窓は真っ暗でした」

「で、あんたはどうした？」

「ひょっとすると奈良岡さんは留守なのかと思いましたので、しばらく外の道路に車を停め、待ってみました。それでもいっこうに帰ってくる様子がないので、一応、建物に近づいてドアをノックしてみましたが応答はありませんでした」

「車で待っていたのは何分ぐらいかね？」

「だいたい十五、六分ぐらいは待っていたと思います」

「そして、あんたはその後、建物に入ったというわけか」

「ええ、ちょっとノブを回してみると、鍵がかかっていなくて、ドアが開きましたので、何となく入ってみたのです。そうしたら、いきなり躓いて、そこに人が倒れているのが分かりました。しかも死んでいるらしいということも……」

「どうして死んでいると思ったのかね？　真っ暗で見えなかったのじゃないのか？」

「暗くても、倒れているのが人間であるぐらいのことは分かります。しかもグニャッとした感触や、そういうことなんかで、死んでいるのじゃないかということもです」

そして驚いて外へ飛び出した時に警官がやってきたのだというのであった。

平石の供述は辻褄が合っているといえばいえるし、反対に、怪しいと思えば思えないこともない。

　何よりも、十五、六分ものあいだ、道路上の車で待機して、建物を眺めていたというところが問題になった。

　というのは、警察が死体を検分した所見によれば、犯行は警察が接触する直前といってもいいような時間にあったと推定されたからである。

　平石は彼の供述どおりだとすれば、少なくとも十五、六分のあいだ現場を監視していたことになる。つまり、その間、事務所は犯人の出入りができない、いわば密室の状態におかれていたということだ。それを平石自身が証明したかたちになった。

　ただし、事務所の裏側にももう一つのドアがあるにはあった。そのドアには外側から南京錠（なんきん）がかけてあったが、平石と入れちがいに、そこから犯人が逃走し、鍵をかけて立ち去ったとも考えられないわけではない。

　とはいえ、それはあくまでも可能性の問題であって、現実には平石が唯一最大の有力な容疑者である状況には、少しも変わりはないのであった。

　何しろ、被害者の奈良岡本人が「平石が殺しに来る」と通報してきているのだ。

　ただし、凶器の小刀は平石のものではなかった。小刀は奈良岡が数日前、護身用にと購入したものであることも、買った店も判明している。もし平石が犯人だとすれば、平石は抵抗する奈良岡の手から小刀を奪って、殺害した――という状況が想定された。

　殺害の動機は？――。

　じつはこの点が平石を不利にしている、有力な状況証拠なのであった。

　奈良岡の妻や奈良岡家に出入りする人々の話によると、平石はかなり以前——この二、三カ月頃から、彼らの言葉を借りると「とてもしつこく」連絡してきていたのだという。それに対して奈良岡は大いに迷惑そうな様子で応対していたという。時には居留守を使ってまで、平石との接触を避けていたフシが見られる。

　しかし、それでも避けきれない場合もあったのか、数度にわたって奈良岡は平石と会っていた形跡がある。

　平石が奈良岡になぜそのように執拗に連絡していたのか、また、会談の内容について、平石は頑として口を開かなかった。

　そういう反抗的な態度が、取調官の心証を害する結果になるのは当然だ。警察はついに、平石を犯行否認のまま逮捕、送検する方針を固めた。

　浅見が平石吾郎の事件を知ったのは、十月九日の朝、テレビのニュースによってである。

　浅見はニュースを見た瞬間、（これはおかしい——）と思った。平石は明らかに何者かにハメられたにちがいない。浅見が東尋坊に誘き出されたのと、まったくそっくりのケースではないか——と思った。

　浅見は九時半になるのを待ち兼ねて、福井中央日報の片岡明子に電話した。

「平石さんが大変なことになりましたね」

　浅見は急き込んで言った。

「ええ、そうですね。びっくりしました」

　びっくりしたと言いながら、浅見の驚愕ぶりとは対照的に、明子はむしろ落ち着いた声音のようですらあった。そのことに浅見はまた驚いた。

「あなたはあまり意外そうじゃないのですね？」

「ええ、だって、平石さんならやりかねないかな、とか思っていましたから」

「違う！」

浅見は思わず怒鳴った。

「えっ？」

明子は脅えた声を出した。

「いや、違うのです、違いますよそれは」

浅見は反省して、今度は情けないような口調になった。

「平石さんは犯人なんかじゃないのです。あの人はそんな人じゃありませんよ」

「そうでしょうか？」

「そうですとも」

「でも、いろいろな情報が入ってきてますけれど、みんな平石さんの犯行だみたいな感じしかありませんよ」

「だから……だからですね、それがおかしいのです。何かがおかしい」

「何かって、何なのですか？」

「それを知りたいのです。なぜそんなことになっているのか……をです。いま、僕はテレビを見ただけで、何がどうなっているのかさっぱり分かりません。いずれ警察に行ってみるつもりではいますが、その前に、平石さんが過去にどういうことをやっていたのか。つまり、福井中央日報の社会部記者時代にですね、何をしていたのか、なぜ辞めるようなことになったのか、はっきりしたことを知りたいのです。それであなたに協力していただきたい。いいですね？」

「え？　ええ、それは、たぶん……」

明子は浅見のはげしい剣幕に恐れをなしたように、しどろもどろに答えた。

3

平石が福井中央日報の記者時代に何をやっていたのかは、平石のかつての同僚の口から、比較的正確に聞くことができた。

片岡明子が浅見に紹介してくれたのは、安永（やすなが）という平石とは同期の男で、平石が汚職事件のネタを掴んできてから、社の幹部による揉み消しにあって退社するまでの経緯を、ある程度の義憤を感じながら見続けていた人物であった。

「私は平石が苦境に立たされ、孤立無援の状態でいるのに対して、何もしてやれなかったダメな男でした」

安永はそう言って唇を噛んだ。同席している明子は、そういう安永を見て、目を丸くした。安永とは日頃、軽口を交わす程度の付き合いである。仕事に関してはベテランだけれども、女房や息子の自慢ばかりするスケベで軽薄な人間――ぐらいにしか思っていなかった。

その安永が浅見の質問に対して、真剣に応じている。浅見の質問は鋭く核心を衝き、時には喧嘩腰のように迫ることさえあった。

安永のほうも、それに怯（ひる）むことなく、知らないことについては知らないと突っぱね、知っていることについては、過去を想起しながらトコトンまで答える。

そういう激しいやりとりを傍観しながら、明子は次第しだいに、平石に対して抱いていたイメージがいかに表面的でとおりいっぺんで、悪意に満ちた世評を鵜呑みにしているようなものであったか——を思い知ることになった。

平石こそはジャーナリズムの世界に生きるべくして生まれたような男だったのだ。記者魂というようなものがあるとすれば、平石はまさに記者魂の権化だったにちがいない。それだけに挫折のショックも大きく、彼の情熱を支えていたバックボーンが文字どおり、折れたのかもしれない。

平石が記者時代に汚職事件を取材していたことは、安永の話からほぼ分かった。その汚職事件の内容は織物業界の不況に対して国庫から醵出された、融資資金の流用と着服をめぐる疑獄事件であることは、すでに東京の新聞によってスクープされ、事件そのものは検察の手による処理段階に入っている。

平石は口をつぐんでいたが、今回、平石が追っていたのはそれとは違う次元の、新しい事件——たぶん越前大観音堂建立にからむ不正事件——だと浅見は思っている。それも、海原と組んで、北光リサーチという探偵社を構えての追及だったはずだ。

その「新しい事件」については、さすがの安永もまったく関知していないということであった。

「そうですか、平石はまた何か摑んでいたのですか……」

安永記者は、組織の援護もなしに次からつぎへと事件にのめり込んでゆく、平石のエネルギーや根性や才能に、心底、敬服し、あるいは嫉妬しているかのようにさえ見えた。

「すると、今度の事件は、その取材が行き過ぎた結果の暴走だったのでしょうか」

「いや、僕はそれは違うような気がしてならないのです」

浅見は否定した。

「理由は……どう違うのかはまだ分かりませんが、平石さんがそういう愚行をするような人だとは思いません。いや、思いたくないと言ったほうがいいのかもしれない。正直、僕は平石さんという人物が好きなのです。だから……」

浅見は言いかけた言葉を中断した。

「ところで、殺された奈良岡さんという人ですが、あの人の経歴や現在の職業などについての資料を拝見できませんか」

「いいですよ」

安永はすぐに資料を、それもコピーまで取って持ってきてくれた。やや不鮮明ではあったが、写真までついている。

浅見の目はすぐに、資料の中のある一点を捉えた。奈良岡は農業委員でもあったのだ。その瞬間に、浅見には事件の背景がおぼろげながら見えてきた。

浅見のような都会の人間はほとんど知らない世界だが、農地を道路や宅地など、他の目的に転用することは、農地法によってきびしく規制されている。原則的にいえば、土地所有者自身が家を建てるためだとか、国家または都道府県が買収するような特別な場合を除くと、農地転用はかなりの困難を伴う。

一般に、農地の転用や権利移動——つまり転売などをするにあたっては、農業委員会という団体の承認を得なければならない。農業委員会は、選挙によって選出される者（十ないし三十名）と、市町村長によって選任される農協代表、学識経験者（五名以内）で構成される。

　この人たちは農地が不当に売却されたり、農業以外の用途に転用されるのを防ぐ、いわば「お目付役」なのだが、それと同時に当然のことながら、許認可制度につきものの利権の保有者でもあるわけだ。

　そこに不正行為の生じる背景があり、現に越前大観音堂建立にあたっても、農業委員会の同意を得るため、多額の金が動いた。委員一人あたり数十万円から、中には数百万といわれるケースもあるらしい。

「奈良岡さんが理事を務めていた亀津ゴルフ場建設計画については、何かトラブルはなかったのでしょうか？」

　浅見はさり気ない口調で訊いた。

「そうですねえ、現在までのところ、大きなトラブルがあるようなことは聞いておりませんが」

　安永は答えた。

「しかし、ああいう事件が発生したところを見ると、われわれの関知していない水面下では、何か問題が生じているのかもしれません。平石はそれをキャッチして、それで奈良岡さんに接触していたことは充分、考えられますね。それを知らなかったのは、われわれサラリーマン化したブンヤの怠慢なのかもしれません」

　安永はまたしても慚愧にたえん――という顔になった。

　浅見はそういう安永を慰めるように、丁重に礼を述べて、席を立った。

社の玄関まで片岡明子が送って出た。

「浅見さんや安永の話を聞いていて、いろいろ考えさせられました」

明子はしょんぼりして、言った。

「私なんか、いっぱしのジャーナリストみたいな気になっているけど、まだまだ子供なんだなって、そんなふうに思えて……」

「何を言っているんですか」

浅見は笑った。

「あなたは純粋ですよ。その純粋さが失われないかぎり、あなたは優秀なジャーナリストであることに変わりはありませんよ。平石さんにだってひけを取らないほどのね」

「お世辞でも、そんなふうに言ってくださると、いくらか気分がよくなりますけど、でも、なんだか眼からウロコが落ちるっていうんですか、そういう感じになっていることだけはたしかです」

「そう、それはよかったですね」

浅見は優しい目で明子を見つめてから、一転、真顔に戻って、言った。

「ひとつ、どうしても分からないことがあるのです」

「は？」

「平石さんが逮捕されたというのに、北光リサーチの海原所長はいったいどうしちゃったのでしょうか？　そのことがね、どうも疑問です」

「あ、そういえばそうですよね。すぐにでも警察に出頭して、平石さんの潔白を証明するとかしそうなものですよね」

「もし何か、海原さんについての情報が入ったら、僕のほうにも教えてくれませんか。さっきの安永さんにもお願いしておいてください」

「分かりました。浅見さんのために何かお役に立てるなら、私だって嬉しいですから」

「いや、僕のためというより、平石さんのためにですよ」

浅見はソアラに乗り込むと、最後にもう一度笑って、明子に手を振った。

浅見はそこからまっすぐ福井署に向かった。平石は、奈良岡に執拗に接触していた目的が何か、警察に対して頑強に黙秘を続けているという。その点を浅見は平石の口から聞き出せないものかと思った。

それともうひとつ、明子にも言ったことだが、北光リサーチの海原はどうしたのかもまた、平石に確かめなければならない疑問だ。

福井署では浅見の名前は通用しないが、しかし、幸いなことに、受付の前で福井県警捜査一課の和田刑事とバッタリ顔があった。和田も奈良岡信太殺害事件捜査本部に参加していたというわけだ。

捜査本部といっても、すでに有力容疑者が確保された状況では、ほとんど活動らしきものはしていないらしい。

「あれはどうも、平石の仕事のようですな」

和田は苦々しい顔をして言った。平石とは知らない仲ではない。ことに先日のちょっとしたカーチェイスでは、浅見や片岡明子と協力して、平石の身柄を保護する作戦に参加までしているのだ。

「なんだって、あんなばかなことをしちまったのかねえ……」

頭を抱えんばかりであった。

「平石さんの犯行と決まったわけじゃないでしょう」

浅見は和田を詰った。

「いや、だめですな。あそこまで証拠が揃っていちゃ、確実に逮捕、起訴に持っていきますよ」

「しかし、動機は何ですか？　それもはっきりしない段階で、どうしてそう断定的なことを言えるのです？」

「だって、あの野郎が何も言わないのですからね。きっと喋ればもっと心証を害するような動機を持っているのでしょうよ」

「そんなこと……」

浅見は溜め息をついた。

「とにかく平石さんに会わせてもらえませんか。僕だったら、何か聞き出せるかもしれません」

「警察にも喋らないことを浅見さんに喋るとは思えませんがなあ」

それでも和田は平石との面会ができるように取り計らってくれた。

「もうじき検事さんが来ますからね、急いでくださいよ」

送検されてからでは遅すぎる。浅見は署内を走るようにして、留置場へ行った。

「あ、浅見さん……」

平石はげっそりしたような顔で、鉄格子の向こうから言った。

「時間がありません、要点だけを教えてください」

浅見は早口で言った。

平石は戸惑った表情を見せたが、決心をつけたという目で、大きく頷いた。

「質問は三つです。一つは、海原さんはどこにいるのですか？　平石さんのピンチだというのに、なぜ現れないのですか？」

「所長の居場所は私にも分かりません。それは事実です」

「しかし、平石さんがこんな目に遭っているのに、なぜ現れないのですかねえ？」

「何かの事情があって、どこかに潜伏しているのだと思うのですが」

　平石は苦渋に満ちた顔をした。

「質問の二つ目は、奈良岡さんを訪ねた理由は何だったのか、です」

　平石は警察官のほうをチラッと見た。浅見は鉄格子に口を突っ込むようにして、平石の耳に囁（ささや）いた。

「奈良岡さんは、越前大観音堂の農地転用に関する不正と汚職を暴露する資料を持っていたはずですが」

「えっ……」

　平石は思わず身をのけ反らせて、驚きを全身で表現した。一瞬、信じられないように浅見を睨んだ眼に、やがてかぎりない尊敬と信頼の色が宿った。

「浅見さんの言うとおりです。奈良岡さんは電話で、その資料を渡したいと言ってきたのです。以前から奈良岡さんに接触して、資料を見せてくれるように頼んでいたもんで、一も二もなくすっ飛んで行きました」

「その電話ですが、間違いなく奈良岡さんでしたか？」

「いや、それなのですが、後になって考えると、はたして奈良岡さんだったかどうか、確信が持てないのです。現場の事務所を訪ねたときも、電気が消えて真っ暗だったし、ひょっとすると一杯食わされたかなと思って、事務所の前でしばらく様子を窺っていたのですが……」

「警察にも、奈良岡さんから、平石さんに殺されるという電話が入っているそうです」

「それは聞きました。だから、やはりあれは偽電話だったのでしょう。まったく、簡単に引っ掛かったもんです」

平石は自嘲したが、偽電話に簡単にひっかかったのは浅見も同様だ。

「奈良岡さんが資料を渡してくれなかった理由は聞きましたか？」

「聞きました。要するに、仁義だとか信義の問題なのでしょう。最後の最後まで、相手方の誠意を信じたいと言ってましたよ」

「僕にも似たようなことを言われました。今度のようなことになる危険性があるのではと言ったのですが、不正を暴露する資料があるかぎりは大丈夫だと……そうそう、万一のことがあれば、自動的に一ヵ月後には資料が公開されるとも言われてました」

「それは私も聞きました。十一月十五日になれば、すべては公衆の面前に晒されると」

「十一月十五日、ですか……なぜその日なのですかね？」

「分かりません」

平石は首を横に振った。

十一月十五日は、越前大観音堂の落慶法要から、ちょうど一ヵ月後である。そのことに何か意味があるのだろうか？

しばらく沈黙がつづいた。しかし無駄に時間を過ごすわけにはいかない。浅見は最後の質問をした。

「平石さんは、どこで奈良岡さんからの呼び出し電話を受けたのですか？」

「えっ？……」

平石は面くらったような顔をした。浅見にそのことを訊かれるとは思っていなかったらしい。

「平石さんは北光リサーチの事務所にもアパートにもずっといなかったでしょう。僕は何度も電話をかけたり、訪ねて行ったりしたし、ビルの人に北光リサーチの人を見掛けたら知らせてくれるよう頼んであったのです。にもかかわらず、奈良岡さんはどうして連絡をつけたのか、不思議に思いましてね。いったい、平石さんはどこにいたのですか？」

「あっ……」

平石は明らかに顔色を変えた。

「たしかに妙ですね。奈良岡さんが私の居場所を知っているはずはないのです」

「じゃあ、知っていたのは誰なのですか？」

「それは……うちの所長だけです」

「海原さん、ですか」

「私がいたのは、市内の古いアパートの一室でしてね。所長がそこを借りて、二人だけが知っている秘密のアジトとして使っていたのです」

「そのアジトや電話番号を知っている人物は、間違いなくほかにはいないのですね？」

「そのはずですが……」

平石は自信を喪失したように、眉をひそめ、天井を仰いだ。

「それなのに、奈良岡さんから電話があったとき、おかしいとは思いませんでしたか」

「そのときは、所長が教えたのかと考えたのかもしれません。しかし、たとえ誰であろうと、教えないのが原則だったのだから、所長が教えるはずがない。たしかにおかしかったですね」

「海原さんが平石さんを裏切るということはあり得ませんか?」

「まさか……」

　平石は笑い出しそうに言った。海原に対する信頼感は強烈なものがあるようだ。

「このあいだ、事務所にいるとき、海原さんから呼び出しの電話があって出掛けましたね。あれはいったい何だったのですか?」

「ああ、あれですか……」

　平石の笑顔がしかめっ面に変わった。

「こういう場合だから正直に言いますが、あれは浅見さんたちをまくために所長が仕組んだ、芝居だったのですよ。私まで騙されましたがね」

「僕たちをまくため……どうしてそんなことをしなければならなかったのですか?」

「得体のしれないルポライターが介入するのは、あまり望ましくないと言ってました」

「なるほど……」

　浅見は溜め息をついてから、言った。

「警察の事情聴取に対して、平石さんは肝心のこととなると黙秘するそうじゃありませんか。それで心証を悪くして、このままだと逮捕、起訴は必至ですよ。海原さんのことや、越前大観音堂の不正を暴く資料を追いかけていたことを、なぜ黙っているのですか?」

　浅見は平石の頑固さに焦れて、つい語調が強くなった。

「そういう契約ですからね」

「契約？　というと、海原さんとの契約のことを言っているのですか？」

「そうです。何が起ころうと、所長との契約を破るわけにはいかない」

「それも奈良岡さんの場合と同様、信義の問題ですか」

「そのとおりです」

平石は昂然（こうぜん）と眉を上げて言い放った。

その時、留置場に数人の男たちが入ってきた。和田刑事が先頭に立っている。

「面会はそこまでにしてください。これから検事さんが事情聴取をします」

「はい」

浅見は素直に頷いてから、平石の目をじっと見て、言った。

「これまでどおりの方針を続けてください。僕が必ずあなたを助け出しますからね」

「信じていますよ」

平石ははじめて心の底から、ニッコリと笑った。

検事は若い男だった。浅見と平石が何やら黙契のような言葉を交わしたのが不愉快だったらしい。

「何なの、このひと？」

浅見に向けて顎をしゃくり、和田刑事に訊いている。

「すみません、どうしても会わせてくれってきかないものですので」

和田は平謝りに謝るだけで、面会の理由や浅見の素姓を言わなかった。

4

平石の言っていたことが、彼の単なる思い込みや錯覚でないとすると、秘密のアジトを知っている人間は平石のほかには海原一人しかいない。しかも、海原が信頼するに足る人物であるなら、アジトの電話番号を探り当てていた、第三の人物が存在することになる。そして、その人間あるいは組織が奈良岡を殺害し、平石を容疑者に仕立てた。

犯人（グループ）が海原と平石の秘密のアジトを、電話番号ごと突き止めていたとすると、彼らの調査能力はかなりのものがあると考えなければならない。海原はもちろんのこと、平石だってなみの素人なんかではない。たえず身辺に気を配り、ウカウカと尾行されるようなヘマはしないはずだ。それを上回る能力を持つ連中となると、これは手強い。

野地を殺した手口といい、今度の犯行といい、やることは凶悪で、いかにもヤクザの仕業のようにも思えるけれど、そういった調査能力や偽電話を仕組んだりするのは、ただの暴力団のやりくちとは違うような気がしてならない。笠松組が何ほどのものかしらないが、よほど謀略に長けた策士でもいなければ、ここまでややこしい犯行計画は練らないだろう。

浅見の脳裏には「海原」の名前がどうしても浮かんできてしまう。盟友の平石が危機に陥っているというのに、連絡ひとつしないでいる海原に対して、得体のしれない疑惑を拭うことができない。

福井県警刑事部捜査二課をドロップアウトし

た元警部補——という経歴なら、捜査の手口を裏の裏まで知り尽くしていても不思議はない。そのまた裏をかくぐらいは、いともたやすいことにちがいない。北光リサーチの表看板を掲げながら、じつは海原は笠松組と結んでいるのではないだろうか——。

それはともかくとして、奈良岡が平石に言ったという「十一月十五日」とは、いったいどういう意味を持っているのだろう。

「十一月十五日か……」

なんとなく記憶にある日付なのである。警察の駐車場に置いてあったソアラに乗ってからも、そう呟くほど、そのことに心を囚われていた。

そのうちに、「あっ」と思いつくことがあった。

(そうか、十一月十五日はあの日だ——)

あまりのばかばかしさに、浅見は一人で声を出して笑ってしまった。

前にも述べたことだが、二年前の十一月十四日は、高崎でスピード違反の取り締まり——ネズミ取りにひっかかった、胸くその悪い日だ。その翌日、つまり十一月十五日は軽井沢に住む推理作家の誕生日で、泊りがけでバースデーパーティーに向かう途中の出来事だった。あのネクラの作家が、その日だけは、「全国的におれさまの誕生日を祝ってくれるのだ」などと威張りくさるのがおかしい。なに、十一月十五日は単に七五三だから——というだけの話なのだ。

そのことを思い出して大笑いしたあとで、しかし——と浅見は考え直した。

十一月十五日には、それとは違う意味があるという記憶のようなものが、気持ちのどこかに引っ掛かっているのである。

(何かある――)

いますぐにでも思い出せそうで、思い出せない。浅見は背筋が痒くなるような焦燥感にかられた。

第一、十一月十五日どころではない。ひと月も手前の十月十五日が目前に迫っているのだった。十月十五日には越前大観音堂の落慶法要が執り行なわれる。同時に、越前竹人形も展示されるわけだ。

大観音堂にしろ、竹人形にしろ、贋物が着々と既成事実を積み上げ、やがて押しも押されもしない「本物」としての地位を築き上げてゆくのを、指を銜えて眺めていなければならないのだろうか――。

さらに、それに先立って、明日、十日には『えちぜん』の女将が、浅見家にいやがらせにやってくる。

三りんぼう、四面楚歌、八方塞がり……。古人はうまいことを言ったものだ。浅見は感心しながら、車の中で腕組みをして、目を閉じ、頭脳細胞のありったけをフルに活動させた。

どこかに活路があるはずだ。

これまで得たデータを集約し、組み合わせれば、どこかに事件解決の糸口が見つかるはずだ。

何かを見ていながら、それを見過ごしているのではないのか――。

浅見は記憶のフィルムをひとコマひとコマ、ゆっくりと再現していった。

未解決のまま通り過ぎている部分は、まるで未現像のフィルムを見るように空白になっている。

浅見を東尋坊に誘き出した人物は誰か？
海原はなぜ平石を見殺しにしているのか？
それすらも、平石は「契約」だからと言い甘んじて耐えようとしているのはなぜか？
奈良岡はなぜ十一月十五日と言ったのか？

そのほかにもまだ、さまざまな疑問点が、そのままになっているような気がする。しかし、とりあえずはこの三つの点が最大の疑問点といってよかった。

浅見はハンドルを前にして、まるで座禅でも組むように両の手を絡み合わせ、思索に沈んだ。

長い長い時間が経過していった。近くを通り過ぎる警察官たちが、胡散臭そうな目で覗いてゆくが、浅見は気がつかないから、いっこうに平気だ。

闇の中から、ぼんやりとした明かりが見えてくる。その明かりはやがておぼろげな形を成し、動きはじめる。

（そうか、活路はあるかもしれない——）

浅見は目を見開いた。

エンジンをかけ、車をスタートさせた。最寄りの公衆電話ボックスに入った。テレフォンカードを使って、警察庁刑事局長室に長い電話をかけた。

5

十月十日、浅見家を『えちぜん』の女将が越前竹人形を持って訪れた。

わざと濃いめに白粉を塗りたくり、ことさらに派手な着物を着て、これみよがしに白いベンツで乗りつけた。

お手伝いの須美子（すみこ）がびっくりして、玄関先での挨拶も忘れるほどの相手であった。

女将は応接室に通され、不遠慮な視線を壁の絵に注ぎ、「これ、贋物だんな」などと須美子をからかうように言った。

「あんなひと、追い返しましょうか」

須美子は雪江未亡人にお伺いを立てた。

「いいのよ、お会いします」

雪江は落ち着いて、客とは対照的に地味な和服に着替え、応接室に現れた。

女と女の対決は、ただでさえ火花が散るほどだが、七十歳を超えた老女同士の一騎打ちともなると、魔女対魔女の化かしあいに匹敵する迫力がある。

「何か結構なお品をお持ちになったとか、うかがっておりますが？」

とおりいっぺんの挨拶を交わして、雪江は眼鏡越しに冷ややかな微笑を送りながら、言った。

「はい、アー様から頂戴いたしましたものを、この際、奥様にお返しいたしとうて、参りました」

「ほほほ、アー様というのは、わたくしの亡くなったつれあいのことでしょうか？」

「はい、わたしらは、いつもアー様アー様いうて、甘えさせてもろとりましたさかい、いまだに懐かしゅうて、そないなふうに……かましへんでっしゃろか？」

「ええ、ええ、いっこうに構いませんわよ。でもご商売のためとはいえ、ずいぶん艶っぽい呼び方をなさるのね」

「いいええ、奥様の前やけど、商売っ気とはちごうおまっせ。わては、しんそこアー様には惚れさせていただきました。アー様かて、心底からおまえが好きや、などとお言いはってからに……あら、こないなこと言うたら、奥様、お気ィ悪うなさりますやろな。わたしとしたことが、しょうもないことを言うてしもてからに、ほほほ……」

　女将は白粉がひび割れそうに、大口を開けて笑った。

「おやおや」

　雪江は冷然と言った。

「それはまあお気の毒に。あなたで四人目ですのよ」

「は？……」

　女将はキョトンとした目になった。

「いいえね、そういうお上手を言うのが主人の趣味だったのでしょうかしら。あちこちで同じようなことをケロリと言ってのけておりましたそうなの。主人が亡くなってから、そういう方が何人も出て参りましてね。皆さんおノロケをおっしゃるのだけれど、それが全部同じ内容なものですから、それはそれはおかしくて……」

「そうかて……」

　女将はムキになった。これは勝手が違うと思ったらしい。瀬木山や和村の話によると、浅見未亡人は潔癖な女だから、亭主の昔の浮気話を持ち出せば、それこそ烈火のごとく怒り狂い、卒倒もしかねない――というはずであったのだ。

　考えてみると、手違いはそれ以前に遡る。瀬木山と和村の話では、浅見家に人形を持って行く前に、刑事局長のほうから差し止めるよう懇請されるから、浅見家訪問は実現しないだろう――ということになっていたのである。ところがその「差し止め」がないまま、約束の十月十日がきてしまった。和村に「どないしまひょ?」と訊くと、いまさら引っ込みがつかないから、行って、浅見家にひと騒動起こしてやれ、という檄を飛ばされた。礼はたっぷりするということだし、断るわけにもいかないし、まあこれも一興やろか——と思って出掛けてみたのだが、なんとなくアテが外れそうな雰囲気になってきた。

「そうかて、わてのところには、こないな結構な品までくれはって。アー様はこれは女房には内緒やと……」

女将は焦って、震える手で風呂敷包みを解きはじめた。中から桐の箱が現れ、十文字にかかった紐を解き箱の蓋を取ると、和紙にくるまれたものが出てきた。

「これ、越前竹人形ですねん」

「まあ、これが有名な越前竹人形ですの。ほんと、美しいお人形ですこと」

雪江は背を反らすようにして、竹人形を眺めた。

「ほんま、よろしゅうおすやろ。こげな立派なものを頂戴するやなんて、わては女冥利につきましたんえ」

女将はようやく態勢を立て直し、勝ち誇ったように言った。

「ほんとうね、あなたはお幸せな方なのよ。それに、わざわざこうして主人の形見のような品をお持ち下さって、ありがとう。お礼を言います」

雪江は軽く一礼して、脇に用意してあった紙包みを差し出した。

「これはわたくしのほんの気持ちばかりのものです。十万円入っております。些少ですが、お受け取りになって。もし不足でしたら、あとで請求書を送ってくださいな」

「そんな……不足やなんて……」

女将は絶句した。思いもよらぬ展開であった。

「それと、これは領収書。形式ばってご不快かもしれないけれど、一応はね、お書きくださいな」

テーブルの上にボールペンを添えてスーッと出されて、ほとんど反射的に女将はサインをしてしまった。

「商談」が完了すると、雪江は絹の手袋を嵌めて、指紋を消さないように注意しながら、人形を桐の箱に仕舞い、元どおりに風呂敷で包んだ。

（なぜあんなに用心深く扱わなあかんのやろ？――）

その様子を、女将は不思議そうに眺めていた。

「ほほほ、ほんとうにあなたとはなんだか他人のような気がしませんことね」

雪江未亡人は作業を終えると、高らかに笑って、スッと立ち上がった。瞬間、女将は雪江を見上げるかたちになった。とてつもなく卑屈な想いが、女将を惨めにした。

しかし、不愉快な気分ということでは、雪江の側にしたって、『えちぜん』の女将と同じ程度のものがあったのだ。息子たちに芝居を頼まれたから、しぶしぶ引き受けたようなものの、「アー様」の連発を聞かされている時は、はらわたが煮えくり返るような気持ちであった。

「須美子さん、お玄関にお塩をたっぷり撒いておきなさい」

女将が引き上げたあと、雪江は甲高い声で叫んだ。

「それから、このお人形は大事な証拠物件だそうですから、陽一郎さんの書斎に仕舞っておいてちょうだいな」

風呂敷包みを見下ろすようにして、言った。


浅見家を『えちぜん』の女将が訪ねたのと同じ日に、浅見は片岡明子の案内で、武生の江島家を訪問した。車は浅見のソアラではなく、北越テレビの社旗を立てた社用車である。浅見は「北越テレビ制作局プロデューサー本田政男」の名刺を用意してきた。車も運転手も本物で、こちらはすべて、藤田の父親の協力によるものだ。

「突然訪ねて行って、大丈夫かしら」

明子は心配した。真正越前竹人形を見せられてから、明子の江島に対する尊敬の念は、動かしがたいものになっている。

「突然がいいのですよ」

浅見は言った。

「でも、失礼になりませんか。あの先生、芸術家肌のデリケートな人だから、会わないっておっしゃるかもしれない」

「だからあなたに来てもらったんです。あなたなら先生のお気に入りだから、怒られることはないでしょう」

「まさか……」

明子は苦笑した。

山裾の疎林の中にある江島家が近づいたとき、大型のベンツが向こうからやって来た。狭い道だ。こっちの車は路肩に乗り上げるようにして停まり、ベンツをやり過ごした。

「あれ？」と浅見は振り返った。

「いまのは笠松組のベンツですね。運転していたやつも、このあいだの男だ」

「えっ、そうなんですか？」

明子は気づかなかったらしい。

この道は山に突き当たるように行き止まりである。この先、江島家の周辺には民家は一軒もない。ベンツは江島家からの帰りと考えるしかなさそうだ。

「江島氏と笠松組か……なるほど、和村氏も笠松組と繋がっているのだから、それほど意外というわけでもないですね」

「でも、あの美しい人形を作る江島さんが、暴力団と関係しているなんて……」

明子は信じられない――というように、首を振った。

車が停まる音を聞きつけたとみえ、玄関のドアを開けて江島徳三が出迎えた。仕事着なのか、それとも普段着なのか、たっつけ袴(ばかま)のような恰好をして、革製のちゃんちゃんこを着ている。そういう姿をすると、いかにも工芸家らしい風格が備わる。

「やあ、あんたでしたか」

江島はかすかに眉をひそめたが、明子の顔を見ると、愛想を言った。しかし上がれと勧める気はなさそうだ。

「おたくの新聞では、いろいろお世話になって、感謝しておりますよ。で、今日はまた何か？」

浅見に視線を移して、訊いた。

「あの、こちら北越テレビさんです」

明子の紹介をきっかけに、浅見は「本田政男」

の名刺を差し出した。

「江島先生の真正越前竹人形を、ぜひ取材させていただきたいのです」

「ほう、そうでしたか」

江島はご機嫌な笑顔になった。よほど名誉欲が強い人間らしい。

「テレビに取材してもらうのは、こっちとしても願ってもないことやが、しかし、それやったら、十四日に越前大観音堂に来てもろたほうがよろしいな。人形もきちんと展示することになっとるし。それに、今日はちょっとゴタゴタしよるし」

「あ、ご来客ですか？」

浅見は土間にある上等の革靴を指差して言った。

「ん？　ああ、そういうことです」

「そういえば、いまそこで笠松組のベンツと擦れ違いましたが、お客さんというのは組関係の方ですか？」

「えっ、まさかあんた、とんでもない。違いますがな」

江島はうろたえぎみに否定した。

「私はそういう方面との付き合いはありまへんで。おたくさん、勘違いしてもろたら困りますなあ」

「すみません、失礼なことを言いました」

浅見はばか丁寧に頭を下げた。

「あんた、えーと、本田さんいうたか……あんたとはどこぞで会いませんでしたか？」

江島は浅見の顔と名刺を見比べるようにして、訊いた。

「いいえ、先生とお目にかかるのは今日がはじめてですが」

　それは事実だ。

「そうでしたかなあ……」

　江島はしきりに首をひねっている。浅見は何となく化けの皮が剝がされそうな予感がしてきた。

「それでは十四日、越前大観音堂のほうでよろしくお願いします」

　そそくさと挨拶をして、江島家を出た。

　車が走りだすと、浅見は「気がつきましたか？」と明子に言った。

「何にですか？」

「玄関の中に、原材料の竹が立て掛けてあったでしょう」

「ええ」

「その中に、輸入されたものがありましたが、同じラベルを貼ったものが野地さんの家にもあったのです」

「それが何か？」

「じつはですね、僕が二度目に野地家を訪ねたとき——つまり、野地さんが殺された事件の後ですが、そのとき、輸入材の数量が減っていたのですよ」

「えっ、ほんとですか？　じゃあ、江島さんが持って来たのかしら？」

「そうかもしれません。しかし、だとすると、江島氏はいったいいつ、竹を運んだのですかね？」

「それはもちろん、事件の直前じゃないのかしら？」

「いや、江島氏はここ半月ばかり、野地さんのところには行ってないそうです」

「じゃあ、事件の後っていうことですか?」

「事件後は、野地家は立ち入り禁止になっています。そこに入ったとなると、警察は黙っていないでしょう」

「そうですねえ。だけど、あんな材料はいくらでもあるのでしょう? 江島さんのところの竹が、野地さんのところにあったものだとはかぎりませんよ。野地さんのところの材料が減っていたのは、野地さんが使ったからじゃないですか」

「なるほど、それもそうですね。しかし、野地さんはその材料で何を作ったのかなあ? あそこには、これといった製品はなかったけど」

「…………」

明子は不安そうな顔をして、黙ってしまった。越前竹人形の名人が、殺人事件に関係しているなどということがあったら、取材した記者として、やり切れないにちがいない。

浅見は運転手に言って、武生警察署に寄ってもらってそこで車を降り、片岡明子と別れた。

あらかじめ電話で知らせておいたので、木本部長刑事は待機していてくれた。

「江島と本瀬のアリバイは再度確認しました」

応接室に入るなり、木本は言った。

「そうでしたか……」

浅見は正直に、残念そうな声を出した。

「彼らはどこにいたのですか?」

「越前大観音堂です。武生での仕事を済ませてから大観音堂に行き、午後八時から夜中の一時近くまで、そこで竹人形の展示をする準備をしていたそうです」

野地が殺されたのは、かなり幅を見ても午後十一時から午前一時までのあいだである。県北の亀津町から県南といっていい今庄町まで、どう急いでも一時間はかかるから、犯行は不可能だ。

「アリバイの裏付けは確かなのでしょうね」

「もちろんです」

木本は少し気分を害したように、唇を尖らせた。

「それにしても浅見さん、江島と本瀬に、何か疑わしい点があるのですか？」

「いえ、そういうわけじゃありませんが……ところで、このあいだ野地家で採集したゴミの分析結果はまだ出ませんか？」

「はあ、まだ連絡がありません。もう間もなく連絡があると思いますが」

木本は時計を見た。試料は東京の科学警察研究所に持ち込んである。散らかり放題に散らかっていた野地家の中で、なぜ一カ所だけ、仕事場の中央に掃除機をかけてあったのか——それが気になっている。もっとも、掃除機をかけただけに、細かい埃も吸い取られていて、はたして証拠になるような物質が採取できたかどうかは疑問だった。

「あのゴミから、何か出るのでしょうか？」

木本はいくぶん憂鬱そうに言った。警察が等閑視した材料を、素人の浅見に指摘されたのは、あまり嬉しくないのだ。

「出ますよ、きっと」

浅見は願望を込めて、力強く断言した。

その直後、県警の鑑識から連絡が入った。浅見の思ったとおりの結果だった。

「コカインだそうです」

駆け足で部屋に戻ってきた木本は、興奮して、むしろ青白い顔になっている。

「ごく微量だったもんで、分析に手間取ったそうですが、純度の高いコカインであることは間違いないようです」

「やはりそうでしたか」

浅見はそれほど驚きはしなかった。そのことが木本にはまた驚きだったようだ。

「いま、四課のスタッフがこっちに向かっています。麻薬と暴力団がらみの事件だと分かって、県警本部は緊張しているようです。いや、こっちも大変なことになります」

「えっ、そんな騒ぎになっているのですか。まずいですよ、それは」

浅見は当惑した。

「いや、浅見さんに言われたとおり、隠密裡に調べてもらいたいと先方には伝えてあったのですが、なにしろコカインが出たもんで、そうもいかなかったみたいです」

「そうですか、仕方ありませんね……」

浅見は頷きながら、何かよからぬことが起きそうな、胸騒ぎがしてならなかった。

6

十月十四日、越前大観音堂は落慶法要を明日に控えて、最後の準備作業に追われていた。セレモニーの中心人物である和村誠は自ら陣頭指揮に当たり、駐車場から参道、土産物店の端々にまで気を配っては、不備な点が少しでもあれば、出入業者や担当者どころか会社の重役たちまでも怒鳴りつけている。

午後になると、雇われ僧侶たちも京都、奈良から続々とやって来た。和村としては、今夜半から明日の夜中まで、二十四時間ぶっ通しで経文を唱え続けさせるつもりだ。交代要員を含め、六十人の僧侶が入ってくる予定になっている。

参列者もかなりの数が見込まれた。県外からの主だった招待客だけで二百名。その約半数が福井市をはじめ、近辺のホテル、旅館に分宿し、これまた今夜半から入れ替わりたち替わり、式典に参会する。

客の中にはもちろん瀬木山代議士もいた。瀬木山の親分であり、次期総理候補と目される派閥の領袖も、明日は参会してくれる手筈になっていた。

五重塔から大観音堂へつづく回廊には、ガラス張りのショーケースがあって、そこには三体の越前竹人形が陳列されてある。

越前大観音堂の巨大さの中に、この繊細な竹人形が存在することは、違和感があって当然なようでいて、むしろ、そこを通過する者にとっては、不思議な安らぎにも似た気分を与えるのであった。

この越前竹人形の展示については、『福井中央日報』で大々的に宣伝している。もちろん片岡明子が書いた紹介記事のパブリシティ効果も絶大なものがあった。

展示ケースの脇のパネルには明子が書いたのと同様の、真正越前竹人形がついに世に出たことへの紹介と讃辞が掲げてある。ここにある越前竹人形こそが、かの水上勉氏の名作『越前竹人形』に描かれた、本家本元の越前竹人形であること。作者の江島徳三が八年の歳月、心血を傾け尽くして完成させた、たぐい稀な工芸美術品としての風格を備えた作品であること——等々が書き記されてあった。

もっとも、そういう讃辞を読まなくとも、竹人形の美しさ高貴さは、観る人々を魅了してあまりあるものがあった。

通りすがりに何気なく目を留めた人が、思わず「ほうっ」と嘆声を発することも少なくなかったのである。その一瞬は、ことによると本来の目的である越前大観音を観にきたことすら忘れさせたかもしれない。

それほどに人々は竹人形に惹きつけられたのだ。

江島徳三は午前中から時折、竹人形の前に立っては、客の求めに応じて作者としての苦心談や、越前竹人形のよってきたるところを説明したりしていた。まさに江島にとっては最良の日、得意の絶頂であった。

落慶法要の前日であるけれど、特別招待の客の数だけでもかなり多い。この分だと明日は観音堂はいうまでもないことだが、越前竹人形の前にも黒山の人だかりという状況になりかねないな——と、江島は北叟笑む想いを噛み締めていた。

客の三人に一人は、人形の値段を訊いた。「ここにあるのは非売品です」というと、いとも残念そうに立ち去るか、ある者は「なんとか売ってもらえませんか」と懇願する。これまで見た、どの越前竹人形とも違う。説明にもあるように、これこそ水上勉の小説に描かれた、本物の越前竹人形だ——というのが一致した感想であった。

「職人が作った工芸品というより、これはすでにして芸術ですな」

京都の大学教授だと名乗る紳士は、ガラスケースに顔を押し当てるようにして、飽くことなく竹人形を眺め続けた。

「もし売って貰えるのなら、五十万、いや百万円を出しても惜しくない」

教授の連れの商社の会長は断言した。

「ご冗談を……」

江島は笑って謙遜しながら、頭の中では全部で百五十二体もある竹人形の数を思っていた。一体が百万なら全部で一億五千万円を越えるか——と、取らぬ狸ならぬ、竹人形のもたらす膨大な利益を計算していた。

そういう結構ずくめの客たちの流れが途絶えた午後三時、今度はテレビの取材がやってきた。

「北越テレビ」のマークと社名の入ったカメラを担いだ男とその助手。そして例の〝本田〟と名乗った男の三人だ。インタビュアーはその本田が務めた。

「ここ、明日の落慶法要を控えた越前大観音堂に、これぞ正統派といわれる越前竹人形が陳列されています」

そう前置きをして、カメラは会場の様子や竹人形を撮影し、最後に江島へのインタビューに入る。

本田がカメラに向かって一人で喋っているあいだ、江島は（おや？——）と思った。やはり本田という男の声に、おぼろげな不安を伴った記憶がある。

（どこかで会っているな——）

しかし、その不安もカメラを向けられると、いちやくマスコミの寵児になれる——という、浮き立つ気持ちにかき消されてしまった。

江島は取材に協力する姿勢を見せて、展示ケースのガラスがあっては撮影効果がよくないだろうと、自らケースのガラス戸を取り除いた。カメラは竹人形のクローズアップを撮影した。

「作者名が『嘉助』となっていますが」

〝本田〟はモニターの画面を眺めて、質問した。

「ああ、嘉助は代々の作者の号ですねん。私は先代の後継者として、その号を名乗らせてもろとるいうわけです」

「あの解説を読みますと、竹人形の創作には八年の歳月をかけたと説明されてありますが、八年で何体ぐらいの竹人形をお作りになったのでしょうか?」

「八年いうても、その前のほうの三年は試行錯誤のようなものやったから……そうやなあ、ほんまにええもん……つまり、こうして人さまにお見せでけるようなんのを作れるようになったんは、実際にはほんの五年ばかりがええとこで、正確なことは申し上げるわけにはいきまへんが、まあそないに多くはないとだけは言うておきまひょか。なかなか手間のかかる作品ですさかいな」

「ほんの五年ばかりでと言われますと、今庄町の野地さんのところからお出になったあと、ということになりますね?」

「ん?……」

江島はいやなことを言う——という顔になった。

「そうでんな、野地はんのところにいるあいだは、こういう作品はできるような環境やおまへなんださかいにな」

「それは何か理由があったのでしょうか？　たしか、野地さんのお祖父さんが嘉助という名前で越前竹人形を作っていたということなのでしたよね？　だとすると、亡くなった野地さんが『嘉助』の名を継ぐ、本来の後継者だと思うのですが」

「いや、あの人はあきまへんでした。土産用のつまらん人形は作るが、嘉助さんの名を継ぐ気はまったくないいうお人やったもんで、それでわたしらも諦めて、野地はんの家を出ることになったのやから」

「それでつまり、江島さんは武生に転居なさってから、本格的に竹人形の制作にとりかかられたということですね？」

「まあそういうことだすな」

「聞くところによりますと、この越前竹人形には五十万円とも百万円ともいう、すばらしい値打ちがあるということですが」

「それはまあ、人さまがそないにおっしゃってくれはるいうことで、わしはただ、ええ物を作るいうことに専念しとるだけです。値段いうようなものは、その結果でしかおまへんさかいにな」

江島は鷹揚（おうよう）なところを見せた。

「一体の竹人形を作るのに、どれくらいの時間がかかるものでしょうか？」

「時間？　ははは、時間どころやおまへん。およそまあ二十日間はかかる思ってもろたらよろしいかな」

「二十日間ですか」

〝本田〟インタビュアーは大袈裟に驚いて見せた。

「とすると、一年間にせいぜい十五、六体がやっとということになりますねえ」

「ん？　うん、そやな、そう、そんなもんでんな」

江島はふいにテレビカメラの冷たく光るレンズが気になりだした。なんだか世間の冷たい視線が注がれているような気がした。

「いちど、先生のお仕事ぶりも取材させていただきたいのですが、いかがでしょうか」

「えっ？」

「この繊細な浮き彫りの妙技などを、ぜひともカメラに収めさせていただき、真正越前竹人形の神髄はこうして創られるのだ——といったドキュメント番組を制作したいと考えております」

「いや、そらあかん、そら困ります」

江島は全身の血が頭に昇り、ついでサーッと引いてゆく思いがした。その動揺を打ち消すように、強い言葉が迸り出た。

「竹人形の制作は、いうたら秘伝中の秘伝やさかいにな、誰にも見せへんのが建前や。たとえ総理大臣が見せてくれ言わはっても、絶対に見せしまへん」

「しかし、笠松組の親分さんにはお見せになったのではありませんか？」

「なにっ？　何てことを……」

江島は唖然として、口を丸く開け、しばらく言葉を失った。

「そうか、あんた、このあいだわしの家に来たときのことを言うてるのやな。笠松組のベンツと擦れ違うたとか……あほなことを言うな。笠松組のベンツが来たからいうて、わしの家のお客がそうだとは、とんでもない言いがかりや。笠松組とわしと、どういう関係がある言うんや」

「たとえば、輸入した竹を譲っているとかですね」

「竹？　竹を譲ってどないするんや」

「竹の中身が問題です」

「何やと！……」

「それから、越前大観音堂建設用地ならびにゴルフ場建設用地にからむ不正事件にも、笠松組や江島先生は関係があるのではありませんか？」

「………」

江島は怒りと恐怖で、充血した眼球が飛び出しそうに見開かれ、声が上擦った。そして、ようやく思い出した。


「あっ、そうか、貴様、本田やなんて嘘つきおってから、ほんまは浅見いうルポライターやないのか。そうやろが」

〝本田〟はそれには答えず、ニッコリ笑って、「失礼しました」とペコリと頭を下げ、二人のカメラマンを促すと、小走りに長い廊下を去って行った。

江島はその後ろ姿を見送りながら、茫然と佇んでいた。この緊急事態を和村か笠松に伝えなければ――と思いながら、体が金縛りにあったように動けない。

いったい、あの男は何をどこまで摑んでいるのか――が江島の恐怖を増幅させている。

かなりの時間、そうしていたのかもしれない。江島は新しい客が来て声をかけられて、ようやく正気を取り戻した。

江島は客の声を無視して事務所に走った。事務所の中はごった返していた。和村の姿はなかった。

「会長はんは、会長はんはどこでっか？」

訊ね回ったが、誰も知らない。事務所の連中が知らないというのも異変といえば異変のように思えた。和村会長がどこにいようと、本来なら誰かが知っているはずだ。

何か得体の知れない混乱が、越前大観音堂の上を黒雲のごとくに覆っている情景が、江島の脳裏に想い浮かんだ。

江島は和村の姿を求めて、闇雲に走り回った。大観音像の前で和村の秘書にぶつかった。

「会長はいま、特別室で瀬木山代議士とお話し中です」

秘書は汗みどろの江島を呆れ顔に見て、言った。「特別室」というのは、大観音像の裏手にある、いわば隠し部屋のようなものだ。そこに籠っての話といえば、密談に決まっている。

「大至急、お話しせなあかんことがあるのやけど、取り次いでもらえまへんやろか」

「そうですなあ、緊急の用件以外はいかんと言われているのですが」

「緊急や、緊急でっせ、これは」

江島は息せき切って言った。

「分かりました」

秘書は江島の剣幕に恐れをなしたように、館内電話で連絡した。

「お会いになるそうです」

秘書は江島を特別室に案内した。

「何ごとやね？」

和村は不機嫌そのものの怖い顔で、江島を睨んだ。

江島は「けったいな男が来よりました」と言った。

「本田と名乗っていましたが、ほんまは『浅見』いう雑誌社の人間です。何やら探り出しとるようでした」

江島は代議士に聞こえないよう声をひそめた。浅見が竹の輸入のことや、大観音堂やゴルフコースの不正にまで言及したと聞いて、和村は顔色を変え瀬木山を振り返った。

「浅見というと、刑事局長の弟とちがいますか?」

「そうだろうな、たぶん」と瀬木山は落ち着いている。しかし、「刑事局長」と聞いて、江島は失神しそうになった。

「浅見局長の弟がルポライターの片手間に、私立探偵もどきをやっているとは聞いたことがある。『えちぜん』の女将のところにも行ったそうだ」

「その男、どこまで事実を知っとるのでしょうかな」

「大したことはないだろう。女将の話によると、越前竹人形のことを追求しているようだが、まあ、あの脅しも結果的には役に立たなかったのだから、いまさらバレたところで、どうということはあるまい」

和村は江島に顎をしゃくって、「あんた、行きなはれ」と追いやった。

「あの男、オタオタしおってからに、悪党らしゅうもないやっちゃ」

消えた江島のことを、和村は唾を吐くように言った。

「それより和村さん、あんたの用地買収のことまで言うとったそうやが、そっちは大丈夫なのかな?」

「大丈夫でしょう。証拠かて何もあらしまへんさかいにな。よしんば、農業委員の中の誰ぞが怖じ気づいて、警察にサスような気を起こしても、物的証拠が何もなければ、検察かて手が出せんでしょう」

「それはそうかもしれんが、しかし、奈良岡が何か証拠物件を隠匿していたという噂があるじゃないか。事務所からは何も出なかったのだろう?」

「それがですな……それが一抹の不安といえば不安やが、しかし、何もないのんとちがいますか」

そうは言ったが、和村のしかめた眉の辺りには、かすかな不安がほの見えていた。


「浅見というその男、どこまで知っとるのか、ちょっと気にはなりますなあ」

「ほう、あんたらしくもない、心配そうだなあ。たかがヘッポコ素人探偵じゃないか。浅見の兄貴のほうは東大首席卒業のエリート中のエリートじゃが、わしの手元に入った情報によれば、弟のほうは三流大学出のボンクラで、浅見家のもて余し者だそうだよ」

「そないに言わはるが、わしかて小学校しか出てへん人間でっせ」

「ほい、しまった。しかしあんたは特別だからな。あんたは天才だよ。エジソンみたいな人物だ」

「ふふ、いまさらそんなベンチャラ言わんかてよろしいがな……しかし、冗談を言うてる場合やおまへんな」

和村は真剣な顔に戻って、瀬木山の顔をじっと見つめた。

「そうだ」と瀬木山が思い出した。

「あの男、妙なことを言っていたな。竹の輸入がどうしたとか。あれは何のことなのかね？」

「ああ、そのことは先生は知らんことにしとっていただいたほうがよろしい」

「ふーん、そうなのか……」

代議士は不可解な顔をして、和村を見つめた。

「いずれにしても、あの江島いう男をこのままにしておくのは具合悪うおますな」

和村は鼻の頭に皺を寄せた。

「それと、浅見いう男のことも」

「ん？　どうするつもりだね？」

「消すしかないのんとちがいますか」

「消すって、おい、相手は刑事局長の弟だぞ。ただじゃすまなくなる」

「はあ、江島と浅見と、殺しあった形で、消してしまいます」

「そんなにうまい具合にゆくかね。今度は何とかいう探偵社の男と違って、浅見のほうも用心するだろう。笠松組を使ったって、そう簡単に誘き出せるとは思えないがな」

「それやったら大丈夫ですがな、任しておいてください」

「しかし……ま、勝手にやってくれ。どっちみち、わしは知らんことだよ。何も聞かなかったことにしておく」

瀬木山はそっぽを向いた。

（代議士先生はおいしいところばかりを取りよる――）

言葉には出さないが、和村の片頬に皮肉な笑みが浮かんだ。

7

事件のほぼ全容を見極めたような自信がある反面、浅見にもまったく不安材料がないわけではなかった。それは元福井県警警部補の海原の動向である。

海原という人物に関しては、さすがの浅見も判断がつかないでいる。海原が警察を辞めた理由は、上司と衝突したため――と聞いている。そして北光リサーチという探偵社を作った。

やはり上司と衝突して福井中央日報を辞めた平石がその探偵社に入った。そして二人でどうやら、和村一派を中心とする、越前大観音堂と亀津ゴルフ場建設のための用地買収工作の不正を探索していたらしいことまでは分かっている。

だが、その不正を暴く作業が、はたして正義感に基づくものであったかとなると、はなはだ疑問だ。第一、パートナーである平石本人が、海原の真の目的をはっきりとは知らないまま協力していたフシがある。しかもそうやって得た情報を、一切、警察には流してはならない――というのが海原と平石とのあいだに交わされた「契約」なのだそうだ。その一事だけでも、海原の目的が正義であったというより、むしろ情報を取得して、和村を恐喝するのが目的だったニオイがする。

そして海原は消えた。平石が教えてくれた秘密のアジトにも、浅見が訪れた時には海原の姿はなかった。

身の危険というものがあるとすれば、浅見は海原の存在こそが、身の危険の元凶だと、ある程度は覚悟をきめ、それなりの用心を怠らないよう心掛けていた。

浅見は兄に連絡して、現状を伝える際、海原という人物の素姓だけがはっきりしないことを話した。

「そうか、分かった。坂崎県警本部長のほうに、確認しておこう。いずれにしても警戒を厳重にするように」

「分かっています」

浅見はホテルにいても、訪問者には慎重に対応した。ドアをノックする相手が誰かを確かめることはもちろん、ドアを開ける場合でも、鎖をかけたまま細めに開けて、用件を聞くようにしている。

越前大観音堂の「テレビ取材」から引き上げてきて、しばらく経った午後七時、浅見を福井県警の警部が訪れた。

ドアチャイムが鳴って、マジックアイから覗くと、見憶えのある顔が立っていた。奈良岡老人を訪ねたときに出会った男だ。

奈良岡は「警部」と言っていたが、用心のため、チェーンをしたままドアを開けた。

客は無言で手帳を示すとともに、ドアの隙間から名刺を差し出した。


福井県警察本部捜査第二課警部　橋本恭一（はしもときょういち）

浅見は躊躇なくドアを開けた。

橋本警部は警察官としてはスリムな体型といっていいだろう。浅見と同じ程度の身長と年齢の、上品なダークスーツを着こなし眼鏡をかけた秀才タイプである。

最初浅見は、橋本警部が兄陽一郎から坂崎県警本部長を通じて、その意を帯して来たのかと思った。つまり、海原に関する情報を持ってきたのかと考えたわけだ。

だが橋本警部の用件は違った。

「浅見さんは今日の午後、越前大観音堂の中で取材活動をしましたね？」

穏やかだが、有無を言わせない口調で言った。

「ええ、しました」

「その際、北越テレビの者というふうに言ったそうですが？」

「はあ」

「しかし、北越テレビのほうに問い合わせたところ、北越テレビのスタッフは越前大観音堂の取材に行った事実はまったくないということでした。つまり、浅見さんは北越テレビの名を詐称したというわけですな」

「ええ、じつはそうです」

浅見は苦笑した。こういう形で反撃してくるとは、正直、予想していなかった。テキもなかなかやるわい——というのが本音であった。

「それでは、恐縮だが、ちょっと同行してもらいましょうか」

「同行というと、県警本部へですか？」

「いや、その前に江島さんのところへ行って双方に事情を聴取します」

「分かりました」

浅見が身支度を整えようとするのを、橋本は制した。

「念のため所持品を調べさせてもらいます」

「いや、それは越権行為でしょう」

浅見は反発した。

「どうお取りになってもよろしい。近頃は過激派の活動が盛んですので、この程度のチェック作業は、令状なしでも現場の警察官の裁量に任されておりましてね、問題にはならんのです」

やれやれ——と浅見は思った。過激派の破壊活動が活発になればなるほど、公安警察の力も強くなる。ひょっとすると、過激派は日本の公安警察を戦前なみの強大なものにするために活動しているのではないかとさえ思えてくるのだ。

橋本は浅見の所持品を念入りに調べたが、目的の品は出なかった。

「今日取材したビデオテープはどうしました？」

「ああ、あれはカメラマンが持って行きました」

「カメラマンは、現在はどこにいますか？」

「さあ、どこですかねえ。僕は越前大観音堂を出たところで別れましたから」

「とぼけんで教えたほうが、あんたのためなんですがなあ」

橋本の苛立ちを示すように、語調がいくぶん乱暴になっていくようだ。

「まあ、とにかくご一緒しましょう」

浅見は言った。容疑者の側から連行を提案するなどということは、おそらく前代未聞にちがいない。

「そう、そのほうがいい。ホテルの中で騒ぐのは、浅見さんにとってもみっともないでしょうからな。私は外の車で待っていますので、支度ができしだい下りてきてください」

橋本も浅見の恭順な態度を信じたのか、寛大に言って、自分はひと足先に部屋を出て行った。

橋本が出て行ったあと、浅見はしばらく待ってから部屋を出た。漠然とした不安がないわけでもないが、ともあれ県警に行けば、またぞろ「水戸黄門の葵の御紋」よろしく、兄の名前がものを言うことは間違いないのだ。

廊下を歩きはじめた時、背後から「浅見さん」と呼ばれた。

振り向くと、中年の男が隣の部屋のドアから現れたところだった。浅見の知らない顔だ。男は怖いほど緊張した表情で小走りに近寄ってくる。浅見は無意識に身構えた。

「海原です」

男は浅見の目の前に顔を寄せるようにして、いきなり名乗った。

「えっ？　あなたが海原さん……」

浅見は驚いて、思わず悲鳴のように叫んだ。さんざん探しあぐねていた海原が、なんと自分の部屋の隣に潜伏していたというのだ。さすがの浅見も、予測できない事態が進行しつつあることを認めないわけにいかなかった。

ホテルを出て、少し離れた道路脇の暗がりのようなところに、白っぽいブルーバードが停まっていた。そこに橋本が立っていて、浅見に手を挙げてから、自分はすぐに車に入った。

車の運転席にはもう一人、橋本の部下らしい若くて人相のきつい男がいた。橋本と浅見は後部座席に乗った。

「さっきのビデオテープの件ですが」

浅見は車に乗ると同時に言った。

「考えてみると、不当に取材したテープですから、江島さんのほうにお渡ししたほうがいいような気がするのです」

「そりゃそのとおりですな」

橋本は満足げに頷いて言った。

「それで、カメラマンのところに寄って、ビデオテープを取ってきたいのですが」

「そうして貰えればありがたい。じゃあ、彼に場所を教えてくれませんか」

橋本は運転手に顎をしゃくって言った。

「どうも道が不案内ですが、なんとか行けると思います」

浅見は運転手に行く先の方角を指示した。日中ならともかく、暗くなると街の風景も一変する。なかなか思いどおりには方角が定まらない。浅見は間違えるたびに謝ったが、橋本も運転手もなかば諦めているらしく、さほど文句はつけなかった。


迷いに迷って、福井市内を一時間以上走り回り、どうにかカメラマンの家を探し当てた。

「ここですここです。それじゃ取って来ます」

浅見が出ようとするのを引き止めるように、橋本は念を押した。

「くれぐれも警察のことは言わないように。いいですな」

「分かってます。警察の名を出せば、カメラマンも不安になるでしょうからね」

浅見は言ったが、それでも心配なのか、橋本は運転手に浅見のあとを少し離れてついて行くように命じている。

浅見はカメラマンの家には入らず、ドアのところで運転手にも聞こえるような大声で、特別な理由やもちろん警察のことも言わず、単にビデオテープを貸してもらいたいとだけ言った。

車に戻ると、運転手はＯＫというように橋本に頷いて見せている。

車は市街地を出る方角へ向かい、北陸自動車道に乗り入れた。

雲が多いのか、完全な闇夜であった。車は武生のインターを出て、寂しい道を江島家へと向かう。高速に乗ったころから、誰もが無口になって、車の中には異様なムードが漂った。

橋本警部はしだいに落ち着きがなくなり、貧乏揺すりをする。ポケットから何かを取り出して、口に放り込んだ。

「ガムですか？」

浅見は訊いた。

「一ついただけませんか」

「ガム？　ガムじゃない」

橋本は煩そうに言った。最前までのクールな感じとはうって変わって、いらいらした語調であった。

江島家に着くと、橋本は先頭に立って歩いて行って、ドアを激しく叩いた。

すぐにドアが開いて、江島徳三が現れた。

「どうぞお入りください」

客を中に入れると、浅見の顔を見て、「昼間はどうも」と頭を下げた。

うわべはにこやかに笑っているけれど、頰のあたりが引きつって、極度に緊張しているのが、浅見にははっきり見て取れた。

「あのときはどうも、失礼しました」

浅見は江島の演技に合わせるように、丁寧に頭を下げた。

明かりが少ない上に壁が黒ずんでいるせいか、建物の中も暗い。板敷きの床は根太がゆるんでいて、廊下を歩くと、ひと足ごとにギシギシと軋んだ。

作業台のある二十畳ばかりのかなり大きな部屋に入った。ここが仕事場であり居間であり、客間としても使われるようだ。

三人の「客」と江島は木製の椅子に坐った。これから何が起ころうとしているのか、自分はもちろん、江島にも分かっていないのではないかと、浅見は気になった。

しかし、浅見の不安をよそに、江島は万事、段取りが決まってでもいるように、客の来意を訊こうともしない。橋本と当たり障りのない天候の話など交わしていたが、そのうちに「コーヒーでも入れましょうか」と、部屋を出て行った。

ほとんど待つことなく、江島は四個のコーヒーカップを載せた盆を捧げ持って戻って来た。あらかじめ用意を整えていたのが、いかにもみえみえな感じだ。

「砂糖とミルク、入れますか？」

江島は三人の客の顔をひとわたり見て、訊いた。浅見が頷いたが、橋本と彼の部下は黙って首を横に振った。ことによると、コーヒーには手をつけないつもりかもしれない。

江島は浅見と自分のカップにミルクと砂糖を入れ、無造作にかき回すと、旨そうに飲んだ。中身にいわくがあるとは思えない飲みっぷりだ。

「さあ、どうぞ、冷めないうちに」

江島に勧められて、浅見もコーヒーを啜った。かなり濃厚なコーヒーだったが、喉を通過する瞬間、コーヒー本来の味とは違う刺激のあるのを感じた。

浅見は反射的に喉を手で押さえた。思わず「うっ」という呻き声を発した。

橋本警部の顔を見ると、冷ややかな目でこっちを見つめている。

「何か、へんです」

浅見は喉を押さえた恰好で、椅子から腰を浮かせ、橋本ににじり寄るようにして異常を訴えた。

橋本は「ふん」と鼻先で笑って、江島に視線を向けた。

「入れたのか」

「はあ、入れました。ストリキニーネです」

江島は怯(おび)えた顔で立ち上がり、浅見と橋本を交互に見ながら、隣室へ向かうドアに後ずさった。

「待てよ、逃げることはないだろう」

橋本の目配せを受けて、部下の男がすばやく江島の背後に回った。いつのまにか男の手には小型の拳銃が握られている。

「じゃあ、やっぱりあんた、おれのことも殺(や)る気やったんか」

江島は怒りと恐怖で蒼白になった。

「ははは、なんだ、知っておったみたいなことを言うな。しかしまあ、そう結論を急がんでもいい。おれはどっちでもいいのだが、笠松の組長と和村会長があんたを生かしておいては具合が悪いと決めたらしい。あんたはいろいろ知りすぎておるし、気が小さいからな。いつ何どき、ポロッとぼろを出さんともかぎらん」

「わしは何も言わへん。ヤクのことかて黙っておったやないか」

「それも信頼できないと判断したわけだ」

「そんなこと言うて、最初から竹人形を横取りしようというハラやったのやろ」

「横取り？　ふん、笑わせるなよ。あんたのほうこそ、野地の竹人形を横取りしたじゃないか」

「いや、あれは横取りしたのとは違う。預かっただけや」

「おかしなやつだな。この期に及んで、何をいまさら弁解がましいことを言うんだ。野地の人形を、さも自分が作ったように言っているくせしおって」

「しかし、野地を殺したんはあんたや」

「その手引きをしたのはあんただ」

「そんなもん、おれは知らん……とにかくあんたは人殺しや。警察官が人殺しをしてええのんか」

江島は橋本を指さして叫んだ。その事実だけは、はっきり宣言しておきたいのだ。

「人殺しはあんたも同罪だ。野地のところに手引きしたのはあんただし、現にこうして殺人を犯している。何なら殺人の現行犯で射殺しても構わないけどな」

「何言うてけつかる。おれは人殺しなんかしてへんで」

「してへんて、それじゃ、これは何だ」

橋本は彼の脇で、床にうずくまっている浅見に、顎をしゃくってみせた。

「その人は死んでへんがな」

「ばかなことを……」

橋本がせせら笑うのに合わせるように、浅見は苦しそうに身悶(みもだ)えし、肩を揺すった。実際、そうやって堪えているのは、窒息しそうに苦しかった。

「クックックッ……」

浅見は首を絞められた七面鳥のような声を洩らした。それから顔を上げて、大きな声で笑った。

橋本も、彼の部下も、ギョッとして身を反らせた。哀れな被害者が、苦しさのあまり発狂したかと思ったにちがいない。

「もういいでしょう。お芝居はこのへんで幕にしましょう」

浅見が言うのを合図に、隣室のドアから男たちが現れた。一人、二人……全部で四人の男たちが、いずれも銃を構えている。

「五井久男（ごいひさお）、銃を捨てろ」

男たちの先頭にいる海原元警部補が、橋本の部下に怒鳴った。

「それから橋本警部、殺人未遂の現行犯で逮捕します」

「貴様、海原……」

橋本は絶句した。

「しばらくですな、警部」

海原は笑みを浮かべながら、しかし冷たい口調で言った。そして五井に向かって、もういちど「銃を捨てろ」と言った。五井は素直に銃を床に落とした。全員の目がそこに向いた一瞬の隙に、橋本の右手がスーツの左胸の内ポケットに滑り込んだ。

「動くな！」

海原は橋本に銃口を向けた。橋本の手の動きが止まった。

「抵抗しても無駄ですよ。この家の周辺には刑事が十数人、待機しています」

「そうか……」

橋本はニヤリと笑った。

「きみがイヌになっていたとは、迂闊なことだが、気がつかなかったよ」

「でしょうね。自分も本部長に『警部とわざと衝突して警察を辞めろ』と命令された時には、どういう理由か、見当もつきませんでしたからね」

「なるほど、そういう仕組みか」

「越前大観音堂とゴルフ場の用地取得に関する不正事件、それに絡む汚職事件を裏側から調べろというのがその時の指示でしたが、本部長は県警内部に、連中と通じている人物のいることを想定しておられたようでした。しかし、その揉み消し工作を警部がやっているとは、思いもよらぬことでしたよ。そこへまた、浅見刑事局長の弟さんまで現れて、ややこしい動きはするは、あげくの果てには平石が陥れられて、奈良岡さん殺害容疑者になるはで、八方塞がりの状態かと思われた時、浅見さんのところにあんた――橋本警部が現れたというわけです。これで事件のおおまかな構図が理解できました」

「すると、きみはずっとおれの行動を監視していたわけか」

「いいえとんでもない。自分はただ、浅見さんの隣の部屋にいて、盗聴器を仕掛けて浅見さんをそれとなく護衛していただけです。警部が浅見さんを連行するというのもおかしな話だし、おまけに車をマル暴の組員が運転して、行く先が江島氏のところだというのだから、ピンときました。浅見さんに時間かせぎをやってもらいながら、自分は武生署に連絡し、ひと足先に来て、江島氏に芝居をするよう、説得できたというわけです」

「ははは、そうだったのか」

橋本は苦笑いして、浅見に言った。

「あんたがコーヒーを飲んだときの演技は、真に迫っていたな。おれも、てっきり毒を飲んだものと騙された」

「いや、僕だって実際、毒を飲まされたと思いましたよ。ひどい味がしましたからね。江島さん、これには何を入れたのですか？」

「はあ、どうも申し訳ありません」

江島は怯えた目で、恐縮したように答えた。

「中身はトウガラシのエキスやそうです。海原さんに、構わんから飲ませろと言われたもんで、その……」

江島に代わって海原があとを説明した。

「浅見さんには気の毒だったのですが、犯人側の筋書きを見極めるために、迫真の演技をしてもらいました。武生署の刑事の突っ込んだ事情聴取によると、江島氏は浅見さんを毒殺するよう和村に指示されたのだそうです。しかし、浅見さんを殺害したあと、江島氏も消されるにちがいないと説明したら、江島氏も快く警察に協力してくれることになりましてね。それでひと芝居打ったというわけです。なに、あの薬は刺激は強いが、生命に別状はありませんよ」

快く——などと言っているが、警察がいかに手ひどく江島を締め上げたかはいうまでもない。

武生署の刑事たちが江島を急襲し、和村一派や橋本警部の犯罪と、それに加担した江島への容疑を徹底的に追及した上で、情状酌量を匂わせ、ゲロさせてから、捜査に協力しろと脅しをかけたのだ。

それにしても、この緊急時にそういう筋書きを段取るあたり、海原は並みの警察官どころか、ただのタヌキではない。その海原警部補を「追放」した坂崎本部長の判断と画策は正しかったのだ。

「海原さん、わしはほんまに情状酌量になるんでっしゃろな」

江島は不安そうに訊いた。

「ああ、あんたの言ったことがすべて本当の話なら、まあ、今回の捜査協力によって、かなり情状酌量にはなるだろうな」

「それやったら間違いありまへん。野地を殺したんは、たしかにそこにおる笠松組の五井いうやつでっさかいに」

「わしはただ、命令されただけや」

五井が怒鳴った。

「ほう、誰が命令したんだ？」

海原は訊いた。

「そんなもん、言えるかい」

「笠松組の組長か？」

「違うがな」

「それとも、和村会長か？……いや、違うな。おまえなんか、和村会長と直接口をきくことはないやろからな」

海原はジロリと橋本を見た。

「まさか、警部、あんたが命じたのじゃないでしょうな」

橋本は黙って、皮肉な笑みで応えた。海原はその表情に眉をひそめた。

「まさか……じゃあ、あんたが？……しかし、何のために？　動機は何です？」

「…………」

「僕が答えましょうか」

沈黙の橋本に代わって、浅見が言った。

「野地さん殺害の動機は、竹ですよ」

「竹？」

海原はさらに眉根を寄せた。

「ええ、竹です。野地さんが殺されたあと、現場を訪ねてみて、材料の竹が少なくなっているのに気がつきました。それも輸入材が、です。このあいだ丸岡町の『竹人形の里』を見学したとき、材料の竹が東南アジアから輸入されていると聞きました。その二つのことを考え合わせると、一つの結論が見えてきます」

「竹って……しかし、なんぼいい材料だとしても、たかが竹のために殺人を犯すはずはないでしょう」

「いや、竹そのものじゃなくて、竹の中に隠して輸入した麻薬です。どうですか？　節と節のあいだの空間に、麻薬を隠して輸入して、その宛先が野地さんのところになっていたのではありませんか？」

浅見は橋本に向けて言った。橋本は微苦笑を浮かべたまま、相変わらず無表情を装っている。

「ほんとですかねえ？」

むしろ海原が驚いた顔になった。

「たぶん間違いありません。じつは、すでに確認したのですが、野地さんの殺害現場から、ごく微量ながらコカインが検出されました。おそらく、野地さんが竹を切った際、竹の中からコカインの粉末がこぼれ出たのじゃないかと思います。それで慌てて殺さなければならなくなった。麻薬は、笠松組と、ひょっとすると和村氏の事業の資金源の一つだったと考えていいでしょう」

「しかし、それにどうして橋本警部が関わっていたんです？」

「橋本さんが彼らの手先になったのは、橋本さん自身が麻薬に冒されているためですね、きっと」

「何ですって？　橋本警部はいやしくも現職の警察官ですぞ。ことあろうに麻薬になんか……」

「警察官が犯罪を犯したからといって、それほど意外でもないでしょう」

　浅見は怖い顔をして言った。

　京都府警の警察官が、同僚巡査を殺害し拳銃を盗み、その拳銃で強盗殺人を犯した事件は、その典型といえる。

「それに、橋本さんだって、最初から犯罪に加担するつもりはなかったでしょうしね。しかし、事件を追って、あまりにも深く関わりすぎると、誘惑の機会も多いものです。盛り場のマル暴担当の刑事さんが、暴力団と癒着してしまう例は珍しくないでしょう。橋本さんの場合だって……」

「ミイラ取りがミイラになっただけ」と言いそうになって、浅見は口を噤んだ。

「あははは……」

　いきなり橋本が狂気のように笑いだした。笑いながら胸に突っ込んだ手を微妙に動かした。

「やめろ、銃から手を放せ。抵抗すると本当に撃つ！」

　海原が叫んだ。

「抵抗はしないよ」

橋本は落ち着いた声に戻って言った。それからスーツの内側で、引き金にかけた指をゆっくりとしぼるように縮めた。

轟音が建物を揺るがせた。

橋本の上体は大きく動いたが、強靱な精神力に支えられているのか、すぐに無様な倒れ方はしなかった。轟音に驚いたように見開いた目を悲しそうに天井を見上げてから、ゆっくりと床に膝をついた。

エピローグ

坂崎県警本部長は上機嫌というわけにはいかなかった。何しろ、県警内部から犯罪者が出たのである。事件解決を手放しで喜べたものではない。

　しかし、浅見に対しては県警本部長室に招いて、感謝と労(ねぎら)いの言葉をかけた。

「じつはね、海原にきみをガードさせるように指示したのは、浅見刑事局長どのであったのだよ」

　坂崎は驚くべき事実を話した。

「やっこさんは、きみから海原のことを聞いてすぐ、海原が私の放ったスパイであることを見抜いたのだね。まったく呆れた天才だよ」

　浅見はそれを聞いてガックリきた。兄は弟に浅見家の危急存亡の時を救うよう、懇願したふりをして、ちゃんと計算どおりにことを運んでいたのではないか——と思えた。

　何のことはない、浅見は陽一郎の掌中で暴れ回っていたようなものだ。

「ところで浅見君」

　坂崎は真顔で言った。

「事件は解決したといっても、野地さんの事件は正犯が自殺してしまったし、肝心の用地不正入手事件のほうは、送検するに足る物的証拠がまるでない状況なのだ。はたして起訴が可能かどうか、検察側も首をひねっている。平石君は殺された奈良岡氏が何か物的証拠を残したはずだと言っているのだが、十一月十五日まで待てという、まあ、推理小説風にいえばダイイング・メッセージを残した以外、これといった手掛かりはないのだがねえ。きみの推理で何とかならないものだろうか？」

奈良岡は橋本と彼の部下を装って車を運転していた男——実際には暴力団笠松組の組員だったが——に殺されたのだが、彼らもついに奈良岡が持っていると思われる証拠物件を発見できずじまいだった。

「そのことなら、僕はすでに解決済みです」

浅見は陽気に言った。これだけは兄にだって解けっこない謎だったろう——という、会心の笑みが浮かんだ。

十一月十五日は軽井沢にいる作家の誕生日であると同時に、武生の菊人形展が終わる日なのだ。もし軽井沢の作家のところへ行く途中、高崎警察署のネズミ取りに引っ掛かった記憶などという余計な「雑音」さえなければ、もっと早くそのことに気付いていたにちがいない。

「証拠物件は、たぶん菊人形のどれかの体内に隠してあるはずです。それがどの菊人形かは、藤田の親父さんに訊けば分かるかもしれません」

考えてみると、何もかもが藤田の父親に武生の菊人形展の会場を案内してもらった最初の日に始まっていたのだ。

あの時、藤田の父親に説明を受けている傍らで、しきりに菊人形の本体になる竹籠のようなものを作っている男がいた。その時は意識の外に置いていたから、藤田の父親と芦原のホテルの話をしたことなど、まったく憶えてもいなかったし、たとえ思い出したとしても、何の意味も持たなかっただろう。

しかし、その男がなんと、江島徳三であったのだ。おまけに浅見はその場所で、藤田の父親に、今庄町の竹人形師を訪ねることを話している。それから三時間後、野地から江島のところに浅見という男が来たことと、「竹の中から妙な白い粉が出てきた」ことを連絡してきた。その話が江島から伝えられた瞬間、橋本は野地を殺害する決意とアイデアを固めたそうだ。江島が浅見を東尋坊に誘き出したのも橋本の仕組んだワナであったことはいうまでもない。

そのことはともかく、浅見の推理に従って、直ちに捜査員が藤田の親父さんのところへ走った。浅見の推理が正しければ、菊人形の中から物的証拠が発見されるのは時間の問題だろう。その結果、和村を含めて、農地転用に絡む汚職事件の関係者が大量に逮捕されるであろうことに、浅見は少しも疑いを抱かなかった。

浅見が東京へ向かう日の朝、浅見は片岡明子と、警察から解放されたばかりの平石をソアラに乗せて、今庄町の野地家を訪れた。

平石は少し痩せたようだが、顔の色艶はむしろよくなっていた。

「短いあいだだったが、規則正しい生活をしていたからねえ」

平石は半分負け惜しみのように言った。

「少なくとも、酒を断っていたのは、きわめて健康的でしたよ」

「あ、ほんと。そういえば、お酒くさくない平石さんて、はじめて」

明子は感動的な声を発した。

「これを機会に、平石さんもまともな暮らしを始めるといいんです」

「ははは、なんだ、きみに説教されるとは思わなかったな」

「でも、探偵社の仕事、もうおやめになるんでしょう？」

「ああ、海原さんが警察に戻るんじゃ、そういうことになるかもしれないな。かといって、いまさらおめおめと新聞社に戻るわけにもいかんし。浅見さんみたいに、ルポライターでも始めるか」

「やめてくださいよ、僕の仕事を奪うようなことは」

浅見は真顔で言って、

「そうだ、平石さんはまだ知らないのでしたね。奈良岡さんが隠していた、例の不正告発の資料、発見されましたよ」

「ほう、どこにありました？」

「武生駅に飾ってある菊人形の台座に隠してあったのです。その菊人形だけは、製作の際、奈良岡さんが妙にこだわっていたのを藤田さんが思い出したのだそうですよ。たしかに、奈良岡さんが言っていたとおり、十一月十五日になれば、衆人の目に晒される場所でした」

「なるほどねえ……あのじいさん、殺されることを覚悟の上だったというわけか。いかにも越前の人間らしいな。越前の人間は、一向一揆に象徴されるように、信ずるもののためには、滅びることを厭（いと）わないようなところがあるのでは」

す」

　平石は感慨深い面持ちで、遠くの空を見つめた。

「でも、死んじゃだめだわ」

　明子は強い口調で言った。

「死んだらつまらない、損ですよ」

「ああ、それはそうだ、死ぬのは損だな」

　今日ばかりは、平石は逆らわないつもりらしい。

「一つだけよく分からないことがあるんですけど」

　明子が重い口調で言った。

「江島さんが、橋本警部や笠松組のヤクザが野地さんを殺す手引きをしたっていうの、あれはほんとのことなんですか？」

「本当ですよ」

　浅見は対照的に軽く言った。

「野地さんの家に足跡をつけずに侵入するには、飛石伝いに行くしかない。あの暗い中でそんなことに注意するのは、よほど慣れた人間でなければできませんよ。それに、いきなり怪しい男に襲われたら、野地さんだって抵抗するでしょうからね。野地さんを安心させて、事故を装って殺すには、親しい人間の手引きが必要だったはずなのです。ところが、警察の捜査では、その時刻に、江島氏は大観音堂にいたから、アリバイがある——ということでした。ちゃんと裏付けも取ったと、木本さんは言ってました。しかし、実際は江島氏は橋本と五井を手引きしていたのです。江島氏のアリバイを証明したのは、和村誠氏の秘書だったそうですけどね」

「じゃあ、偽証だったのですか？」

「そうです。木本さんからその話を聞いたとき、そんな証言を鵜呑みにして、いいのかな——と思ったのですが、案の定、偽証だったらしい。警察はどうも、権威だとか地位に弱い体質ですね」

「だけど、江島さんは、何だってそんな共犯になるようなことをしたのかしら？　まさか殺すとは思わなかったのでしょうね」

「いや、たぶん、橋本と五井に殺意があることは分かっていたと思いますよ。少なくとも、麻薬の密輸に関しては、江島氏も知っていたでしょうからね」

「それにしたって、殺人の手引きをするなんて……野地さんを殺しても、江島さんは何も得することはないし、あまりにも馬鹿げているじゃないですか。よっぽど脅されたか何かしたんですか？」

「そうじゃないのですよ。江島氏にも、野地さんに死んでもらわなければならない事情があったのです」

「えーっ？……」

「それに、野地さんが死んでも、江島氏は何も得しないというのは間違っていますよ。むしろ、野地さんが死んで、もっとも利益を得るのは、江島氏だったのですからね」

「どうしてですか？　どんな得があるっていうんですか？」

「それはきっと、あれじゃないかな」

平石が脇から言った。

「ねえ浅見さん、竹人形のことでしょう。違いますか？」

「そうです、竹人形です。やっぱり、平石さんも気づいていたのですね」

「竹人形がどうかしたんですか?」

明子だけが除け者にされた恰好で、いらだって、きつい声を出した。

浅見は困ったように頬を歪めて、言った。

「野地さんが死んだことによって、江島氏は百五十二体もの越前竹人形を獲得したでしょう」

「えっ?　それ、どういう意味ですか?」

「ははは、片岡さんは江島びいきだから気がつかないのかもしれないけれど、あの竹人形は江島氏の作品じゃありませんよ」

「うそっ……」

「いや、ほんとですよ。江島氏を追及したら、彼自身がそう言いました。あれはすべて野地良作さんが作ったものです」

「ほんとですか?」

「本当ですよ。野地さんの作業場に残っていた削り屑を拾って調べた結果、それらはあの越前竹人形を作ったときに出たものであることが分かったのですよ。じつに細かい細工が行なわれた跡が歴然としています。江島氏は野地さんを騙して、全部、自分の家にストックしていただけなのです。いや、江島氏は騙したとは言ってませんけどね。彼の話によると、そうやってストックしておいて、頃合を見計らって、真正越前竹人形と銘うって世に出し、高値で売ろうというつもりだったそうです。ところが、野地さんが死んでしまったために、自分の作品として売り出す方針に変わったというわけですね」

江島が、野地良作がたぐい稀な才能の持ち主であることを知ったのは、彼がまだ京都にいたころのことだそうである。野地が商売物ではなく、遊び半分に作った竹人形を見て、江島は愕然とした。その後、野地家に移り住んで、なんとかして野地のノウハウを盗もうと日夜心掛けたが、だめだった。

江島には評論の才能はあっても、創作の能力はなかった。せいぜい作れるものは、なみの土産品程度のものである。野地がいとも簡単に美しい人形を作り出すのを目のあたりにして、江島は自分の才能に絶望した。野地の創作力はもはや「天才」としか言いようがなかった。

しかし、江島は挫折感の中で、野地の人形を自分の手でコントロールすることを思いついた。野地の「越前竹人形」に「嘉助」という野地の祖父の銘を入れ、売り出すことにしたのである。

五年間、じっと辛抱して、密かに創作に励め。そうすれば、あんたは越前竹人形の名人として、福井県の、いや日本中の賞賛を一身に浴びることになるだろう。その間の生活費は、おれと本瀬が竹細工を作って何とかするから——。

江島はそう言って野地を励ました。野地は江島の言葉を信じ、感激して、五年間というもの、ほとんど世間とは没交渉の状態で、越前竹人形の創作に打ち込んでいたのだ。

「それは怪しいんじゃないかな」

平石が浅見の話を遮って、言った。

「江島は最初から越前竹人形を奪うつもりでいたのじゃないですかね。だから、橋本警部に協力して、野地さんを殺させた」

「そうかもしれませんね」

浅見は頷いたが、明子は「まさか」と、耳を覆っていやいやをした。

「ははは、困ったなあ、どうしても信じたくないのですね」

浅見はそういう明子の優しさを好ましく思った。

「しかし、それが真実ですよ。ジャーナリストなら真実を直視しなければ、ね」

「そう、浅見さんの言うとおり」

平石は断定的に言った。

「だけど、それじゃもう、あのお人形を作れる人は、一人もいないっていうこと……」

「残念ながらそうなりますね」

浅見も越前竹人形の消滅を悼む気持ちは同じだ。

「しかし、それも滅びの美学かもしれません。朱鷺が滅んでゆくようにね」

その結論の前に、明子は黙ってしまった。三人三様の想いに閉ざされた沈黙を運んで、ソアラは今庄町に辿り着いた。

ソアラを表通りに置いて、野地家に歩いて行った。明子は野地良作の霊を慰めるための花束を抱えていたが、野地の家に近づくにつれて、三人とも気分が重くなったのはいうまでもないことだ。

野地家の入口に佇むと、建物の奥から、竹を削るようなかすかな音が聞こえてきた。

三人は顔を見交わした。幽霊が大嫌いな浅見は背筋がゾーッとした。ほかの二人にしても、同じ想いだったにちがいない。

三人の中ではいくぶん肚の据わった平石がズカズカと家に入った。

「誰かいるのか？」

必要以上の大声で怒鳴った。

とたんに物音がやんだ。やがて不気味な足音が近づいて、建具の脇からとぼけた男の顔がヒョッコリと覗いた。

「あっ、本瀬さん……」

明子が思わず叫んだ。

「ああ、べっぴんさんやな」

本瀬秀昭は無邪気な声で陽気に言った。

「いまあんたの人形、作っとったとこや。玉枝はんの人形より、ずっと美しいで。いま持ってくるで、見てやっとくれやす」

本瀬は奥に引っ込んだかと思うと、すぐに戻ってきた。両手で大事そうに竹人形を抱えている。

「どやね、きれいな人形でっしゃろ」

三人の視線は、本瀬の掌の上にある竹人形に集中した。まだ未完成なのだろうけれど、それでも信じられないほど素晴らしい出来映えであった。

「これ、あんたが作ったのか?」

平石がまるで詰問するような言い方で訊いた。

「そうや、わてが作りましたんよ。このべっぴんはんの顔を思い出しよったら、なんぼでも可愛らしゅう人形ができてきますねん」

本瀬は幼児のように人の好い丸い目を明子に向けた。

明子は恥じらうように、両手で顔を覆った。その手の指の隙間から、ポロポロと涙がこぼれ落ちるのが見えた。

浅見も平石も感動で立ちすくんでいた。途絶えたと思われた「真正越前竹人形」が、本瀬の手で受け継がれてゆくかもしれない。その希望が、この惨劇のあった家に春風のような温かい空気を吹き込んだ。

〈自作解説〉越前竹人形の謎——虚実の接点

じつをいうと、この作品に関わるまで僕は越前竹人形についての知識がほとんどなかった。現物を見たこともなければ、水上勉氏の名作『越前竹人形』も読んでいなかった。漠然と、越前竹人形にまつわる推理小説を書いてみようか——と思いついただけである。何の予備知識がなくても、越前竹人形という名称の語感から受ける、哀愁を帯びたイメージはあって、それは創作意欲をそそるものであった。

水上勉氏の『越前竹人形』には、竹人形についての記述が何カ所かある。

軀の胴の部分は太いマダケを二つに割り、心もちひろげた足は女竹を丸のまま使った。縞模様のある竹の皮をモンペにした。裾と腰のあたりを絞るためには、喜助は皮を水にひたし、柔軟にしておいてから巧妙にヒダをつけて絞った。着物ももちろん竹の皮であった。皮にはそれぞれの斑様があって、着物の柄に合いそうなものをえらんだ。それを喜助は丹念に人形の軀に着せた。襟も、羽織の紐もすべて竹の皮である。
竹の子のシンに生える柔らかい皮を繊毛状にして毛髪に結いあげていた。手も足も、顔も、すべてとくさでみがいた竹の肌の艶を生かして象（かたど）られていた。

　この二つの記述は、人形師の喜助が、愛する女性・玉枝をモデルに作った、竹人形を描いたものである。竹人形についてはこの部分以外にもいくつかの記述があって、水上氏の表現力には圧倒される思いがする。

　しかし、それにもかかわらず、どんなに想像力をはたらかせても、僕の貧困なイマジネーションの世界には、具体的な越前竹人形の姿かたちが再生されなかった。だから、福井県への取材では、まず何よりも竹人形のなんたるかを、ぜひともこの目で確かめたかったのである。

　ところが、実際に現地で取材を進めてゆくうちに、越前竹人形なるものは、水上勉氏が『越前竹人形』を執筆した時点では、存在しなかったのではないだろうか――という疑惑が頭をもたげてきた。それはやがて、疑惑から確信に変化してゆくのだが、その経緯については、本書『竹人形殺人事件』の中で、浅見光彦の「取材」過程の描写に詳しく書いている。越前竹人形の成り立ちや謂れ因縁を質問した際の、県庁の職員や人形師の、困ったようなあいまいな応対は、作品中に描かれたとおりである。

もっとも、僕の浅薄な知識や独断で書いた内容については、それほど自信があったわけではない。ひょっとすると福井県人や関係者の反論が殺到し、袋叩きにあうのではないかと危惧もした。しかし、『竹人形殺人事件』が出版されてからすでに四年を経過する現在に到っても、いまだにその件に関するクレームが寄せられないところをみると、どうやら僕の推測は正鵠を射ていたと考えてもよさそうだ。

それにしても、かりに僕の説が正しいとすると、驚くべきは水上勉氏の『越前竹人形』である。あの、流麗にして陰影濃く描かれた哀しくも美しい物語りの、三番目の主人公ともいえる「竹人形」は、なんと、水上氏のイメージの所産だということになる。

『越前竹人形』の中には次のような記述もある。


大正十二年十二月一日、福井市の「岩田屋百貨店」の二階催し場でひらかれた郷土民芸品展覧会が、氏家喜助の試作竹人形を展示したことによって、はじめて越前竹人形は一般の眼にふれた。

展覧会には郷土の工芸品があまた出品されたのだが、その中で「越前竹人形」が観客の眼を奪ったありさまが描かれている。

この民芸展覧会を視察した福井県知事は、初代県令以来十代目の池田嘉七である。秘書や側近の役人をつれて会場を歴巡していた知事は、竹人形の前に来ると足をとめ、しばらく無言のまま眺め入った。


大正十二年十二月一日といえば、関東大震災があったちょうど三月後のことである。遠く離れた福井県とはいえ、展覧会をひらくゆとりがあったのかな？　と少し疑問も感じないわけではなかったが、ここまで「まことしやか」に「見てきたような」詳細な文章を読まされると、ついつい、これは小説ではなく、現実にあった出来事であるような気になってくる。

おそらく、福井県に旅をしたほとんどの人が、土産物店で売られている越前竹人形は、水上勉氏の『越前竹人形』と同質の品物だと信じているにちがいない。それがいいことか悪いことかは分からないけれど、いずれにしても、文章の力、小説が社会におよぼす影響力の大きさやインパクトの強さを、再認識させられたことであった。

余談だが、最近僕のところに届く読者からの手紙に、浅見光彦が実在の人物であるかのごとく思い込んでいるという内容のものが多くなってきた。たとえば、北海道の女の子からきた手紙には「浅見光彦さんて、架空の人物かと思っていました」と書いてあった。僕自身、作品の中で浅見と悪口を言いあったり、一緒に旅をしたりしているので、はじめは面白半分、シャレで言うのかと思っていたのだが、どうもそうではないらしい。「名前は浅見光彦ではないが、ルポライターがいて、事件を取材してきて、それをネタに小説を書いているのではないか」などと、うがった見方をする手紙もあった。さらにひどいのは、「先日、浅見光彦さんに会いました」というのがあった。書店でそれらしい人物に会ったので「探偵の浅見光彦さんじゃありませんか？」ときいたら、「いや、ぼくは探偵ではなくルポライターです」と答えたというのである。こうなってくると笑ってばかりはいられない。この人の場合は、とても単なるジョークとは思えない書き方をしている。かりにジョークだったとしても、そのうちに、本物の「浅見光彦」氏が現れて、「ソアラがガス欠です」とか言って、ガソリン代の無心でもしかねない——とそら恐ろしくなった。

小説の主人公が実在の人物であると思われるようになるのは、作家冥利につきると喜ぶべきものだ。それをあえて否定するのは、せっかくの読者の夢をぶち壊すようで、残念な気もしないではない。けれど、浅見クンの偽物が横行するようになっては困る。この際、はっきりと、作品はフィクションであり、登場する人物・団体はすべて架空のもの、想像の産物であることを強調しておかなければならない。浅見光彦も陽一郎も雪江未亡人も、僕と読者の空想の世界にのみ息づいている、愛すべき者たちなのである。

一九九一年冬

内田康夫

本書は、次の作品を新装・改版したものです。
『竹人形殺人事件』
ノベルス版　一九八七年一一月刊（C★NOVELS）
文庫版　一九九二年二月刊（中公文庫）

ご感想・ご意見は
下記中央公論新社住所、または
e-mail：cnovels@chuko.co.jpまで
お送りください。

C★NOVELS

竹人形殺人事件
——新装版

2021年5月25日　初版発行

著　者　内田康夫
発行者　松田陽三
発行所　中央公論新社
〒100-8152　東京都千代田区大手町1-7-1
電話　販売 03-5299-1730　編集 03-5299-1930
URL http://www.chuko.co.jp/

DTP　ハンズ・ミケ
印　刷　三晃印刷（本文）
大熊整美堂（カバー・表紙）
製　本　小泉製本

Published by CHUOKORON-SHINSHA, INC.
Printed in Japan　ISBN978-4-12-501433-3 C0293

十津川警部「狂気」　新装版

西村京太郎

東京の超高層マンションとテレビ塔に女性の全裸死体が吊された⁉　30年前には兵庫の余部鉄橋でも若い女性が犠牲になっていた。「狂気」は受け継がれたのか？　十津川は犯人の心の闇に迫る。

愛と殺意の津軽三味線　新装版

西村京太郎

都内で4件の連続殺人事件が発生。犯行時現場からは津軽三味線の調べが聞こえたが、被害者に共通点が見つからず捜査は難航する。十津川は津軽三味線を唯一の手掛かりに、津軽へ向かう。